後期20世紀
女性文学論

与那覇恵子
Keiko Yonaha

晶文社

Cover illustration 大庭みな子／*Cover design* 酒井みき
D T P 新井望由季

目次

はしがき 8

はしがき

本書には、一九八〇年から二〇一〇年に書いた女性文学に関する一三編のエッセイを収めた。私が初めて雑誌に書いた「岡本かの子──〈純粋母性〉と〈役割母性〉──」は、この本のタイトルでもある「後期20世紀」とは作品発表の年代からしてズレるように感じられるかもしれない。しかし、岡本かの子の小説に表現されている女の意識と感覚は、ジェンダーやセクシュアリティという言葉がなかった時代にその問題に深く触れており、一九八〇年代のフェミニズム批評と交差する。

また批評の分野でもこの二つの言葉が一般的でなかった一九八〇年に、何とか岡本かの子の表現に迫りたいと思い、私自身も〝純粋母性〟と〝役割母性〟という言葉を編みだした。現在の段階ではもっと届く言葉や、さらなる読みの可能性もあると思うが、20世紀後半の小説を読む研究者として、私自身の読解の方法の出発点として、一九二〇年代のかの子作品を「後期20世紀」に連なると位置づけたのである。同じく二〇年代から戦後へと続く平林たい子や佐多稲子の小説にもジェンダーやセクシュアリティの問題は色濃く投影されている。

後期20世紀の女性文学を意味づけるもっとも重要な点は、男性優位社会の中で成立してきた「文学作品」の価値基準を「女の視点」から問い返すフェミニズム批評理論と、作家自らも格闘しつつ創作していったことであろう。もちろん女性の言説が確立されていない状況においては「女の視点」という言葉もはなはだ曖昧にならざるを得ない。個人としての作家と一つの文学作品ではなく、女性作家／文学、男性作家／文学という区別において、女性が書くことと男性が書くこと、集合としての女性文学と男性文学に明確な相違があるのかどうか。その表現上の差異を明示することは極めて困難である。

それでも敢えてその差異に向き合おうとするなら、セックス／ジェンダー／セクシュアリティといった身体性に着目することで、何らかの相違を捉えることもできるのではないだろうか。菅原孝標女作と伝えられる平安時代の文学『夜の寝覚』には、男女の身体性の非対称性が次のように示されている。

怪しと思ふ事どもはあれど、さのみ夢のやうにものはかなき契りあらむやはと、思ひ寄らざりけるも、げにあさましく

（『夜の寝覚』一九八四年・小学館）

女性にとって夢のようにはかない契りであっても、身体に妊娠という変化は起きる。「産む性」と見做されてきた女性の身体性は、テクノロジーの進化によって女を男に、男を女に変容させる身体改造も可能となった現在においてさえ、「産む性」という性であることに変わりはない。20世紀後半の女性文学を特徴づける一つのありようは、「産む性」という女の身体性を女性自らが表現する回路を見出したことである。

平安時代の『夜の寝覚』の女君は自身の身体を負《マイナス》のイメージとして捉えているが、一九八〇年代の三枝和子には正《プラス》のイメージで捉えようとする発想がある。

女を自然の状態においておきますと、色んな男と関係して子供を生む、誰の子供でもいいのですが、そうした状況が、女にとっては、もっともふさわしいものではないかと思えるのです。

（『さよなら男の時代』一九八四年・人文書院）

どんな男でも受け入れることの可能な女の子宮の機能を〝子宮のアナキー性＝女性の力〟とみなす発想といえよう。同様の発想はパキスタン生まれの男性作家アダム・ザミーンザドの、次の言葉にもみられる。

フロイトは問題の所在は正確についているのだが、性別を取り違えてしまったために、問題の本質を歪曲させてしまった。女が去勢されたと信じ、それゆえ男のペニスに羨望を覚えるというのではない。男のほうが、女のペニス（子宮のこと。注引用者）の無限の力、いつでも来いの、弱まることを知らない勃起力に羨望を覚えたのだ。人間の女は神の創りしあらゆる生物のなかで、時を選ばず、いつ何時でも交接することのできる力と能力を持ったたったひとつの生き物だ。女のペニスのなかに入るたびに去勢の恐怖を感じるのは、男のほうなのだ。

（『サイラス・サイラス』一九九五年・トレヴィル）

子宮のアナキー性への恐怖が、フェミニズム批評が指摘するように聖書のアダムの肋骨から生まれたエヴァ神話やギリシア神話の父ゼウスの頭から生まれたアテナ神話を生みだしたと言えるだろう。古事記の「美斗の麻具波比」は男の性が女の性に優位する場面として捉えられるし、「黄泉の国」のイザナミが「千人殺す」と言えば、地上のイザナキが「千五百人産む」と「人産み」を競う場面は、妊娠し出産する女の〝産む性〟が男の掌中に握られた場面だと指摘することもできる。古事記のイワナガヒメとコノハナノサクヤビメの物語も、女の力を分離する話といえるだろう。とくに子宮の力（イワナガヒメ＝永遠の生命力）が排除されたことにより、現世の栄華だけをもたらすコノハナノサクヤビメの女の性は、物語の進行につれて夫の下で子供を産み育てる〝母性〟と欲動を生きる〝娼婦性（ここには男の快楽の相手となる客体としての女の性と、自らが欲望の主体となる女のセクシュアリティも含まれる）〟とに分離されていく。

近代・現代の女性文学の試みは、男性中心の長い歴史のなかで形成されていった妻、母、そして娼婦という女の役割・ジェンダーを、何とか一つの〝主体〟として統合しようとする悪戦苦闘の歴史だったといえるかもしれない。

第Ⅰ章では、そのような女性の歴史を、一九三〇年代から二〇〇〇年代前半に発表された女性作家の作品の表現を追いつつその変容を見ていく。

第Ⅱ章では、まず「母性の文学」と見做されてきた一九三〇年代の岡本かの子の小説を取り上げ、〝母性（母の役割）〟にあらがい〝女の性（セクシュアリティ）〟を肯定しようとする女の意識に焦点を当てる。次に昭和初年、一九二〇年代後半からプロレタリア文学を牽引していった平林たい子と佐多稲子の小説を中心に、ジェンダー規範から自由でない戦時下と敗戦後の女の身体感覚をみていく。一九五〇年代後半から六〇年代は、一九四六年に公布された日本国憲法に謳われた男女同権の影響もあり、男女役割や関係のありように変化があった時期である。既成の倫理観や道徳観、男たちの思想に疑問を呈したのが岩橋邦枝と倉橋由美子の小説であった。この章の最後は岩橋と倉橋が捉えた女性の身体性に着目しつつ、その前後を彩った作家たちの表現活動にも触れる。

第Ⅲ章では、一九七〇年代から八〇年代の女性文学に顕著であった「母性」に対する憎悪や嫌悪の意識と、その反転した意識とも捉えられる生きものの生命に連なる女の性の肯定、という二つの面から女性の意識と身体の表現に注目する。

第Ⅳ章では、一九七〇年以降の女性文学を牽引していった三枝和子と大庭みな子の文学に焦点をあてる。

三枝和子は、学制改革により男女共学となった大学に初めて進学できた女性の一人である。西洋の哲学を学びつつギリシア文学や実存主義文学にも接し、評論家で僧侶の夫、森川達也の指導のもとに日本の仏教についても学んでいる。しかし、次第に女性としての実感と、男性主体の西洋文学や仏教に違和感を覚え「女性独自」の文学や哲学の可能性を模索していくようになった。三枝は「男性論理」や「女性原理」を追究しつつ「女の視点」に迫ろうとした。三枝の「文学」に対する問い直しは、私自身の作品読解の可能性を広げたものでもある。

大庭みな子は十代の時の広島での「原爆体験」が、その文学の中核に位置づけられる。また一九六〇年代の十年近くのアラスカ州シトカでの生活は、「日本」の文化や制度を外部の視点から見る経験となっている。しかし大庭は、その体験を直接的に表わすのではなく、様々なエクリチュールを駆使して表現する。水田宗子は大庭文学について「近代文学の流れを大成させ、また終焉させた女性文学なのではないか」(『大庭みな子　記憶の文学』二〇一三年・平凡社)と指摘している。

古典と近代文学を切り離すことなく現代文学へともつなぐ回路を切り拓いていったのは大庭文学ばかりでなく、本書で取り上げた多くの作家たちに共通するものでもある。後期20世紀の女性文学の土壌は、確かに21世紀の女性文学にも引き継がれているのだと感じていただければうれしい。

第Ⅰ章 女性文学の位相

――二十世紀後半を軸に

1 戦争と異文化のはざまで

（1）進駐軍との出会い

一九四〇年代から五〇年代にかけて、男性作家は野間宏や島尾敏雄、埴谷雄高など、従来のリアリズム的手法を排して人間存在の本質を探求する存在論的小説が新しい文学の波として登場したが、女性作家の場合は体験や伝聞に基づいた戦争の後遺症を描いた小説が多かった。そのような中にあって由起しげ子の「本の話」（一九四九年三月『作品』）は、敗戦直後の厳しい生活を描きながらも「食うことのみに明け暮れた戦後世相の中で清新な印象」（福田宏年「由起しげ子」一九八八年『増補改訂新潮日本文学辞典』新潮社）を与えたと評価され、戦後第一回の芥川賞を受賞した。しかし、女性の文学で戦後を代表する作品と言えば、大田洋子の『屍の街』（一九四八年・中央公論社）であろう。広島で被爆した大田は、作家の義務として原爆をリアルに捉えるが、最初の版は占領軍の検閲で削除された部分が多く、完全版が刊行されたのは五〇年五月発行の冬芽書房版であった。その後も『人間襤褸』（一九五一年・河出書房）や『半人間』（一九五四年・講談社）など、原爆による心身の変化を描いて、原民喜『夏の花』（一九四九年・能楽書林）や井伏鱒二『黒い雨』（一九六六年・新潮社）などに繋がる〈原爆文学〉の先駆けとなった。彼らの小説は人類が経験したことのない原爆の惨状を明らかにする役割を果たした。社会生活の復興とともに原爆の問題が風化していく中で、その重い体験を、「被害者意識」を脱して相対化する小説も登場し始める。広島で被爆した竹西寛子は「儀式」（一九六三年一二月『文藝』）や『管絃祭』（一九七八年・新潮社）で、長崎で被爆した林京子は「祭りの場」（一九七五年六月『群像』）や『ギヤマン・ビードロ』（一九七八年・講談社）で、被害者としてではなく、死者によって生かされた者という視点から〈原爆〉を描き直した。

〈原爆〉とともに戦後の日本人に大きな影響を与えたのは進駐軍という他者との出会いである。小島信夫の「アメリカン・スクール」（一九五四年九月『文学界』）や大江健三郎の「人間の羊」（一九五八年二月『新潮』）など、男性作家の作品には日本人男性の、進駐軍への暗いコンプレックスを表現したものが多かった（鶴田欣也・平川祐弘編『内なる壁』一九九〇年・TBSブリタニカ参照）。それに対して曾野綾子は「遠来の客たち」（一九五四年四月『三田文学』）で、進駐軍を「客」とみなす、進駐軍や男へのコンプレックスがきわめて稀薄な女性像を創りあげた。そこには戦後一〇年近くを経て、過去の感傷に溺れず現実を的確に把握して人生を生きようとする女性の姿があった。虐げられた女の陰湿な怨念や男性への劣等感が皆無という意味で、曾野綾子は戦後世代の新しい一面を示した。

一方で、敗戦国の女性の一つの宿命というべきなのだろうか。女性作家の作品には進駐軍の兵士の性の相手となる女性たちも描かれる。広池秋子「オンリー達」（一九五三年一一月『文学者』）は、「オンリー」たちに部屋を貸す「ママさん」の視点から彼女たちの生活を描く。日本人との結婚を考えるオンリーに対して「日本の彼氏なんかとなぜ一緒になるんだろう。馬鹿だよ。まじめにパンパンしてりゃいいのに」と思うママさんには、戦争に負けた日本の男は眼中にないばかりか、売春を悲劇と捉える発想もない。オンリーには「貞操」に代わって、女が選びとることのできる豊かさという新しい価値観が体現されていた。それは後ろ盾のない女が生きていくための一つの方法であった。これは〈戦争花嫁〉を選択した女性たちにも共通する。もっとも、日本人の心性として彼女たちのその後の生活を満足すべきものと捉えたくなかったのだろうか。日本が高度成長を遂げたといわれる七〇年代に、異国で満たされない思いを抱く日本人妻の寂寥感を描いた山本道子「ベティさんの庭」（一九七二年一一月『新潮』）や森禮子「モッキングバードのいる町」（一九七九年八月『新潮』）が芥川賞を受賞した。戦前に「乗合馬車」（一九三八年九月『文学界』）で国際結婚の難しさを書いていた中里恒子は、「鎖」（一九五九年五月『文学界』）では、アメリカ人と結婚した作家自身の娘の結婚を素材に、国際結婚を日常の風景として描き出した。

（2）抑圧をバネに

戦後の新憲法、諸法律の改正は、抑圧されてきた女たちに新しい世界の展開を予測させた。しかし現実にはなかなか〈新しい時代〉を享受できなかった。大原富枝の「ストマイつんぼ」（一九五六年九月『文藝』）には、ラジオから流れるニュースで外界の変動を知り、その動きに関与したいと願いながらも、結核で病床に在るしかない女の孤独感が描かれていた。意識と身体の乖離は、三歳の時に幽閉され四三歳で許された江戸時代の女性をモデルにした『婉という女』（一九六〇年・講談社）にも顕著で、政治に翻弄されながらも自由を渇望する女の半生が見事に捉えられていた。〈新しい時代〉と言われながらも、制度の変容の中で身動きできない女たちの内実と合致していたからだろうか、この小説は映画化もされ女性読者に広く支持された。

一九五〇年代後半から六〇年代の女性作家の作品では、家の軋轢と無理解な夫との関係が大きなテーマである。円地文子の「ひもじい月日」（一九五三年一二月『中央公論』）には夫との満たされない結婚生活が、有吉佐和子の「地唄」（一九五六年一月『文学界』）には伝統芸能の世界に生きる父と国際結婚して日本を離れる娘との対立が、『華岡青洲の妻』（一九六七年・新潮社）には家の重圧と嫁と姑の確執が、幸田文『おとうと』（一九五七年・中央公論社）には両親の不和と継母に馴染まない子との葛藤が、山崎豊子『花のれん』（一九五八年・中央公論社）には男に交じって事業を興す女の苦闘が主題として描かれている。価値観が大きく変容していく日常にあって、多様な状況の中で女がいかに生きたかが作家にとっても読者にとっても大きな関心事であったのだろう。円地の『女坂』（一九五七年・角川書店）には妻妾同居を強いられた明治の妻の苦悶が描かれているが、妻は最後に「私が死んでも決して葬式なんぞ出して下さいますな。死骸を品川の海へ持って行って、海へざんぶり捨てて下されば沢山でございます」という遺言を放つ。この言葉は妻の怨念というよりも〈家〉を拒否する女の言挙げである。ここには男にとって都合のいい女からの、鮮やかな切り返しがある。夫と家族と家を守る女の宿命を統括する女の倫理が、遺骸、墓、家を拒否するという形で女の側から提示され、絶賛を浴びた。

しかし一方で、明治、大正、昭和を生きた女の一生を通して忍従を〈女の美学〉とする女性を造型した有吉の『紀ノ川』(一九五九年・中央公論社)も多くの読者を獲得した。これは当時も家の重圧に苦しむ女たちが数多くいたからこそ、それを「日本の女の誇り」(鈴木貞美「『昭和文学』の成熟」一九九〇年『昭和文学全集別巻』小学館所収)として肯定的に捉えた言説に共感したのだろう。「華岡青洲の妻」(一九六七年一一月『新潮』)では、世界初の麻酔による乳癌摘出手術を成功させた男を支えた母と妻の確執を描きつつ、母として妻としての女の役割が男の名声にいかに貢献しているかが語られている。高齢化社会における老人介護の問題をいち早く取り上げた『恍惚の人』(一九七二年・新潮社)でも、妻の果たす役割の大きさが指摘されている。有吉は女を役割に固定しようとしたのではなく、女の果たしてきた役割を評価しつつ弱者を切り捨てないという〈女の視点〉から社会を見つめ直したといえるだろう。農薬や化学物質による環境汚染に警鐘をならした『複合汚染』(一九七五年・新潮社)も、子供の成長と食べ物との影響関係、子供を産む女性の身体への影響関係に視点を置いて汚染が問題化されているのである。

家業につくして報われない女の半生を描いた芝木好子の「湯葉」(一九六〇年九月『群像』)や、自分勝手な夫に逆らえない妻の心理を描出した津村節子の「玩具」(一九六五年五月『文学界』)、芸妓紹介人の女房として生きた女の生涯を綴った宮尾登美子の『櫂』(一九七四年・筑摩書房)、家族との確執を描いた萩原葉子の「蕁草の家」(一九七六年七月『新潮』)など、たくましく生きようとしながら古い倫理観から抜け出せない女たちも多く登場した。佐藤愛子の「ソクラテスの妻」(一九六三年六月『文学界』)のように、男も女も滑稽な存在であることをユーモアとペーソスをもって描いた小説も登場するが、女性作家の多くは家制度の重圧に耐えてきた女の生を捉え返すことから〈新しい時代〉の出発を始めた。この流れは、女を取り囲む有形無形の制度をリアリズムの視点で描出した戦前の多くの女性作家の作品に連なるものである。

2　女の性表現

（1）女のエロティシズム

平安時代の女流作家の物語を起源に置いても、書かれる「女の性」は、ほとんど異性愛の形でしか表現されてこなかった。その流れに一石を投じたのが吉屋信子であろう。吉屋は「女の性」が男に従属すると考えられていた時代に、女が女を愛する物語『屋根裏の二処女』（一九二〇年・洛陽堂）や『黒薔薇』（一九四九年・浮城書房。一九二五年「或る愚しき者の話」個人パンフレットに掲載を改題）を刊行した。同性愛の女性を主人公とした小説を発表することで、女のセクシュアリティの多様性を示した。さらにこの二つの小説には、力を誇示する男の行動にも批判の眼が向けられている。女学校を舞台にした『黒薔薇』では、学校教育の管理者は男性教師であり、女性教師はその下で働く補助的な存在としかみなされていない。そんな教育現場の在り方に鋭い批判のまなざしが向けられている。女が男より低い地位に置かれている状況を見て育つ女学生たちは自己のジェンダーを自ずと男に従属する性と認識する可能性がある。吉屋は当時の女子教育の危険性を指摘する。また「女の友情」

（一九三三年一月〜三四年一二月『婦人倶楽部』）や『良人の貞操』（一九三七年・新潮社）では、〈女とはこういうものだ〉という言説への異議申し立てを行なった。妻の、夫以外の男性との性関係を禁止する姦通罪があった時代に、それを逆手に「夫の貞操」を問題化した。『良人の貞操』で夫と妻における性の非対称性を描き出したのである。

戦後の法制度の改正で、妻である女性にとっての大転換は姦通罪の廃止であろう。女（とくに妻）が女の〈性〉を自己のものとして把握していく様相は、円地文子と宇野千代、瀬戸内晴美の作品にまず表現される。円地文子は「妖」（一九五六年九月『中央公論』）で、年をとるにつれて、ますます華やぐ女のエロスを想念世界に描き、「二世の縁　拾遺」（一九五七年一月『文学界』）では即身成仏したはずの男が生き返って性の妄執となるという上田秋成作品の口語訳に関わった戦争未亡人が、その作品に触発され、抑圧してきた自己の情欲に気づかされる世界を描いた。呼び醒まされた官能を「子宮がどきりと鳴った」という身体感覚で表現して話題になったが、この作品の眼目は男に襲われる幻覚から醒めた後、多くの生身の男たちを見て「血を湧き立たせ、心を暖める不安なざわめき」を感知する女の身体感覚にもあろう。男によって触発される性という点では、男によって「女になる」古いパターンの踏襲ともいえるが、女の内奥に閉じ込められてあった性の炎は見事に捉えられている。

円地文子はその後、男が理想とし畏れもする女の像を『女面』（一九六〇年・講談社）や『なまみこ物語』（一九六五年・中央公論社）、「花喰い姥」（一九七四年五月『群像』）などを通して次々に打ち出した。これら王朝の物語を組み入れた小説には、〈老いの性〉にも生起する女のエロスの感覚が幻想と日常性の交錯する時空に浮かびあがる。円地文子は制度に抑圧されてきた女の性を、まさにその抑圧をバネにする女の生命力として描き出したのである。

宇野千代は、東郷青児の心中未遂事件を本人から聞いて創作した『色ざんげ』(一九三五年・中央公論社)や、徳島の古道具屋の主人の身の上話を虚構化した『おはん』(一九五七年・中央公論社)で、三角関係の恋愛模様を描いて注目を集めた。『別れも愉し』(一九四六年・民風社)や『刺す』(一九六六年・新潮社)では、北原武夫との結婚生活から別れまでの自身の体験を小説化した。六八歳の時に刊行された『刺す』には年下の夫の恋愛に、寛容に振舞おうとしても漏れ出てしまう年上の妻の嫉妬や鬱屈した意識が描かれている。七〇歳の時に発表した「水の音」(一九六七年八月『新潮』)には、北原との関係を想起させる過去の男との関係が「傷」ではなく「或る甘美なもの」として七〇代の「私」に受け止められている。老いがもたらす官能の豊かさは『幸福』(一九七二年・文藝春秋)にも綴られている。

瀬戸内晴美は「花芯」(一九五七年一〇月『新潮』)で、妻であり母である女の「セックスの快感が」「子宮という内臓に響きわたり」「子宮そのものが押さえきれないうめき声をもらす」と表現して〈官能〉と〈子宮〉を中心にする女の存在根拠を示した。しかし平野謙は「『子宮』という言葉の乱用」(「文芸時評」一九五七年九月一八日『毎日新聞』)を批判し、匿名時評は「ただのセンセイショナルなポーノグラフィにすぎない」(一九五七年一一月『文学界』特別号)と酷評した。夫に所有されてきた妻の性が、女の自由な性の発露として表現された時、男性批評家は強い拒否反応を示した。娼婦ではない女が自己の存在根拠として選んだ〈官能に生きる性〉は、五〇年代後半にはまだ抵抗があったのだろう。瀬戸内の文壇登場のきっかけになった「女子大生・曲愛玲《チュイアイリン》」（一九五六年『Z』第三号）には既にバイセクシャルの女性が登場していたのである。女の実存感覚を「性」を軸に描く方法は『夏の終り』（一九六三年・新潮社）を経て、瀬戸内のすべての小説に底流していく。ある意味でどんな男をも引き受けることのできる女の性のアナーキーさは、女の生の一つの在りようとして十分に戦後的であった。また『田村俊子』（一九六一年・文藝春秋新社・第一回田村俊子賞）、『かの子撩乱』（一九六五年・講談社）、『美は乱調にあり』（一九六六年・文藝春秋）などの伝記作品では、豊富な資料と作家の創造力を駆使して独自の評伝小説のスタイルを確立した。そこには時代の制度になじめなかった生命力の横溢さが、制度に反逆する女の性として浮き彫りにされている。

さて、女の性的欲望の肯定は様々なかたちで継承されていく。一九五〇年代には岩橋邦枝の「逆光線」（一九五六年六月『新女苑』）が、女子大生の奔放な生態を捉えた小説としてジャーナリズムにも取り上げられ、六〇年代には堤玲子の『わが闘争』（一九六七年・三一書房）が被差別部落出身という作者の出自と、人生に果敢に立ち向かう女主人公の鮮烈なキャラクターで話題になった。七〇年代には中高年の男女の「純粋な情愛」を主題にした中里恒子の『歌枕』（一九七三年・新潮社）や『時雨の記』（一九七七年・文藝春秋）が、性愛を超えた「愛の物語」として話題になり「時雨族」という言葉も生まれた。八〇年代ではナルシスティックな女性の自我を描いた『女の呼吸』（一九八〇年・集英社）や、夫以外の男性と関係する妻の生理をなまなましく表現した『菓子泥棒』（一九八〇年・昭森社）の折目博子も、一九三〇年代の岡本かの子に連なる女のエロスを表現した作家として注目に値する。

（２）多様なセクシュアリティ

制度化された女の身体の解放、という意味で河野多恵子の果たした役割は大きい。河野多恵子は従来「産む性としての女」、それの裏返しである「娼婦としての女」として表現されてきた女の「性」を、それとは切り離して女自身のエロスの発現の場として提出した。女のエロスの多様性は「幼児狩り」（一九六一年一二月『新潮』）の男児嗜愛《ペドフィリア》、「美少女」（一九六二年八月『新潮』）のサディズム・マゾヒズム、『回転扉』（一九七〇年・新潮社）のスワッピング、『砂の檻』（一九七七年・新潮社）の嗜虐趣味など、様々な角度から表現されている。井伏鱒二は河野の文章を「男女の変質的な交渉さへも、日常茶飯事を日記につけるかのやうな趣で書いてある」（「新潮社同人雑誌賞選後評」一九六一年一二月『新潮』）と評している。生殖と切り離された倒錯的性愛世界が女のセクシュアリティの一部として、日常の枠組みに位置づけられたのである。

「骨の肉」（一九六九年三月『群像』）では、男の食べた後の骨や貝殻に残った肉片を食べることに最上の快感を味わう女が描かれるが、食べる行為の細密描写に河野多恵子独自のエロティシズムが醸し出されている。河野多恵子は女の性を男との肉体的関係に限定しない「味覚の性愛」ともいうべき世界を創りあげた。それは夢と現実を「同質の現実的なリアリティ」（「あとがき」『不意の声』一九六八年・講談社）で描出した『不意の声』にもつながる新しい性愛を描く方法の確立でもあった。この相手の身体に触れないままに性愛の感覚を享受する方法は、『雙夢』（一九七三年・講談社）では「手を伸ばすことができるならば届きそうな近さでありながら、触れ合うことができない」男女が、同一時間に同一の夢を見るという設定で、互いの「愛」の深さをはかるという形でも試みられている。マゾヒストの夫が妻をサディストに育て上げ、至福の快楽の極みで妻に殺されたいと願う世界を描いた『みいら採り猟奇譚』（一九九〇年・新潮社）には、殺意の存在しない殺害による〈快楽死〉の可能性が表現されている。河野多惠子は性愛の思考実験を通して性の多様性を小説空間に創りあげ、その後の女性作家の性表現に可能性を切りひらいたといえる。

「恋人たちの森」（一九六一年八月『新潮』）や「枯葉の寝床」（一九六二年六月『新潮』）で、ホモセクシャルな世界を描いた森茉莉は、性愛に女を排除する独自の世界を展開して、女性作家よりも七〇年代以降の少女マンガ家に多大な影響を与えた。いっぽう『甘い蜜の部屋』（一九七五年・新潮社）では〈少女であること〉に徹し、社会的制約をいっさい受けない、言葉の使用方法さえ「自分自身を律法とする人間」（田中美代子「モイラの犯罪　森茉莉論」『天使の幾何学』一九八〇年・出帆新社）を造型した。森茉莉の作品は男性言説によって成立している言葉の世界への違和感を、女のナルシシズムによって逆照射する試みといえるだろう。森茉莉の方法は、逆説的に八〇年代の松浦理英子の『ナチュラル・ウーマン』（一九八七年・トレヴィル）に継承される。『ナチュラル・ウーマン』では生物学的性や社会的性に規定されない、しかも男とも女とも性関係をもつが「自分が何なのか、いわゆる『女』なのかどうか、私にはわからない」と語る女性を設定して、〈女の性〉と言われる言説を問い返す。『親指Pの修業時代』（一九九三年・河出書房新社）では、P（ペニス）とV（ヴァギナ）を性行為の根幹に位置づける性器結合（ヘテロセクシャル）に対し、PVを性行為の根幹に位置づけない「非-性器的」性関係の在りようを複数描くことで女の〈身体〉と〈性〉、さらに男との関係性の見直しを行なっている。性関係のありようは〈女の性〉や〈男の性〉に収斂されるのではなく〈個〉と〈個〉の関係性によるもので、人間の数だけ〈性の関係〉がありうることを明示したのである。

3　多様なエクリチュールの展開

(1)〈存在〉を問う視点

女性作家が明確な方法意識をもって社会制度や文学制度に対する批判を過激に展開したのが、一九六〇年代から七〇年代である。男性と同じ教育環境を得た女性の戦後教育の成果が現れた時期といってもよいだろう。この時期は〈女〉をめぐる言説の様々な問い直しが行われた。フランス実存哲学に連なる「認識する」男性的言説に加えて、身体感覚を表わす「食べる」「媾わる」という女性的言説を駆使して、独自の表現を提示した倉橋由美子が、まずその最初の担い手であるといえる。

倉橋の「パルタイ」(一九六〇年三月『文学界』)は女性作家による哲学的観念小説としてもてはやされたが、この小説の真のユニークさは女の「オント(恥)」という感覚を軸に、組織や他者や自己を表現していくという方法にあった。男性の心理にいっさいふれず、妊娠した身体にオントを感じる意識と、組織的人間にオントを感じる意識とを同一の認識と捉えた表現は、文学の上で常に見られる客体であった女を見る主体に転換させる一方で、体験に基づくリアリズムから〈女〉を描いてきた女性作家の表現を抽象的な方向に広げる働きもした。人類のタブーといわれる近親相姦の根源的意味を追究した『聖少女』（一九六五年・新潮社）や、日本の政治・文学状況を辛辣に批判した『スミヤキストQの冒険』（一九六九年・講談社）、日本の精神風土を皮肉った『シュンポシオン』（一九八五年・福武書店）など、倉橋の「事実としての日常性を巧みにつくり変えて、いわば疑似的世界をつくる方法」（「小説の迷路と否定性」『わたしのなかのかれへ』一九七〇年・講談社）は一貫している。

制度の変化とは無関係にある実存の不安、存在の孤独を反リアリズムによって表現する倉橋の方法は、自己存在の欠如感を「書く」という行為に表象した金井美恵子の「愛の生活」（一九六七年八月『展望』）や『夢の時間』（一九七〇年・新潮社）、生の不条理性や存在の孤独をカフカ的構造で描いた三枝和子の『鏡のなかの闇』（一九六八年・審美社）や『八月の修羅』（一九七二年・角川書店）、あらゆる関係から切れた裸形の人間存在に迫った森万紀子の『密約』（一九六九年・新潮社）、夢と狂気の狭間に仏教世界の救済を浮かび上がらせた吉田知子の『無明長夜』（一九七〇年・新潮社）などにつながり、女性作家の新しい流れを形成した。戦中・戦後を通して変わらない女の孤独を捉えた高橋たか子の『空の果てまで』（一九七三年・新潮社）や『ロンリー・ウーマン』（一九七七年・集英社）、文字通り閉ざされた精神病院の内部で生を凝視した小林美代子の「髪の花」（一九七一年七月『群像』）、あらゆる関係から切れて一人であることを希求する増田みず子の「死後の関係」（一九七七年六月『新潮』）にも、存在の原点を単独者として捉える発想は顕著である。

（2）「産む性」としての女の見直し

「結婚制度」が女にとってもはや女の自己実現を阻む壁とはならなくなった時、女は自己の存在の意味に向かわなければならなくなった。大庭みな子の「三匹の蟹」（一九六八年六月『群像』）は、夫にも子供にも恵まれていながら生の意味を見出せない女の根源的孤独を語った小説である。「三匹の蟹」以前に執筆されたという「虹と浮橋」（一九六八年七月『群像』）、「構図のない絵」（一九六八年一〇月『群像』）、「蚤の市」（一九七〇年一〇月『文藝』）の連作集『青い落ち葉』（一九七二年・講談社文庫）では、「個」を縛る様々な制度や習慣・伝統などに異議をとなえる人々を描き、とくにヒロインは、女も男と同様に「出来ることならさまざまの男の子供を生んでみたい」と考える、現行の一夫一婦制という〈結婚制度〉に反発し〈性の解放〉をとなえた六〇年代「ウーマン・リブ」の主張を体現する女性であった。彼女は閉鎖的な日本社会から逃れてアメリカでの生活を選んだが、自由の国だと思われていたアメリカ社会でさえ結婚制度の壁は厚かった。彼女は男と女が自由な対関係を結べる社会を夢想して「浮浪人」になる強い意思を見せるが、それも男との関係性の上で成立するもので絶対的〈自由〉は有り得ないことを思い知らされるだけである。男との対等な対関係というものの実質的な意味を把握しきれないままにあがいていたのが、大庭みな子のヒロインたちであった。

男との対関係に纏わる問題で、女の性に重要な意味をもつのが受胎・出産である。大庭みな子の「ふなくい虫」（一九六九年一〇月『群像』）には、六〇年代末の世界的な食糧危機や人口急増の状況をふまえて、女が子供を産まないという方法で人類の危機を救う手段が提示されている。ここにはアメリカのラディカル・フェミニズムの影響も見られるが、〈出産拒否〉の発想は、逆説的に〈産む性〉でしか男と対等でありえない女の実存形態を示すことにもなった。『栂の夢』（一九七一年・文藝春秋）には、子供を自己の存在証明とする母親への徹底した拒否と、〈産む性〉としてしか自己を表現できない女への苦渋に満ちた憎悪が示されている。出産拒否・母性憎悪という発想は、女の存在理由を社会的役割だけに規定してはならないという、女の側からの女の性に対する異議申し立てであった。もちろんそれが、女性の男性化（＝産めない性）につながることは明白であった。八〇年代後半になると、試験管ベイビー、人工受精という生命科学の発展は女のアイデンティティの見直しを迫る契機となる。しかしこの時期には産む性としての役割だけを果たしていればいい、という認識をまず拒否することが必要だったのである。

分身を生み出す母胎に対する恐怖と嫌悪感は六〇・七〇年代の女性文学にはとくに顕著であった。三枝和子は「生命が形をとっていくことへの恐怖。人間が人間を生むという、これ以上ない醜悪な行為」（「幼ない、うたごえ色の血」『処刑が行なわれている』一九六九年・審美社）、「両手の爪で生殖器の真中の子供の目をめちゃめちゃに潰す」（「花塊の午後に」同）と嫌悪感を表現し、高橋たか子も「繁殖は存在のほころびなのだから」「女の子宮を胎児もろとも螺旋状にえぐっていく」（「渺茫」一九七〇年一一月『文学界』）と書いた。女性作家は従来強調されてきた「母性」を拒否して、まず「自己」を確立しようとしたのである。しかし高橋の「相似形」（一九七一年五月『群像』）にも明らかなように「私は私で精一杯だったのだ。精一杯？　プラスの数値を駆けのぼるのではなくて、マイナスの数値を駆けおりる精一杯、私のなかに不毛の曠野しか残さぬ精一杯とは、いったい何であろうか」と、母性を拒否することでは解決しえない女の生の深奥に気づかされる。「生の意味の体系を否定したあとの無を背負い、その無から一つの意味」（水田宗子「生む性と文学」『ヒロインからヒーローへ』一九八二年・田畑書店）をつくり出していかなければならない状況に、女性作家たちは直面させられたのである。戦後生まれの田場美津子は『仮眠室』（一九八八年・福武書店）で、「沖縄戦」の終わらない記憶を内包する身体として女性の子宮を捉えている（与那覇恵子「身体に刻み込まれた〈沖縄戦〉」『戦後・小説・沖縄』二〇一〇年・鼎書房）。

そのような〈産む性〉の表象に対して、津島佑子は〈産む性〉を宇宙の生命の流れを司る一つの力として肯定的に捉えようとした。『生き物の集まる家』（一九七三年・新潮社）は、自己の出自を求めて父の故郷と向き合う留都の物語であるが、小説の最後で留都はすでに亡くなっている「るつ」という女性との融合を感受する場面がある。それは血のつながりを超えて女の生が女へと伝達されていくことを象徴しているのであろう。『寵児』（一九七八年・河出書房新社）では空っぽの子宮でさえ妊娠とまったく同じ身体反応を起こす創造妊娠をモチーフに、生命を生み出す〈女の身体〉を鮮やかに表現した。

群像新人賞を受賞して一八歳でデビューした中沢けいの『海を感じる時』（一九七八年・講談社）は、母との葛藤を通して女子高生が自己のなかの〈産む性〉と、母のなかにある〈女の性〉に気づいていく小説である。男との性関係を体験しつつも、娘の思いは男より強く母へと向けられている。男へと流れる〈女の性〉と子供へと流れる〈産む性〉を、対立するものとして嫌悪、憎悪するのではなく、女のトータルな生として捉えようとする発想に満ちている。髙樹のぶ子の「光抱く友よ」（一九八三年一二月『新潮』）にも母と娘の強い絆と同一性が描かれている。

（3）多様な家族

一九七〇年代は〈女〉の意味の問い直しが、様々な関係性の問い直しとパラレルにあった時期である。富岡多恵子や津島佑子は、性と家族の関係に徹底的に向き合うことで人間の関係性を追究した。戦後、家制度の解体によって出現した「夫婦と未成熟の子どもからなる家族＝核家族」は、理想の家族形態と考えられた。しかし、庄野潤三の『静物』（一九六〇年・講談社）や小島信夫の『抱擁家族』（一九六五年・講談社）などに端的に示されたように、家庭が家族を結びつける愛と憩いの象徴の場であるだけでなく「愛情をめぐるあおりや闘争を生み出す修羅場」（山田昌弘『近代家族のゆくえ』一九九四年・新曜社）になることも明らかになった。富岡多恵子と津島佑子は、この核家族に孕まれている矛盾を性の禁忌や倫理を逆手にとる女性人物の視点から抉る。

富岡多恵子は「丘に向ってひとは並ぶ」（一九七一年六月『中央公論』）以来、人と人とが結びつき家族をつくる意味を問い続けている。『冥途の家族』（一九七四年・講談社）や『当世凡人伝』（一九七七年・講談社）で父母を中心とする前近代的家族の桎梏を捉え、『植物祭』（一九七三年・中央公論社）や『白光』（一九八八年・新潮社）では〈家族〉のフィクション性を〈血の繋がり〉〈血縁によらない家族の構築〉という二面から浮き彫りにした。『逆髪』（一九九〇年・講談社）には、家族の者によって何らかの傷を受け、家族から離れたにもかかわらず、やはり〈家族〉を求める者たちの心性が語られている。非血縁からなるポスト・ファミリーの構想はすでに山本道子の『天使よ海に舞え』（一九八一年・新潮社）にあった。この小説では妻に先立たれて一人暮らす六〇代の男性と離婚した二〇代の女性、それに親に捨てられた三歳の男児でつくる〈家族〉が、性と血縁を剝ぎ取っても〈共生〉できる未来の家族像として夢見られていた。大庭みな子も『啼く鳥の』（一九八五年・講談社）では母性拒否や出産拒否という過激な発想は影を潜め、「産む」「産まない」は、それぞれのカップルの裁量に任せ、家族の形態も千差万別であっていいと見做す発想の転換を示していた。それは世界的な女の選択の幅の広がりを反映した家族概念の変容ともいえるだろう。

八〇年代以降は吉本ばななの『キッチン』（一九八八年・福武書店）や村上政彦の「サクラダ一族《ファミリア》」（一九九一年一二月『文学界』）、中山可穂『サグラダ・ファミリア』（一九九八年・朝日新聞社）、角田光代の『東京ゲスト・ハウス』（一九九九年・河出書房新社）にみられるように、女性作家も男性作家も血縁のつながりではなく親和性を絆とする様々なポスト・ファミリーを描いていく。

もっとも、現実の多くの家族構成を反映している夫婦と血縁の子供からなる家族の問題を描いた小説も、読者の根強い支持を受けてきた。干刈あがたの「樹下の家族」（一九八二年二月『海燕』）には家族より仕事を優先する父と家庭に残された母子の葛藤が描かれ、「ウホッホ探険隊」（一九八三年九月『海燕』）には父母の離婚を前向きに捉えようとする母子の姿が描かれた。「僕たちは探険隊みたいだね。離婚ていう、日本ではまだ未知の領域を探険するために、それぞれの役をしているの」と語る「明るい家族を演技する」子供の語り口は、その明るさゆえに子供の領分を超えて早い時期に親と対等にならなければならなくなった子供の悲劇も内包されていた（吉本隆明『ハイ・イメージ論Ⅰ』一九八九年・福武書店参照）。子供のチック症はそのことを物語っている。

森瑤子の『夜ごとの揺り籠、舟、あるいは戦場』（一九八三年・講談社）や『家族の肖像』（一九八五年・集英社）は、働く（稼ぐ）妻を厭い、母・妻という伝統的役割を望む夫と、それを理不尽だと考える妻の葛藤を描いた小説である。ここでは母、妻、作家という三位一体を体現していると考える女性のアイデンティティが、夫や子供の思いがけない反撃にあって揺らぐ様相が捉えられている。女の自立がマスコミによって声高に唱えられたのも六〇・七〇年代であった。やりたいことをやり、なりたい者になれ、欲しい物を手に入れることができる、とメディアは女性の気持ちを煽った。すべてのものを所有できるという女の夢は、家族によって、またもや幻想に過ぎないことを知らされる。そして、夫婦の諍いは子供に神経症を引き起こさせるほどの精神的打撃を与えているのだ。

精神的にも生活的にも男に依存しない女を造型することで、既成の社会的関係や役割を超えた人間関係、家族関係を導きだそうとするのが津島佑子である。『童子の影』（一九七三年・河出書房新社）や『生き物の集まる家』には、男＝強者・能動・加害者、女＝弱者・受動・被害者という従来の男女のパラダイムを逆転させて、女と男、子供で形成されると考えられてきた家族とは何かという根源的問いかけがなされている。「葎の母」（一九七四年七月『文藝』）や「草の臥所」（一九七七年一月『群像』）でも、母子は所与の関係と見做されているが、父の存在は母子によって選択されるものと考えられている。「黙市」（一九八二年八月『海』）では、子供に〈父の愛と叡智〉を感受させる存在であるなら、父親は「猫」でも構わないとする発想が提示されていた。津島佑子は父系の論理で成立してきた近代家族の形態を、母子が父を選ぶというかたちでまず否定した。さらに『寵児』や『山を走る女』（一九八〇年・講談社）では、男に頼らずに女一人で子供を産み、育てようと意思するヒロインを造型した。彼女たちは、本質的に制度的な男（夫・父）を必要としないシングルマザーといえるだろう。

制度的父を否定してきた津島は、〈母〉なるものの存在とも常に向き合っていた。『光の領分』（一九七九年・講談社）では幼い子と自我をかけて争う母を捉え、母という社会的役割へのこだわりが結果的には制度の弊害を照射して、新しい母子関係の光源となることを示した。『逢魔物語』（一九八四年・講談社）では、民話・説話の枠組みを応用して原初的な女／男、家族の関係を現代に甦らせた。『夜の光に追われて』（一九八六年・講談社）では古典の「夜の寝覚」をプレテクストに、現代の未婚の母と王朝時代の子供を産んだ女との時空間を超えた往還に〈母〉なるものへの言及がなされている。ここでは母子の血縁幻想を断ち切ろうとする発想も見られるが、『風よ、空駆ける風よ』（一九九五年・文藝春秋）では、再び子を産んだ自分と自分を産んだ母との繋がりから〈母〉という存在への問いかけがなされている。

九〇年代になると、子供の置かれた事態は深刻になっていく。稲葉真弓の「抱かれる」（一九九二年秋季号『文藝』）には親と子は違う人格だと認め、素直に親の立場を受け入れる十代の少女が登場する。少女は経済的には何不自由ないが、独りという心の隙間を埋めるために行きずりの男たちと肉体交渉を持つ。「自由なんていらない。私は私を縛ってくれるものが欲しいの」という少女の小さな呟きには、自分を認識してくれる最も近い他者という意味での〈家族〉が希求されている。経済的に恵まれた子供の孤独感は八〇年代の村上龍『コインロッカー・ベイビーズ』（一九八〇年・講談社）のアネモネや、村上春樹『ダンス・ダンス・ダンス』（一九八八年・講談社）のユキにすでに表れていた。ともに十代の女の子である。

伊藤比呂美の『家族アート』（一九九二年・岩波書店）には、自分たちの「欲望」や「妄想」に忠実な「夫」と「わたし」と一緒に暮らす「コドモ」の振る舞いや病気のことがさりげなく表現されるが、親の独特な生き方が子供に影響を与えていることは確かである。『ラニーニャ』（一九九九年・新潮社）では、離婚した母とカリフォルニアで暮らす娘の拒食症も描かれている。柳美里は『フルハウス』（一九九六年・文藝春秋）や『家族シネマ』（一九九七年・講談社）で、身勝手な親の行動に振り回されまいとする子供たちを描く。江國香織の『神様のボート』（一九九九年・新潮社）では、娘の母との強い絆を堅持しようとする一途さを、母の無意識の狂気に追いつめられていく娘の心の痛みを通して描いている。『流しのしたの骨』（一九九六年・マガジンハウス）では、穏やかで幸福そうに見える家族の世界の、家族自身も無意識に隠蔽した「闇」を表現する。家族を統括する親の論理が子供たちの心を歪めているが、無意識的にか意識的にか誰もそのことを問題にせず、自分たち家族のありようを「幸せ」と思っている。幸せな家族の不気味さにあふれた作品である。今後は子供にとって家族とは何かという視点が、小説でも重要となっていくだろう。

4　女性表現の広がり

（1）フェミニズム批評と女性文学

一九八〇年代はフェミニズム批評の盛んな導入と相俟って、女性作家が批評の領域にも参入していった時代である。とくに『わたしのオンナ革命』（一九七二年・大和書房）で独自の女性論を展開していた富岡多恵子は、六〇年代以降の「ウーマン・リブ」と八〇年代のフェミニズムの動きをダイナミックに捉えた批評論集『藤の衣に麻の衾』（一九八四年・中央公論社）や『表現の風景』（一九八五年・講談社）を刊行して、ユニークな女性論・男性論を展開した。現代文学の置かれた状況を分析した『こういう時代の小説』（一九八九年・筑摩書房）や、男のテクストにおける女性蔑視を告発した『男流文学論』（一九九二年・筑摩書房）は、従来の小説の価値観をくつがえす大胆な意見を展開して〈男性言説〉と〈女性言説〉との差異に注目させる契機となった。

富岡は、学校教育で学ぶ「共通語」を「国のことば」（ある意味男のことばでもある）として考える一方で、母語や方言を「女のことば」として捉え、〈文学〉を書く上でその二つをどのように組み合わせて表現していくかにこだわっている作家である。それは「話すことば」に内在する呼吸《いき》を「書く言葉」でも伝えようと模索しているからである。また書かれた文字の表記にも意識的である。例えば女、男、言葉と、漢字で表記すると、その言葉は漢字の意味に限定されてしまいがちだが、オンナ、オトコ、コトバと表記すると、意味から解き放たれたことばの世界が生まれる。ことばの視覚的効果と聴覚的効果を積極的に導入することで〈文学〉の世界を広げようとするのである。『逆髪』では、オンナのコトバとオトコのコトバ、国の言葉と地域の言葉という「コトバ」の「階級性」の問題を、庶民に親しまれた「浄瑠璃」や「漫才」などの語りから浮かび上がらせている。室井光広は富岡の小説を「『男ことば』を揶揄し、日常言語から遊離した『むずかしい言葉』の解体をもくろみ、男によって書かれてきた『女』像、ステロタイプとしての『女』像を異化させる」（「コトダマキーパー調書――富岡多恵子の場合」一九九〇年一〇月『群像』）と指摘している。『ひべるにあ島紀行』（一九九七年・講談社）では旅行記、伝記、批評といった文学ジャンルを横断しつつ書くことで、小説の言葉空間を広げている。

金井美恵子も現代の小説のディスクールを追究している作家で、『文章教室』（一九八五年・福武書店）ではフローベールの『ボヴァリー夫人』を、『恋愛太平記』（一九九五年・集英社）では谷崎潤一郎の『細雪』をプレテクストに、現代女性のお喋り言葉ともいうべき語りによるナラティヴの可能性を展開した。作品そのものが〈書く〉ことの意味論にもなっている。

倉橋由美子は小説に批評の論理を導入した最初の女性作家ともいえるが、彼女は常に相対的な立場を守っている。女権国家を描いた『アマノン国往還記』（一九八六年・新潮社）では、男性社会全体に対するアンチテーゼを女が支配する国家というかたちで呈示する一方、身の回りの現実的な問題にしか興味を示さない女性社会にも否が突きつけられていた。倉橋はフェミニズムの基盤にある「抑圧されている女たちの解放」という原理からは出発しない。女性にも内在している抑圧や差別の意識をも照射するのだ。そういった意味で『アマノン国往還記』はフェミニズムの観点を十分内包した作品といえる。

三枝和子は西洋思想と西洋文学理論とを底流に日本の近代文学の限界を問うた小説理論小説『思いがけず風の蝶』(一九八〇年・冬樹社)を刊行した後、自分の思考が男性の思考方法によって形づくられてきたのではないかという反省から「女の発想」や「男の論理」に注目して文学を捉えるようになった。いわば遅れてきたフェミニストとも言えるかもしれないが、逆に〈フェミニズム文学〉を考える上で、三枝の作品は格好のテキストといえるだろう。『小説清少納言「諾子《なぎこ》の恋」』(一九八八年・読売新聞社)を筆頭に平安時代の女流作家の一生を小説化したシリーズでは、現在の結婚制度や家族制度が明治近代の遺物に過ぎないことを示し、ギリシア悲劇を読み解いた『男たちのギリシア悲劇』(一九九〇年・福武書店)では、女と子供を所有したい男の願望が結婚制度を生み出したという独自の論を展開した。また女と戦争の関係も三枝のテーマの一つである。「その日の夏」(一九八六年八月『群像』)では軍国少女の意識を検証し、「その冬の死」(一九八八年九月『群像』)では戦後に起こった「敵兵(戦勝国)」と自国の男性によるレイプを描いて、このレイプされた女性への凌辱が「女の戦争体験」だという見解を示した。敗戦二〇年後を現在時とする「その夜の終りに」(一九八九年九月『群像』)では戦争中は従軍慰安婦として、戦後はオンリーやパンパンとして、現在は売春もするホステスとして生きてきた四十代の女たちと、売春に罪悪を感じない二十代の女たちを対置させて女の性の意味を問う。結婚・戦争・性を〈女の視点〉から意味づける作業を行ってきた。

フェミニズムという観点からは〈異文化〉接触の問題も見落とすことができない。黒人男性と日本人女性の恋愛を描いた山田詠美の「ベッドタイムアイズ」（一九八五年一二月『文藝』）は、同一性を重視する日本社会において登場人物二人を日本社会の〈異物・他者〉として描き、他者に向き合う読者の「内なる制度（差別）」意識をも浮き彫りにした。また米谷ふみ子の『過越しの祭』（一九八五年・新潮社）には、ユダヤ系アメリカ人の男性と結婚した日本人妻の「ユダヤ社会」との関わりが描かれている。「他者」への違和感をストレートに表現する日本人妻の物言いに差別意識は感じられないが、当事者たちが読むとどう感じるのかも含めて外国人表象を見ていくことは、今後の課題であろう。野中柊も『アンダーソン家のヨメ』（一九九二年・福武書店）で、人種・民族・国家という言葉にはらまれている差別構造に眼を向けている。李良枝は日本国籍を持ちながら、李良枝《イヤンジ》というペンネームで『かずきめ』（一九八三年・講談社）や『由熙《ユヒ》』（一九八九年・講談社）を発表して日本と在日、日本と韓国の関わりに言及し、それぞれの「国のことば」に曝される身体の痛みを表現した。鷺沢萠も『君はこの国を好きか』（一九九七年・新潮社）で、在日韓国人として生まれた女性の日本と韓国に引き裂かれる心の痛みを表現した。

八〇年代は、人間／男性中心主義の価値観全体が変革を迫られた時期でもあった。テクノロジーの発達による生態系の破壊が自明のこととなった世界認識を反映して、人類を様々な生命体の生きている自然界のシステムの一部であると考え、人間存在／男女関係を、他の生物との連関で捉えていこうとする動きが女性文学の中でも浮上する。『ふなくい虫』、『栂の夢』、『青い狐』（一九七五年・講談社）、『浦島草』（一九七七年・講談社）など、花や虫や動物の名をタイトルにした作品が多い大庭みな子は「人間社会も自然の一部」だと一貫して主張しており、「生きものとしての感覚」を大事にして「動物が山や海のたたずまい、天変地異の予兆を体感するように、小説家は、生きていると伝わってくる社会の気配を書く」（「いんたびゅー」一九八三年三月一二日夕『東京新聞』）ことが重要だと語っている。『寂兮寥兮』（一九八二年・河出書房新社）、『むかし女がいた』（一九九四年・新潮社）、『もってのほか』（一九九五年・中央公論社）などの作品には、里の女として家事をこなしつつ「人の心を読む山姥の力」（水田宗子『ことばが紡ぐ羽衣』一九九八年・思潮社）をもつ女の、人間主体ではない発想が明確に打ち出されている。

戦争前後の中国体験を少女の視点から描いた「夢の壁」（一九八二年九月『新潮』）で芥川賞を受賞した加藤幸子にも、人間と自然の共生を考える視点がどの作品にも底流している。「野餓鬼のいた村」（一九八二年七月『新潮』）では自然の声を感受する少女を描き、『自然連祷』（一九八七年・文藝春秋）では自然と交流した人間の営みを詩情豊かに描写している。村田喜代子の『鍋の中』（一九八七年・文藝春秋）や『蕨野行』（一九九四年・文藝春秋）も自然とともに在る人間の物語だ。木崎さと子の「青桐」（一九八四年一一月『文学界』）には現代医学の治療を拒否して流れのままに身を死に委ねる女性が描かれている。吉田知子は『お供え』（一九九三年・福武書店）や『千年往来』（一九九六年・新潮社）などで、アニミズムにもつながる自然の力につき動かされる人間の心の動きを信仰心と絡めながら捉えている。野中柊の「ヨモギアイス」（一九九一年一一月『海燕』）に登場する「doing nothing（何もしないでいる)」＝「無能な」女は、九〇年代の〈自然の女〉といえるかもしれない。〈自然〉との連携は多様なかたちで小説化されている。

(2) 新世代の作家たち

倉橋由美子、河野多惠子を筆頭に一九六〇・七〇年代は、女性作家が独自の小説表現を模索しながら様々な作品を発表した時期であった。それはまさに女性文学のフロンティアを開拓する動きでもあった。一九八〇・九〇年代に登場した女性作家たちは、その開拓された豊かな表現の場で、さらなる展開を行ったといえるだろう。もっとも、九〇年代の女性文学は伝統的な文学方法をそのまま踏襲しているのではない。テレビ・マンガ・音楽・ゲームといったサブカルチャーを積極的に取り込み、メディア・ミックスを盛んに行なって次代の表現を開拓しようとしていた。さらに社会システムの歪みを抉り出す「社会派」と言ってよい多くの女性作家が登場した。

髙村薫(一九五三年・大阪生)は、硬直化した警察組織をあぶりだした『マークスの山』(一九九三年・早川書房)で直木賞を受賞。『神の火』(一九九五年・新潮社新版)では原発問題を描き、『レディ・ジョーカー』(一九九七年・毎日新聞社)では被差別部落出身者や身障者を登場させ現代社会の暗部に切り込んだ。『魔術はささやく』(一九八九年・新潮社)で日本推理サスペンス大賞を受賞した宮部みゆき(一九六〇年・東京生)は、『火車』(一九九二年・新潮社)でささやかな幸福を求める人間の欲望がいつしか犯罪と絡んでいくカード社会の陥穽を明らかにした。『理由』(一九九九年・朝日新聞社)では現代社会における家族のつながりを描きつつ、マイホームを持ちたいという庶民の夢を打ち砕く国家の経済政策の無策を浮き彫りにして直木賞を受賞した。現代は女性に対する抑圧が少なくなったとはいえ、既婚、未婚の女性ともに様々な問題を抱えていることもまた確かである。『顔に降りかかる雨』（一九九三年・講談社）で江戸川乱歩賞を受賞した桐野夏生（一九五一年・石川県生）は、『ＯＵＴ』（一九九七年・講談社）で夫のギャンブルと失業、家族の病気、問題を起こす子供たち、という現在を生きる主婦の身に降りかかってくる重い日常を描き出した。『ゴサインタン』（一九九六年・文藝春秋）で山本周五郎賞を受賞した篠田節子（一九五五年・東京生）は、『女たちのジハード』（一九九七年・集英社）で男性優位の会社組織で自分のための人生を切り拓こうとする女たちの悪戦苦闘をさわやかに描いて直木賞を受賞した。

作家とは〈言葉の遣い手〉である、と言っていいだろう。次に様々な表現の試みを行っている作家をみていこう。

同音異義語の多い日本語の言葉の響きや、漢字・ひらかな・カタカナといった言葉の姿形、さらに意味を担わされてきた言葉の歴史性にも注目し、言葉の多様性を表現している作家に笙野頼子（一九五六年・三重県生）と多和田葉子（一九六〇年・東京生）がいる。笙野は『なにもしてない』（一九九一年・講談社）で、〈言葉〉が〈リアル〉に〈身体〉と接触する女性を造型した。『レストレス・ドリーム』（一九九四年・河出書房新社）では、「母」は「くそばか」に、「愛」は「死ね」にと変換される言葉空間を創出し、言葉がある秩序のもとで統制され、書き手をも縛っている言葉の制度に激しいゆさぶりをかけた。『母の発達』（一九九六年・河出書房新社）では「あくまのおかあさん」、「いや、のおかあさん」、「嘘の嫌いなおかあさん」、そして「をんなの母」というように五十音の母が、言葉によって次々に生み出されていく。言語のもつ自由な増殖性（造語性と連接性）に女性（単性）の産出性を重ねて〈言語の創世記〉ともいうべき「女性言説空間」の創造を目指す。

一九八二年からドイツで暮らしている多和田葉子は、ドイツ語と日本語で作品を発表している。「かかとを失くして」（一九九一年六月『群像』）には、外国語がウイルスのように侵入して母国語（日本語）の体系に覆われた身体を犯していく状況が描かれていく。まずドイツ語で書かれ、その訳を通して日本語版が生まれた『ゴットハルト鉄道』（一九九六年・講談社）では「ゴット」や「ハルト」というドイツ語の響きがもたらすイメージや、ドイツ語の「ゴット」と日本語の「神」のもつ言葉の歴史性の相違による接触などによって起こる〈言葉〉の変容が、男の身体のような「ゴットハルト鉄道」を旅する日本人女性の身体感覚の変容と重ね合わされて表現されていく。多和田葉子は、他文化に出会って変容する味覚・嗅覚・視覚・聴覚・触覚という身体感覚を、思考・意識の崩れとして表現していくのである。水村美苗（生年非公開・東京生）の『私小説』（一九九五年・新潮社）には、帰国子女の言語体験を通して二つの文化・言語に引き裂かれる心と身体が描かれている。

女の身体に限らず、人間の不可知な身体性に注目し続けているのが小川洋子（一九六二年・岡山市生）や赤坂真理（一九六四年・東京生）である。海燕新人賞を受賞した小川の「揚羽蝶が壊れる時」（一九八八年一一月『海燕』）には、物質〈身体〉の変容と精神〈心〉の変容が不可分にある人間の身体性を、痴呆症を呈しつつある祖母と妊娠した孫娘の意識と感覚の変化を通して描き出した。「妊娠カレンダー」（一九九〇年九月『文学界』）には身体の変化が意識や感覚にもたらす影響を、拒食と過食に陥る女性を通して描いた。『密やかな結晶』（一九九四年・講談社）では言葉・記憶が管理された未来社会を設定して、身体が消滅した後の精神の行方に迫る。赤坂真理は「心身」が「あらかじめ壊れている」（「傷と再生」一九九七年七月『文学界』）ものとして身体性を捉える。『蝶の皮膚の下』（一九九七年・河出書房新社）の薬物やアルコールの常用、『ヴァイブレータ』（一九九九年・講談社）の拒食、『ヴァニーユ』（一九九九年・新潮社）の暴力への欲望などには自己の身体を痛めつけることでしか自己を確認できない女性の孤独と絶望が表現されている。もっともその絶望からの立ち直りもかすかに示唆されている。また川上弘美（一九五八年・東京生）は『溺レる』（一九九九年・文藝春秋）で、身体は「アイヨク」に溺れても相手との一体感を甘受できない〈心〉、そんな身体性をタイトルが象徴するような異物が混ざり合う関係として描いている。

言葉は、音や姿形といった物質性を超えて社会的にコード化された意味をも担う。しかし作家はいつもコードからの逸脱を目指す。山本昌代（一九六〇年・神奈川県生）の『九季子』（一九九六年・福武書店）は、言葉がその意味を剝奪されアルカイックな次元の響きに還元される瞬間を表現した作品である。小説のタイトル「九季子」は、眼に映る文字と音の響きの快さから母親が娘につけた名前である。一方でその名前は、子供の頃の母が不注意で死なせた文鳥の名前でもあった。「クキコ」という響きは、本来の意味とは異なる他の記号の〈痕跡〉を露わにし、母の喪失した記憶を浮かび上がらせる。人間の存在基盤は言葉のそんなアルカイックな作用の連なりであることを『水の面』（一九九六年・新潮社）や『魔女』（一九九九年・河出書房新社）は示している。

荻野アンナ（一九五六年・神奈川県生）は『遊機体』（一九九〇年・文藝春秋）や『ブリューゲル、飛んだ』（一九九一年・新潮社）、『私の愛毒書』（一九九一年・福武書店）などで、大阪弁や現代ギャルの話し言葉、荻野版創作言語が跋扈する世界を展開した。すべての言語規範、すべての言語的階層秩序から自由である言説を模索している。また沖縄出身の崎山多美（一九五四年・沖縄生）は、「国の言葉＝日本語」に違和感を覚え、自身の出身地である西表島や宮古島の言葉、沖縄語（ウチナーグチ）を共通語のなかに響かせながら創作する。『くりかえしがえし』（一九九四年・砂子屋書房）や『ムイアニ由来記』（一九九九年・砂子屋書房）で表現されるウチナーグチは、作者の〈内なるコトバ〉が紡いだもので、日常的に使われている沖縄地域の方言ではない。崎山の響かせるウチナーグチも規範から自由なコトバの連なりを目指している。

九〇年代の女性作家は、日本の社会的・文化的規範にアイデンティファイすることに疑問を持ち、「日本語小説」そのものを見直そうとする機運に満ちている。

第Ⅱ章

身体性をめぐる表象

1　岡本かの子――〝純粋母性〟と〝役割母性〟――

（1）「鬼子母の愛」における母性

近代における女の生を考える上で、問題とされるのは妻と母という性役割であろう。おそらく二〇世紀初頭においては、一人の女といえばまず妻であり母であった。女は「妻」であり「母」であることによって、はじめて地位と権力を与えられ「女」としての存在を認められたといってもよいだろう。ここでは、天職であるとさえ言われた「妻」であり「母」であることで規定される女の在り方を〝役割母性〟と名づけてみたい。つまり「夫のために」「子供のために」という大義名分のもとに、その権力を発揮するような母性である。

岡本かの子の文学は「母性の文学」とも言われるが、かの子の作品において〝役割母性〟はすべて否定的に扱われている。たとえば「母子抒情」（一九三七年三月『文学界』）における規矩男の母鏡子は、つつましげで、自分自身の欲望などはまったくもたないような顔をしながら、大学を出ること、いい会社に就職すること、いい嫁をもらうことを子供におしつける。子供の資質や気持ちを少しも理解しようとしないこの母親を、かの子をイメージさせる「かの女」は「ただ卑屈で形式的な平安を望むつまらない母親」と語る。また「河明り」（一九三九年四月『中央公論』）には、子供の心を握ろうとして争う産みの親と育ての親の激しいエゴの衝突が描かれている。これらは、子供の心を自分のものにすることによって、母親としての誇りと満足を得ようとする母親像で、かの子はそこに、愚かで哀れな母の姿をみる。この母親という名のもとに女のエゴをむき出しにし、自己の欲望を子供におしつける母性愛が〝役割母性〟である。

これらの母親と対照的に描かれるのが『丸の内草話』（一九三九年・青年書房）の「私」であり、「かの女の朝」（『丸の内草話』所収）の「かの女」である。「丸の内草話」の母親は、会社員として処世術を身につけていく息子をみて「息子よ、あはれ」と涙ぐむ。ここには功利的な母親の意識は皆無である。人間として生きていくことの非情さ、生きていかなければならない悲しみに共感できる母がいる。

> 子供は世の人々が言ひ尊ぶやうに無邪気なものと逸作もかの女も思つては居なかつた。（略）恥や遠慮を知る大人を無視した横暴な存在主張者だ。（逸作もかの女も、自分の息子が子供時代を離れ、一つの人格として認め得た時から息子への愛が確立したのだ。）
>
> （『岡本かの子全集　第五巻』一二七〜一二八頁。以下引用は冬樹社版による）

ここには、子供を母親の所有物と見るのではなく、自分と対等に向かい合う他者として捉えることのできる母がいる。亀井勝一郎は「『やがて五月に』について」（一九三八年『やがて五月に』跋文・竹村書房）で、岡本かの子を日本において初めて「恋人と母性」を一身に調和させた作家だと論じている。恋人と母性を調和することができたのは、かの子に子供と母親は他者であるという認識があったからであろう。

「やがて五月に」（一九三八年三月『文藝』）の藍子、『生々流転』（一九四〇年・改造社）の蝶子、『女体開顕』（一九四三年・中央公論社）の奈々子にみられる一人の男だけにではなく、多くの男女に影響を与え、その存在を引き受けてゆく女を、かの子は「ウール・ムッター」（根の母）と名づけるのだが、このような女の存在は本来、何に根ざしているのであろうか。ここではこうした恋人と母性の両面をそなえ、他の存在をも引き受ける女の在り方を〝純粋母性〟と名づけて考えてみよう。

〝純粋母性〟の原型は、初期の作品「鬼子母の愛」（一九二八年七月三日～一二日『読売新聞』）に認められる。「鬼子母は人の子を見ると食べたくなる」。可愛がるだけでは物足りなく「直接に子供を自分の愛感の中へ取入れて仕舞」いたいと欲するのである。それは自分の子供たちに対する過剰な愛を、他人の子供を食べるという代償行為によってしか表現できないからである。過剰な愛とは、抑えることのできない欲動でもある。鬼子母にとって自分の子供は、現実に現れた自分自身の絶対存在とみなされ、他人の子とは根本的に異なる者である。それ故に食べたいという欲望も起こらない。「生れてから野竹のやうに、自分一途に伸びて居た鬼子母の心」は、子を喪った母親の悲しみを知ることもない。それが自分の子供を喪うことによって初めて、子を思う母親の気持ちがすべて同じだということを知る。これまでの自分の罪を償うには、自分の子供は自己の一部であるという意識を改め、他人の子も自分の子も一人の他者として認め、平等に愛さなければならないとする認識に至るのである。こうして生まれ変わった鬼子母は、子授けの神となる。

『ぐい〳〵引き廻せる勝手放題の愛し方の出来るわが兒といふものを失つたのは実に寂しい。然し世間中の子供をみな自分に繋ぐ事が出来るやうになつたのは、本當に賑やかで福々しい事だ』（『岡本かの子全集　第一巻』一一六頁）

自分の存在がすべてを包むことができるという感慨は自己陶酔的ともいえようが、わが子だけに対する母性でなく、世間中の子供、さらには生きているものすべてを包み込んでゆく母性は、かの子文学の中心をなすモチーフである。さらに、子授けの神となった鬼子母には、「救済されるべき人間」が「救済する人間」になり得るという世界観の転換がみられる。「救済する人間」、これも〝純粋母性〟の要素である。

「救済する人間」の造型には、かの子の実体験も投影されていると思われる。その背景について、瀬戸内晴美の『かの子繚乱』（一九六五年・講談社）や熊坂敦子の「年譜」（一九七八年『岡本かの子全集別巻二』）などをもとに見てみよう。

かの子は漫画家の岡本一平と一九一〇年に結婚した。だが二人の結婚生活は、生活意識の違いや一平の放蕩生活、かの子の早稲田の学生であった堀切茂雄との恋愛などで一九一三年頃から軋み始めていたようである。さらに長女豊子、次男健二郎の死などが重なり、かの子は神経に異常をきたすまでに消耗し、荒廃した生活からの救いを宗教に求めていく。とくに『歎異抄』の「善人なおもて往生を遂ぐ、いわんや悪人をや」の思想に共鳴し、「煩悩即菩提」や「一切衆生悉有仏性」などの他力本願の仏教に自己救済の道を見出していく。煩悩多き身は祈ることによってのみ救われ、完全な自己を形成しうる。さらにその救われた自己は、他人にも救済を及ぼすことができる。その思想を受け入れていくことによってかの子の生活は安定していった。

「煩悩即菩提」という宗教観を内面化することによってかの子は、「救われるべき存在」から「救うべき存在」への転換を遂げたようである。その変身の予兆はすでに「鬼子母の愛」の鬼子母像にあった。新しく生まれ変わった「かの子」は鬼子母と共振し、「救済者」としての「自己」を獲得していったようである。かの子は「芸術家の務めは客観世界と自分の主観世界とを一致させることを最も忠実にすると同時に巧みにすること」（一九三三年一月「女流歌人座談会」『短歌研究』）だと語り、さらに「主観も客観の中に溶け込めるもの」であると述べている。いうまでもなく主客合一は仏教における到達点であるが、岡本かの子の語る「主客合一」には、自己が世界を包むという、ある意味ナルシスティックな陰影も感じられる。しかし、その一方で、かの子の小説には作家の主観をおし通すことによって、「私小説」の域を超えた〝純粋母性〟を体現する女性が創造されている。主観を徹底化させることによって独自の客観的な文学世界を創りあげていったと言えるだろう。

（2）「母子抒情」における母性

現実社会において他者を救済することのできる女としてまず登場するのは「やがて五月に」の頼子である。頼子は放蕩に明け暮れる夫が、その放蕩で急死することになったら自分の生活はどうなるのだろうという不安にかられ、待合にいる夫のもとを訪れる。会えた夫の冷淡な無理難題に、死ぬほどの恥辱を受けた頼子は倒れて意識不明になってしまう。ところが意識が戻り、自分の枕元に座っている夫を見て頼子は、突然、不合理とも思える「この男はどうしても一生自分が愛して附添つてゐてやらねばならない男」だという心の動きにとらわれる。頼子の心理は「複雑な心理」と表記されるのみで、明確な説明はなされていない。作家が仏教から受けた回心と、作中人物の心情が共鳴し合って生まれた言葉だろうか。ここには憎むべき夫は存在せず、頼子によって守られる男がいるのみである。もちろん頼子の思いにはある意味、母親的な夫に尽くす妻という感覚が残されているかもしれない。母親的な愛情と男に対する愛情を同一のものとして体現する女性が「母子抒情」の「かの女」である。

「母子抒情」は巴里に留学中の息子一郎を想う母親「かの女」の、息子への思いと息子に似た青年規矩男へ寄せる思いが複雑に絡み合う心情を綴った作品である。

身体に一本の太い棒が通つたやうに、むす子のことを思ひ詰めて、その想ひ以外のものは、自分の肉体でも、周囲の事情でも、全くかの女から存在を無視されてしまふときに、むす子のゐる巴里は手を出したら摑めさうに思へる。それほど近く感じられる雰囲気の中に、ゐべき筈のむす子がゐない。眼つきらしいもの、微笑らしいもの、癖、聲、青年らしい手、きれ〴〵にかの女の胸に閃きはするが、かの女の愛感に馴染まれたそれ等のものが、全部として触れられず、抱へ取れない、その口惜しさや悲しさが身悶えさせる。（『岡本かの子全集　第二巻』一六四頁）

息子のすべては「かの女の愛感に馴染まれ」ているはずなのだが、現実には触れることができない。この「身悶え」する意識は、息子の面影を求めて街をさまよう。そして息子に似た青年を見かけ、息子の後をついて歩くように青年の後をついてまわる。息子を追って歩く楽しさのなかに、突然、息子を思う母の愛情とは異質の感情が起こる。しかし「かの女」は無理にその感情を抑え込む。

慾も得もない。たゞ、寂しい気持に取り残され度くない。たゞそれだけの熱情にひかれて、かの女は青年のあとについて行つた。後姿だけを、むす子と思ひなつかしんで行くことだ。美青年に用はない。（『岡本かの子全集　第二巻』一九二頁）

ここには母親の息子に対する愛情だけとは言い切れないものがある。「美青年に用はない」、と言わずにはいられない心の動揺を隠す言葉であろうか。純粋に母親の一途な思いだと納得したい、女のうめきの声といえようか。「かの女」は女としての思いを母性という衣に包んで、規矩男をあくまでも息子の代わりとして逢うようになる。だが「かの女」の女としての性（意識／肉体）は、規矩男に息子ではない男の肉体を感じてしまう。その感覚に恐怖をもち「もう逢はない。もう逢はない」といい、規矩男と別れる。この別れは「何物の汚瀆も許さぬ母性の激怒が、かの女を規矩男から叱駆したのだ」と語られている。息子の面影を慕う母の心情は、いつのまにか女の心情を帯びていた。「母性の激怒」とは、母親であることだけに収まりきれない〝純粋母性〟を抑圧しようとする女の叫びといえよう。その後、成長した息子の手紙を前にして「かの女」は息子をはっきり「男」だと自覚していく。

母は女で、むす子は男、むす子は男、むす子は男、男、男、男――男だ男だと書いてゐると、其処に頼母しい男性といふ一領土が、むす子であるが為に無条件に自分といふ女性の前に提供された。

（『岡本かの子全集　第二巻』二三六頁）

母親の息子に対する愛、それ自体に異性に対する愛が含まれている。パリにいる息子を想う母の気持ちは、恋人を思う気持ちと少しも変わらない。そして息子に男を認めた時、規矩男の男性を認めるのは必然であった。

規矩男。規矩男。訣れても忘れてゐる規矩男ではなかつた。厳格清澄なかの女の母性の中核の外囲に、匂ふやうに、滲むやうに、傷むやうに、規矩男の俤はかの女の裡に居た。

（『岡本かの子全集　第二巻』二五二頁）

息子を「仲介」とした男への愛は息子への愛に変換され、さらに男への愛となる。規矩男は一郎でもあるのだ。かの子は、母性愛も異性愛も同じ一つの愛とする女の性感覚を〝純粋母性〟と見做したのである。

母性愛と異性愛をひとつの母性に統合した女の存在は、さらに「花は勁し」（一九三七年六月『文藝春秋』）の「自分でも意識し尽せぬ深い天然の力」をもつ桂子や、「落城後の女」（一九三七年一二月『日本評論』）のおあん等に引き継がれていく。彼女たちの「力」は彼女たちの意志とはかかわりなく、河のように来るものを何でも流しこんで、その筋を太らしてゆく「逞しい生命《いのち》」と表現される。この「力」を引き出された女は他にも影響を及ぼし、さらに他の生命を自分の「いのち」に引き受ける。他の生命を感化し、さらに他の生命を自分の「いのち」に生かす〝純粋母性〟を表象するのが「やがて五月に」の藍子である。

「やがて五月に」の泉宗輔は、子供の頃に母の愛をたっぷりと受けられなかったゆえに癒されない愛の空白を心のなかに抱えている。宗輔は空白を埋め、生きる希望を与え、精神的な支えともなってくれる女性を求めて多くの女たちと付き合うが、心の空白が満たされることはない。頼子によってひと時の精神の安定はもたらされるも、充たされたという満足感を得ることはできない。そして海女《あま》に女の持っている生命の強さを感じ、自虐的な気分で海女に飼われる男になろうとするが、それも果たされない。精神の拠り所を求めてさまよう宗輔に、生きる希望を与えたのが頼子と睦み合う幼い藍子であった。宗輔は、二人の関わりにこの世の「唯一の幸福の原型」を感受する。

自分の生命力を拡充するもの、それは藍子に対する愛の喜び、生れながらにして歪め捻られた自分の生命が惻々として藍子に向つて伸展し移入し始めたのを自覚した満足。一つの癖づいた生命が、他の完全な生命に合する不思議な策略で藍子は自分へ出現した。

（『岡本かの子全集　第三巻』三八〇頁）

藍子は子供でありながら頼子の母性を引き出し、宗輔の生命力を引き出す。「娘さながらに母性の威を備えた」藍子の、存在そのものが「母性の力」の源である。かの子の小説における「母性」には衆生を救済する観音菩薩のイメージが濃いが、ここでは女の欲動も含むという意味で〝純粋母性〟と名づけておきたい。娘でありながら多くの男に母親的な愛をそそぎ生きる力を与える「生々流転」の蝶子も、同じく娘でありながら多くの人々の叶えられなかった夢といのちを引き受ける「女体開顕」の奈々子も〝純粋母性〟の体現者といえるだろう。それはまた生命《いのち》を継承していく〝母性〟でもある。

岡本太郎の「父母の生涯」（一九五二年「母、かの子の想い出」として『夢と誓い』所収・宝文館）によると、旧家に生まれて乳母日傘《おんばひがさ》で育ったかの子は家事にうとく、周囲から軽蔑されていたという。「生来の奔放な特異な性格」のため、妻としての役割も、母としての役割もうまく果たせなかったようである。結婚した女の価値が「妻」「母」という役割で評価されていた時代に、妻にも母にもなりえない女（かの子）の内面には深い絶望感が孕まれたことだろう。絶望を孕んだ女の生命《いのち》は、その生の肯定を創作に求めていった。役割としての母性をもたないかの子は、自己の内にある「母性」を虚構の世界に展開していく。現実では無能であった女の生は、すべての他者を包み救済し、さらにいのちを生み育む「母性」に変換されたのである。役割母性を拒否した〝純粋母性〟は、解放された女の一つの存在のかたちである。

一九三〇年代、岡本かの子は役割母性を拒否してなおかつ「母性」のある女、つまり〝純粋母性〟をもった女を造型しようと悪戦苦闘した。私はここに、一九七〇年代から八〇年代にかけて同じく母親でもあった大庭みな子や津島佑子が創出していく純粋な〝母〟の原型を見る。

2 一九四〇年代女性作家の身体表象

ここで身体性という概念について少し触れておきたい。身体性という概念は多様な意味で用いられてきており、現在における解釈も多様である。キリスト教のレベルでは身体性の観念の出発はパスカル、あるいはキルケゴールに置かれることが多い。パスカルの場合は、今ここにいる自分、いわば神と対峙する自分の実存ということが「身体性」の軸になっている。キルケゴールの場合には、不安におののく孤立した「私」、つまりここにこうしてある自分の現存という概念であろう。実存主義のレベルでは、メルロ＝ポンティのいう歴史に拘束された意識／身体としての私というものがその観念の基礎となっている。日本で身体性という語が用いられる時、そこには二つの互いに異なる観念が把握できる。一つは森有正、中村雄二郎などの発想にみられる時間的／空間的な場（トポス）を占める現存としての人間を指す観念であり、もう一つは菅孝行などの発想にみられる精神に対する肉体としての身体の観念である。

女の身体性という観念は、おそらくこれまでは女の肉体性をその意味の中核として用いられ、解釈されることが多かったように思う。それはどちらかといえば単純な一般概念における身体《からだ》である。とくに文学においては妊娠・出産にかかわる「産む性」として、快楽の対象として扱われる「女性性」として、女の身体《からだ》は捉えられてきたように思う。しかし、男の身体性が先述した存在論的な把握の対象であり、女の身体性がそこから疎外された純粋に肉体的な把握の対象であるとするのは、必ずしも適切でないように思われる。確かに女の身体性が男の身体性と差異を持つということも認めないわけにはいかない。思想や観念は身体が存在することにおいてしか成立しえないという点に関しては女も男も同様であるが、妊娠・出産という女に固有な身体（肉体）的形態の場においては女の意識や感覚が、より拘束されることは当然起こり得るのではないだろうか。そこでここでは一九四〇年代の女性作家の作品における女の身体性というものを、動作および感覚の具体的表象から意識（知覚）およびイメージ（想像）を表象する実存、いいかえれば一つの場としておさえ、そこに女というものの男との身体的な差異で肉づけをするという形でみていきたい。

樋口一葉以来の日常的リアリズムを中心とした女性作家の作品に、社会性・政治性を導入したプロレタリア文学の方法は、女性作家の作品として考えると新しい方法であった。平林たい子の「殴る」（一九二八年一〇月『改造』）、林芙美子の「放浪記」（一九二八〜三〇年『女人藝術』断続連載）、宮本百合子の「乳房」（一九三五年四月『中央公論』）、佐多稲子の「くれなゐ」（一九三六年一月〜三八年五月『婦人公論』）などには、生活的なものに社会的・政治的発想が加わったことによって、制度に封じ込められている女の身体性が少しずつ露わになっている。自由な表現が弾圧され、人間性を閉塞させた一九三〇年代とは、比喩的にいうなら閉じ込められた女の身体性そのものである。そして女性作家が制度の桎梏から解放されて自由な実存としての身体性を表現できるようになったのは敗戦後であろうが、戦中から戦後にかけての女性作家の作品には女性自らが身体性を獲得していこうとする動きが見られることもまた確かなことである。

（1）平林たい子「施療室にて」「かういふ女」

空間的・時間的に閉じ込められた身体性の束縛そのものを描いた小説が平林たい子の「施療室にて」（一九二七年九月『文藝戦線』）である。そこには身体性に目覚めつつある作家の萌芽が確認できる。

主人公「私」の夫は、旅順で苦力《クーリー》監督らと、労働争議の一環として馬車鉄工事の線路破壊を謀るが失敗して入獄する。「私」もテロの共犯者と見なされるが、臨月のため監視つきで一時慈善病院に入院する。妊娠脚気にかかった「私」は陰惨な施療室で出産するが、金儲け主義の病院には乳児に人工栄養を与える配慮がない。脚気の母の乳を飲んだ赤ん坊はまもなく死んでしまう。「私」は出産と病気で衰弱した体のまま監獄へと向かう。

「私」は、政治犯であるということで、現実的に制度に閉じ込められた存在である。しかもテロ活動において夫の誤謬に気が付きながらも、「しかし、さういふ所を通り抜けなければ向ふへは行けないすべての大勢ならば、やはり、それに従つて行かなければならないのが、運動する者の道だ。夫に対する妻の道だ」と考えるものでもある。その一方で、獄に繋がれた夫が「私」に未練を見せる時、「私」は夫を運動する同志であると規定して夫の態度を「女々し」く厭わしくも思う。妻という存在と社会主義者という存在に「私」の意識は二重に囚われている。

さらに獄中からの夫の手紙を読み、「囚へられてゐる夫の生活の中も、外においてある妻と、うまれた子供のことが第一義であることに憤り」を覚える反面、「すがりつきたいやうな堪へがたいなつかしみを感じ」るのである。同志と見做しながらも夫・父という相手の役割にこだわる感情は、歴史に拘束された「私」の身体性に発している。

「私」が監視つきの施療室に在るということは肉体的に閉じ込められている状況を明示し、身体の孕みはその状態が強く緊縛されていることを示している。

「私」は「血を吸つた蚊のやうな大きな腹をかかへて起き上れない体」を、「河から引摺り上げた重い一本の丸太のやうに情なく」感じながら、その体ゆえに入獄が伸ばされるかもしれないという「うすい喜びに似た」期待を持つ。そして「額の広い、目の少し吊つた女の児をうみたい」「日本のボルセヴィチカを監獄で育てよう」と決意するのも、その妊娠している身体に促されてである。赤ん坊に牛乳が与えられない状況だと悟った時、子供に濁った乳をのませる「私」の決心は、肉体も精神も閉ざされた身体意識の作用といえる。

ところで「私」は、赤ん坊の死に際して「さうですか」と「何でもなささうに、平気な声で答へ」赤ん坊の顔を見ることもしない。「事実、私にはそれ以上の感情は起つて居ないのだ」という。そうした「私」の意識に、作者のニヒルな酷薄さをみる駒尺喜美（「施療室にて」一九六八年四月『國文學』）の見解がある。それに対して中山和子は「そういう酷薄な、自己破壊的な熱情をバネとしなくては、開きれないような時代の情況を、その時の作者が直感していた、と考えることができる」（『昭和文学の陥穽』一九八八年・武蔵野書房）と述べている。たしかに、在るがままに在る、というような生き方では自己の実存を変化させる力をもたないが、真に絶望する意識には変革の可能性が潜在している。そこには二重、三重に制約された「私」の実存を見すえる作者の視線を認めることができる。

平林たい子はその後も「殴る」、「プロレタリヤの女」(一九三二年一月『改造』)などで、制度に閉塞された人間の状況を肉体の感覚を通して描いた。一九三七年に人民戦線事件の名のもとに投獄され、そのため肺結核と腹膜炎を発病し、四五年まで闘病生活を送った。戦後その体験を素材に発表した「かういふ女」(一九四六年一〇月『展望』)には、精神と肉体の二元論ではなく、肉体に拘束される意識について、次のように表現されてある。

夜中にふと目ざめてすぐ腕の脈にさはり、そんな深夜自分が不覚にも眠り痴れてゐたときにさへ、心臓が怠けもせず影日向もせず正確に働いてゐてくれたことを知つた時の忝さ。それを感謝する愚しさ。遂にはその心臓の働きをいかに私の生命が支配しようとしても所詮私の支配の外に独立した生命を営んでゐるものだと否応なしに考へさせられて、毅然たる人格に対するのと同じ畏怖を抱かせられた。

(『現代日本文學大系56』一九七一年・筑摩書房・二九八頁)

前半の「生命」とは精神のことであり、平林たい子の別の言葉で表すなら生きる「意力」ということである。後半の「生命」は身体と考えられる。主人公は思想、観念、そして意識は、身体を過してしか表れない事実に直面している。この二面をトータルに言語化し、表現することが作家における身体性獲得の意味である。ここには身体性を獲得した女の実体はまだないが、目覚めの兆しは見えている。

（2） 佐多稲子「くれない」

平林たい子とは対照的に、閉じ込められた女の身体を閉じ込められたままに表現したのが佐多稲子である。佐多稲子は、文化的・観念的意識のレベルから脱け出すことのできない女の身体を描く。「キャラメル工場から」（一九二八年二月『プロレタリア藝術』）には、十三歳の少女ひろ子を主人公にして、懸命になって働いても現状の貧しさから脱出できないプロレタリアートの生活が描かれていた。

小学校も卒業せずに家のために働きだしたひろ子に、「小学校だけは卒業する方がよかろう」という学校の先生からの手紙が届く。「それ（手紙、注引用者）を摘んだままで便所にはいった。彼女はそれを読み返した。暗くてはっきり読めなかった。暗い便所の中で用もたさず、しゃがみ腰になって彼女は泣いた」。ここには文字通り「場」に閉じ込められた人間がいる。「くれない」や戦後に書かれた『灰色の午後』（一九六〇年・講談社）も、まさに閉じ込められた人間を描いた小説である。

「くれない」は、妻であり母でありながら仕事を持つ社会人としての自立を志向する女の姿を、夫婦関係の桎梏の中で描く。主人公明子と夫広介はプロレタリア文学運動に携わっている作家で、明子は夫が二年間牢獄にあった時代に、思いきり仕事のできた自由を味わった。今、夫に対して十分に尽くせない自分を反省しながらも、より仕事にうちこむ自由を希求している。広介には子供の世話や家庭の些事にかかわらせず、よい仕事のできる環境を整えてきた明子であったが、夫と同じように仕事をしたいと考え始めている。仕事と家庭生活の両立に悩む明子は無関心な夫の態度に矛盾とで生活の転換を計ろうとする。広介の行動を容認しようとしながらも、明子の未練は断ちがたい。妻との摩擦に耐えられなくなった広介は、若い愛人と暮らすことで生活の転換を計ろうとする。広介の行動を容認しようとしながらも、明子の未練は断ちがたい。

激動が明子を翻弄しはじめた。明子自身、急劇に昂まってゆく自分の感情に眼を見張った。それはかつて予想もしないものであった。彼女はもう三日というもの殆ど眠らなかった。食事も通らなかった。彼女の身体はゴムのようになり、いつも大きく眼を見開いていた。愛情が強《き》つく、両方の交錯が急になり、もつれた。（略）
わたしの嫉妬は何なのであろう、と明子は自問した。

（『佐多稲子全集　第二巻　くれない』一九七八年・講談社・六二頁）

ここには女の愛情の在りようが理屈では割り切れない人間の実存として描かれている。夫に対する感情を制御しようとする理性的な心の働きは、生起する嫉妬の感覚に裏切られ続けるのだ。ここで明子は、この「嫉妬」という感情をこそ見すえなければならなかったのであろうが、そこを放棄してしまったように見える。たとえば明子が自殺を思い遺書を書く場面で「私の死は発作的な町の女房の死と少しも変らない」と考えるところや、夫婦関係の破局の原因について「結局は自分が我儘な気持を持ちたかったからなのです」と答え、作家として仕事をしたいという意識を我儘と見る場面は、従来の文化の概念に縛られた女の発想から一歩も出ていないことを証明している。

女の自由な身体性は、制度の改革、状況の変化によって解決される部分もあろうが、それがすべてではない。肉体の感覚も、あるいは束縛といえるかもしれない。身体性の獲得は、身体に内在する感覚・意識を超越する志向なくしてはありえない。ここでは明子がそのことに気づいていないのである。

その錯誤は「灰色の午後」の主人公においても繰り返される。「くれなゐ」と同様な経緯から妻と夫の確執が起こる。妻の嫉妬をなしくずしにしようとする夫惣吉の行為に、妻折江は反発しながらものめりこんでいく。

惣吉は折江をとりひしぎ、狂ったように自分の身体で彼女を蔽うと、彼自身ああ、と叫んで、何か云おうとする折江の唇をしゃにむにふさいだ。

「ほら、お前だって」

見破られる官能のたしかな証拠に、羞じはその中にはぐらかして折江は埋没していった。その間にひらめくおもいは、今はもう共犯の意識であった。惣吉の罪に彼女自身もはや加担者となった、という共犯の意識であった。

ああ、共犯だ、共犯だ、どこかでそう叫ぶ彼女の悲痛な泣き声は、官能の泣き声の中にひとつになって妖しい勝利を挙げていた。しかしその時、折江の魂の中に保たれていた大切なものは、ぱちん、と音を立ててくだけ散っていた。

（『佐多稲子全集　第十巻　灰色の午後』一一三頁）

一つの身体が他の身体（「ほら、お前だって」という言葉も身体の一部である）によって踏み付けられ、蹂躙されることへの絶望的な反応が描写されている。しかし、官能（肉体）に魂（精神）が敗北したという発想では、永遠に身体（肉体）というものは一種の檻でしかないということになる。

身体を獲得するとは、普遍的な自己でなく特殊な自己、つまり自分が固有な存在であることに目覚めること、身体を保持していることにおいての自己の存在の意味を認識することである。なおかつそれが生から死まで一回性であることを認識し、実体化することが身体性を獲得することの意味である。

日中戦争の拡大に伴って、作家は戦争を聖化する作品への変容を迫られていった。女の自由な感覚を表現した岡本かの子の作品などは、ほとんど異端のものであった。こうした流れの中では、宮本百合子のように執筆禁止にあいながらもファシズムに対する強い姿勢を貫き通した女性作家はまれであって、多くの女性作家は戦争中心の文学活動のなかに組み込まれていった。一九三八年には政府委嘱の「文壇ペン」部隊が編成され、陸海軍に作家が従軍するという体制がつくられた。従軍活動では、林芙美子や吉屋信子が活躍した。四〇年には大政翼賛会が結成され、四二年には日本文学報国会が組織された。中里恒子の「乗合馬車」（一九三八年九月『文学界』）、壺井栄の「暦」（一九四〇年二月『新潮』）、網野菊の『雪の山』（一九四三年・昭南書房）など、庶民の日常生活を描いて時流に迎合しない作品も書かれたが、中本たか子の「南部鉄瓶工」（一九三八年二月『新潮』）、小山いと子の「オイルシェール」（一九四〇年三月『日本評論』）など、戦争協力的色彩の濃い作品が次々と発表されていった。戦時中には極度に抑圧された戦時状況をはねのけて、自由な身体性を表現した女性作家の登場はなかったといえる。

　敗戦直後には、戦後の新しい文学運動の先頭をきって宮本百合子など旧プロレタリア系の人々が民主主義文学運動を展開した。しかし、この運動体は基本的には戦前のマルクス主義文学運動の継承でしかなかった。女性作家の文学に発想の転換が訪れたのは、敗戦から十年を経た一九五〇年代後半になってからである。

3　身体性をめぐる新たなうねり

敗戦から十年を経た時代の変化を表わす画期的な言葉は「もはや〝戦後〟ではない」であろう。この言葉は中野好夫が、一九五六年二月号の『文藝春秋』に書いた文章のタイトルだといわれている。中野は敗戦後に起こった雑然たる状況をすべて「戦後」という言葉で表わし、その状況をあたかも「特殊な期間」とみなす風潮に異をとなえ、「戦後」を特殊な期間とみなさず私たちの未来につながる今・現在と捉えることの必要性を説いた。この年の七月に出された『経済白書』は「もはや戦後ではない」と述べたあとに「回復を通じての成長は終わった。今後の成長は近代化によって支えられる」と記し、「近代化の進歩」も「経済の成長によって可能となる」と打ち出した。敗戦によるどん底からの復興は終わり「もはや戦後ではない」という『経済白書』の文言からは「敗戦」をも無かったことにしようとするニュアンスが感じ取れる。それは中野の発想とは対極にある指針だが、多くの日本人、とくに男性にとっては敗戦コンプレックスを払拭するに十分なキャッチコピーであったと思われる。この言葉は流行語となり、その後日本はひたすら高度経済成長へと向かって行くことになる。

しかし、女性たちの戦後は、中野の指摘する「戦後」に近い感慨ではなかっただろうか。男女同権を謳った日本国憲法が公布され、様々な差別は残っているにしても、憲法上は女性も男性と同等の権利を持つことが定められたのである。また一九四七年の民法、刑法の改正により、家制度と姦通罪も廃止された。前年、文部省の発表した「女子教育刷新要綱」により大学・専門学校の男女共学も認められた。女性は男性と同等の教育を受ける機会を得たのである。女性にとって「戦後」とは新しい制度の創り直しの時期で、それはまさに中野好夫の指摘する未来を考えていく今・現在であった。中野の語る「もはや〝戦後〟ではない」女性たちにとっての一九五〇年代とは、社会システムの変更に伴う女の社会的位置づけを家、家族、子ども、男との関係性を問いつつ考える時代の始まりだったといえるだろう。システムの変更を女性の価値とどう結び付けていくか、それは女性の主体性が問われていくことでもあった。

女性の書き手においても、制度の変容は当然、自身の性意識や結婚観にも変容をもたらしたことだろう。新しい価値観を体現した女性像の創出は、書き手の年齢や、置かれていた生活の場、学歴といった状況にも大きく左右されたことと思われる。さらに巨大化しつつあったマスコミ・ジャーナリズムの関与も、文学の傾向を左右したといえる。

ここでは昭和九年、一〇年生まれの岩橋邦枝と倉橋由美子の小説を軸に若い書き手たちが何を表現していたのかを見ていくことにしよう。

(1) 岩橋邦枝『逆光線』を軸に

一九五〇年代初期の文学を特徴づけるのは一見、アモラルに見える若者たちの性行動を描く若い書き手たちの登場であろう。「太陽の季節」(一九五五年七月『文学界』)で登場した昭和七年生まれの石原慎太郎がその代表である。「太陽の季節」は拳闘部に所属する高校生の津川竜哉と年上の娘英子との恋愛を軸に、無軌道に遊びまわる若者たちの日常が描かれる。ペニスで障子を突き破る場面や恋人を兄に売りつけるという行為など、倫理性の問題などで賛否両論の議論を巻き起こしつつ新しい感性の登場として文学界新人賞と芥川賞を受賞した。さらに五六年五月に南田洋子・長門裕之主演で映画化されると、既存のモラルに反逆する出演者たちが身にまとうファッションを模倣する若者が大量に出現した。短く借り上げた慎太郎の髪型も話題になり、慎太郎刈りにしてマンボズボンで街を闊歩する若者たちは「太陽族」と呼ばれ社会現象にもなった。映画の影響も受けて新潮社から刊行された単行本は一年間で二七万部を売るベストセラーとなった。この後小説は、映画、雑誌、テレビといったメディアとのタイアップにより売り上げを促進するという方法も取られていく。

一九五六年、若い女性の書き手としてまず話題になったのが「女慎太郎」の異名でマスコミに取り上げられた昭和九年生まれの岩橋邦枝である。岩橋は、お茶の水女子大在学中の一九五四年に書いた「つちくれ」が『文藝』全国学生小説コンクール一等に入選。翌年の『婦人公論』創刊四十周年記念号が募集した新人女流小説では「不参加」が入選する。二作とも前向きに生きる凛とした少女の姿が描かれているが、五六年の『新女苑』六月号の学生作家特集に依頼された小説「逆光線」は、一転して女子大生の奔放な性を描き、掲載直後からマスコミのインタビューが殺到した。同年七月に刊行された短編集『逆光線』（三笠書房）の帯には、「これは一女子大生が石原慎太郎に対して照射した性の逆光線だ！」という文言がつけられ、慎太郎効果を狙った販売戦略が見てとれる。八月には「逆光線」と単行本所収の「熱帯樹」を原作とした映画「逆光線」が、「太陽の季節」「狂った果実」に続く「太陽の季節」三部作として早くも映画化されている。

「逆光線」には父親とその息子の両方と性関係をもつ女子大生が、「熱帯樹」には気に入った男性とすぐに身体を交える女子大生が登場する。彼女たちの行動は現実の女子大生の生態を映すものとして取りざたされ、『太陽の季節』の女性版ともいわれた。しかし、岩橋の描く主人公たちは、『太陽の季節』のヒロイン英子が相愛の男性を事故で亡くした喪失感から男性遍歴を続ける態度とも、退屈な日常の気晴らしに女漁りをする竜哉の態度とも異なる。岩橋の描く女子大生たちには自分の感覚に忠実であり、その行為の結果が痛みを伴うものであってもその結果を引き受ける若い女性の潔さがある。どちらも奔放な性の遍歴を描いているが、それが発現される性の基盤や立ち向かう方法はまったく異質といえる。『太陽の季節』では結果として竜哉の言葉が英子を死に至らしめるのだが、彼は英子の遺影に香炉を投げつけ、葬儀に集まった人々に「貴方達には何もわかりゃしないんだ」と叫ぶだけである。敗戦から十年経て生活は豊かになったものの社会への新しい出口を見出せない若い男性の呻きと捉えることも可能だが、男性性のみを誇示する大人になれない若者のあがきと読むほうがより妥当だと思える。

それに対して「逆光線」と「熱帯樹」には、女性の側からの新しい性のモラルを打ち出そうとする意思が感じられる。男性と対等の権利を獲得した女性の意識ゆえであろうか。女子大生の行動と発言を通して恋愛関係や性関係における男女の意識の差はどのように表現されているのか、二つの小説から見ていくことにしよう。

「逆光線」の紀野繁子はY女子大学三年生で自分の考えを率直に語りかつ行動する女性である。彼女は、貧困層の人々を救済するために戦後始まった学生たちの活動機関セツルメントの子供会に参加しており、会の子供が大怪我をした時、その子の母親の代理に日雇に出たり、会の資金集めのために血を売ったりもしている。どんな時にも柔軟で、自分がやりたいと思ったことはすぐ行動にうつし、失敗しても後悔しないタイプである。そんな繁子の恋愛観は、おそらく動物のオスとメスが純粋に相手の身体を求める行為を愛と見なす考えに近いといってよい。一つ年下のQ大生宮島文夫と一年近くセツルメントの活動を続けてきた繁子は、彼の絵のモデルになるが、彼に「見詰められて」いても自分が「男から完全にはみ出して了って」いて「何処にもいない」と感じ、彼の体にとびつく。文夫との関係は、次のように記される。

> ぎこちない乱暴な抱擁の中でわたしはやつと生き返り、腕の中にいる男を愛したんだ。そしてわたしはこの男と、ねた。
> (『逆光線』二四頁)

繁子は自分が生きていることを確認しつつ相手との一体感を感受するために男と体を重ねる。男への好奇心と一体化への欲求が高まったとき、彼女は自分から男の体にとびこむ。彼女の行動は、その時、そこにいる相手を求める純粋な欲求の発現といえる。文夫の父親だと知っていて宮島教授に向かっていったのも、ただ単に相手が欲しかったからである。彼女には世俗的な道徳律も打算も存在しない。それゆえに文夫から「僕は自分の愛情に責任をもつ」と言われ、結婚を申し込まれても、繁子は途方にくれるしかない。

「責任。お願いだからそんな言葉止して。責任なんて、どちらにも無いわ。本当に信じたり愛したり出来るのは、二人が一緒の刹那だけですもの。いつたん体を離して了えばもうどうしようも無いのよ。（略）」

（『逆光線』二四頁）

愛の永遠性を信じない繁子は、文夫のように「愛情生活」と「家庭生活」をつなげて考える発想もない。もともと「愛情」と「生活」は結びついていない。「愛情」を「愛情生活」と置き換えることができるなら、彼女にとってそれは、従来「動物の愛」と見なされてきた「性欲」の発動に類似するものであろう。そして「もしわたしが家庭生活に入るとしたら、お金のある人とか」と語っているように、「家庭生活」、つまり結婚生活に入るということは愛情とは無関係に純粋に生活の安定を求めてと言うことになる。結婚生活に「愛」は存在しないけれど「責任」はあり、「愛情生活」に「責任」は存在しないけれど「愛」はあるという認識である。しかし、「愛情」と「生活」が固く結びついている文夫には、彼女の論理は届かない。しかも「責任」という名目で女を束縛しようとする男の無意識を突く繁子の言葉も、自分との結婚の拒否だと見なしてしまうのである。


「愛してる」

「僕の躰をね。ほかの男といる時はその男をね」

「何故いけないの。あなたといる時あなたを真そこ好きだつたら一番真物よ。その他の時のことをあなたが色々臆測するのは、センエツだわ。何故、せめて愛情だけでも生活の便宜から切り離していのちと結びつけた儘にしておいてはいけないの」

「娼婦」

グサリというなり、文夫は足早に立去つた。


（『逆光線』二五頁）

この小説で語られる文夫の「愛情」という言葉は「恋愛」に置き換え可能だろう。民法改正で結婚は男女の合意で決められるようになった。一九四五年に二〇パーセント未満だった恋愛結婚の比率は、一九五五年には四〇パーセント弱、一九六五年には見合い結婚を抑えて五〇パーセント近くになり、現在は九〇パーセント弱である。愛している者と永遠に結びつき合えると考える恋愛結婚は、当時も現在も若者たちの夢であるのだが、繁子にその発想は皆無である。繁子にとって「愛情」は、既成の道徳や倫理を否定して人間性を回復する「いのち」と見なされている。純粋な愛情の発現は最も道徳的だということもできるのだが、繁子の考えは反道徳的とみなされ、金と引き換えに体を提供しているわけでもないのに「娼婦」と蔑まれるのである。しかし、この逆転した構図に新しいモラルの可能性が示されているといえよう。

ところで女性の場合、人間性を回復する「愛情」行為が結果として妊娠を誘発する。繁子の場合は宮島教授との関係で妊娠の兆が起こるのだが、彼女は妊娠を宮島に告げることをしない。『太陽の季節』で英子も妊娠する。彼女は竜哉に産みたいと懇願するが拒否され堕胎を受け入れる。その手術の結果腹膜炎を起こして死んでしまう。男に従う古風な女と男性性を誇示する昔ながらの男。『太陽の季節』に透けて見えるのはそんな男女の関係である。奔放な女の性の遍歴が死という形で罰せられるのも、当時、文部省が進めていた「純血教育」とリンクするものである。逆説的に言えばとても「道徳的な小説」ということになる。

一方、妊娠した時の処置の方法を予め宮島と決めていたにもかかわらず、「宮島教授には無責任な快楽だけがあらねばならない」と、繁子は伝えない決心をする。愛情による性行為の結果に関して男の責任を問わないのだ。繁子の決断は一見、男を免責する行為に思えるが、妊娠も女の主体性を示すものであるとするなら、男とは無関係ということになろう。子供を産む権利は女にあるということだ。小説の最後は次のようになっている。


彼女は、座蒲団を二つに折つて頭に当てがい部屋の真中に横たわり両脚すぼめ腕で自分の躰を護るように抱いて気分のおさまるのを待つた。

起き上ると、ひとりだというのに照れくさく笑い乍ら、繁子はすつかり戸締りをし了えた。

（『逆光線』三〇頁）

産む産まないの決断は明示されていないけれど、「体を護る」「照れくさく笑い」といった表現から前向きな彼女の姿勢が読み取れる。一九七〇年代になると津島佑子の『葎の母』（一九七五年・河出書房新社）や『草の臥所』（一九七七年・講談社）に登場する女たちのように、子供も女の身体も自分に属すると考える女性が多くなる。繁子は、女の身体は父や夫や恋人に属するのではない、女自身に属するのだと主張する一九七〇年代の新しい女性像につながる女性といえる。

「熱帯樹」も「逆光線」と同様の構図から成る小説である。大学生の芳田レイ子は繁子と同じ考えをもつ分身といえる。レイ子もまた男と体を重ねている刹那に愛の充足感を得る女性である。彼女もまた自己の意思で男に向かっていく。

レイ子は寺村の唇を自分の口で噴きあげる水から遮るようにしてくちづけした。

（「熱帯樹」『逆光線』三八頁）

わたしは烈しく音をたてて椅子を蹴倒し真直ぐにこの人へ進んでいつた。この人の胴へ腕を廻し、（略）この人の唇に唇を合わせ、躰に躰を合わせた。

（「熱帯樹」『逆光線』四七頁）

レイ子は男の手首をしつかり握つた儘、絨毯の上へ大きく仰向けになつた。

（「熱帯樹」『逆光線』五七頁）

それぞれ、友人元子の恋人である寺村との、子供会のメンバーで周囲が恋人と見る真木との、家庭教師先の父親石本との関係場面である。レイ子は、男の身体の動きやちょっとしたしぐさに惹かれて口づけをする。神代のコノハナノサクヤビメから近代の樋口一葉『十三夜』（一八九五年）のお関まで、女はその美貌ゆえに男に選ばれてきた。男たちは外見で女性を選んできた。「尊敬」も「信用」もできない寺村との「ベーゼ」を、レイ子はその美貌ゆえであると語っている。岩橋は、レイ子を通して女性のセクシュアリティの領域を広げたといえる。そして高学歴で社会活動もする女性イメージもことごとく覆す。寺村との関係では元子に対するうしろめたさもない。

レイ子と身体の関係を持った後からあたかもレイ子を彼の一部であるかのように「僕達」と発言するようになったり、結婚を迫ったり、「娼婦」と罵倒したりする真木。レイ子を被害者扱いして金で償おうとする石本。元子を母親的位置に据え、レイ子を遊ぶ恋人にしようとする寺村。レイ子を通して男たちのジェンダー認識も明らかにされていく。

その一方で、愛する人と結ばれ結婚するという従来的な価値観をもった女性からのレイ子に対する嫌悪の感情も示されている。募金活動でのレイ子の振る舞いに対して、男言葉を使う子供会のメンバーの女性から「レイ子さんの、女を売り物にするようなさつきのやり方はマズいな」と、非難もされる。彼女には少しもこたえていないが。

岩橋邦枝は、一九五〇年代初期のジェンダー構造（現在にも続いているが）を、女性性を自然に発現し行動する、男との関係において被害者意識を持たない、女性の性意識を通して表現した。繁子・

レイ子といった女性像は、おそらく戦後の学校教育の場や男たちとの関係が対等にある大学という環境の中から生まれたと思われる。女性の進学率は毎年増え続け、一九六二年には大学の文学部における女子学生の全国比率が三七パーセントとなり、一部大学では九〇パーセント近くにもなった。このような状況に対し暉峻康隆は「女子学生世にはばかる」（四月『婦人公論』）を発表し、奥野信太郎、田辺貞之助とのラジオの鼎談「大学は花嫁学校か――女子学生亡国論」では文学部に女子学生が増えると学問水準が下がると話した。男性たちの危惧にもかかわらず高等教育を受ける女性たちはその後も増加の一途を辿る。戦後生まれもふくめ大学卒業の女性たちが多く社会に進出していった一九六〇年代には、新しく文学の場に登場した大庭みな子、吉田知子、富岡多恵子、三枝和子、高橋たか子、津島佑子など多くの女性作家たちも大学卒業であった。彼女たちは、それまで男性の領域だと見なされてきた観念世界にも参入し、男性社会の構造を女性の視点から問い返していくことになる。

一九六〇年代、ある意味での大学教育の成果がもっとも発揮された小説は倉橋由美子の「パルタイ」（一九六〇年三月『文学界』）であろう。この小説にはもっともシニカルな視点で捉えられた男社会が表現されている。

（2）倉橋由美子『パルタイ』を軸に

「パルタイ」は明治大学仏文科四年在学中に書かれたもので、一九六〇年一月に明治大学学長賞を受賞し「明治大学新聞」に掲載された。選考委員であった平野謙が「毎日新聞」の「文芸時評」で

「以前大江健三郎の処女作を『東京大学新聞』にみつけたときに似た昂奮を私は覚えたくらいである」と絶賛し、同作品は「文学界」三月号に転載された。「パルタイ」とはドイツ語で「党Partei」を意味する。小説の発表時が、安保闘争の時代を背景にしていたこともあって、政治組織の閉鎖性や個人と組織の相剋を辛辣に描いた作品として評価が高かった。一方、女子大生ということで、文壇やマスコミの話題ともなった。さらに倉橋についてば「模倣問題」もついてまわった。『暗い旅』(一九六一年・東都書房)は、ビュトールの『心変わり』をヒントに創作されたものであったが、それが「真似」だと批判されたのである。倉橋は「ある人間が芸術家に変身するのは」「かれがとりつかれた先人の《スタイル》を《模索》することを通じてでありましょう」と猛烈に反論。「引用」や「パスティーシュ」は、現在、文学の方法として認知されているが、当時は「模倣」として非難されたのである。「パルタイ」も「カフカ、カミュ、サルトルの三位一体」の文体で書かれたものだと説明した。「いかに」小説を書くか、それが倉橋の方法といえるだろう。外国文学を自在に読みつつその方法を駆使しながら「何を」ではなく「いか体験に基づくリアリズム表現が中心であった女性文学に、倉橋は観念的・抽象的な表現形態を導入した初めての女性作家であり、人間の存在そのものを捉えるのに、まず身体に着目して表現していくという方法も非常にユニークであった。

「パルタイ」の語り手は「《労働学校セツルメント》」に所属する女子大学生「わたし」で、「《労働者》」を「《工作》」する活動を行なっている。恋人である党員学生「あなた」を通じて、どこにあるか不明だがどこかに存在する巨大組織パルタイの党員になろうとして、その「《履歴書》」を作成しつつ活動を行なっている。一九五〇年代後半の大学キャンパス状況を反映しているのだろうか、この小説もセツルメントに所属する学生の話である。ところで、岩橋邦枝「熱帯樹」のレイ子と「パルタイ」の「わたし」には共通点がある。


「僕達はみんな、君のことをとても尊敬してるんだ。自重して欲しいんだし……」

「ソンケイ」

レイ子はうろたえた。

「尊敬なんて、気味悪いわ。かまったりかまわれたりなら話はわかるけれど」

(「熱帯樹」『逆光線』五五頁)


セツルメントのリーダー真木の、実体を伴わない観念的な言葉にレイ子は戸惑い、気味の悪さを感じている。他者への差別を内包しつつ「自由」のための「革命」を論じる組織的人間。自己の主体性を組織のイデオロギーに同一化させながら、やはり「革命」を論じる党員。「パルタイ」では、そのような組織人間への嫌悪を、次のように「わたし」の生理的感覚で表わす。


あなたはわたしの手を握った。いつものようにあたたかくて湿っぽい。多少居心地のわるいかんじだとおもう。

(『倉橋由美子全作品1』一九七五年・新潮社　二一頁)


おなじ仕事をする《学生》のことを《なかま》といっていた。わたしにはこの呼び名がいくぶん湿りをおびたものにおもわれる。それはあなたの手のように、熱く、汗ばんでいる。《なかま》ということばを口にするとき、わたしはほとんど、神のもとに友愛をとくある種の団体に所属したようなかんじをもつのだ。

（『倉橋由美子全作品1』二五頁）

倉橋は、曖昧で不透明な組織的な人間への違和感を、ひらがな表記を多用した身体にまとわりつく湿気のような言葉で表現する。ここにはまた皮肉な視線もみえる。「パルタイ」は、男性的観念小説の流れに与する初めての女性作家の作品として評価されたが、真のユニークさは女性の身体感覚と観念とを合体させたこの文体にあるといえる。岩橋の文章と比べてみると、その硬質でありながら奇妙な粘着性を醸し出す文章の独自性は明らかであろう。「わたし」もまたレイ子のように他者に興味をもち身体を合わせるが、その文章は他者の異質性を遺憾なく暴く。

わたしは《労働者》の皮膚が赤く染まって《熔銑》に似ているのをみ、未知の動物にかんじるような興味を《労働者》にかんじはじめていた。

（略）わたしはなんとなく《労働者》のからだにさわり、それが堅い筋肉でできているのを知り、《労働者》もびっくりしてわたしに関心をもちはじめると、じきにわたしをひらかせ、熱い荒い息を吐きかけながらわたしにあいされようとつとめた。わたしは傷ついたというよりも極度におしひらかれ、不愉快だった。《労働者》はわたしのなかにあっても依然として異物であり、わたしは《種》を異にする動物同志が偶然に出会い、その場で交わりでもしたような遠々しさのためにいらいらした。しかしわたしはほぼ完全に明晰でありつづけた。（略）《労働者》はみかけによらず清潔だった。ただひどく堅く重たくて、扱いにくく、ことばももっていないし、その実体はあの単純で具体的な生活だけだ。

（『倉橋由美子全作品1』二七頁）

「わたし」に情緒的雰囲気はまったくない。「わたし」は自分の身体が感受した感覚を明晰に捉え、冷静に記述するだけである。相手の心理に一切触れない、徹底的に「わたし」の側からだけの記述は、「《労働者》」を理解不能な他者として捉える。「《熔銑》に似ている」「ひどく堅く重たくて、扱いにくく、ことばももっていない」という表現からは、「《労働者》」を人格のないものとする揶揄がみてとれる。一人の個人ではない「労働者」という類的存在といえようか。その意味で《》で括られた「《学生》」や「《なかま》」も類的存在である。一方は、高度経済成長を支える機械の一部と化してしまった人間を戯画化し、一方は組織の一部となってしまった人間を風刺する。女性の身体感覚を媒介に個と類の界面に生まれる違和感として類のもつ暴力性、単純性、機械性を表出する。それと同時にその感覚の主体として、他者へと主体を明けわたしたかのような組織人たちの挙動の奇妙さを冷徹に描いている。

「パルタイ」では、明晰さを有する「わたし」によって男たちが徹底的に皮肉られている。「わたし」という女性が記述するこのシニカルな文体は、文学の上で常に見られる客体であった女性が、見る主体に転換することを可能にする画期的な文体の創出であった。岩橋邦枝が文学領域における女性のセクシュアリティの幅を広げたとするなら、倉橋は文学言語の表現領域を拡大したといえよう。

4 変容する女性文学

人々の生活が戦後の混乱期から戦前の安定した水準まで戻りつつあった一九五〇年代後半から六〇年代にかけて戦後の新しい価値観を示す最も分かりやすい変化は、昭和生まれの〝自由意識〟をもった、高学歴の若い女性の出現であった。しかし、その動きと並行して戦前から執筆活動を続けてきた円地文子や芝木好子ら明治、大正生まれの作家も次々と小説を発表していく。さらに三、四十代になって執筆活動を始めた幸田文や森茉莉、瀬戸内晴美、大原富枝、河野多恵子ら、新しい作家の登場もあった。一九五〇・六〇年代の女性文学は、この三つの層が交差しながら展開していくのである。年齢も方法も異なる作家たちの小説の傾向は、女たちを取り囲む有形無形の制度をリアリズムの視点で見直すことと、小説を読む楽しみを提供するストーリーテラーの要素が並行して進んだ時代であった。

(1) 出版ジャーナリズムと女性作家

大人たちが躍起となって「純潔教育」を行なおうとしても、文学や映画で大衆に受け入れられたのは〝奔放〟にふるまう女性たちであった。一九五〇年代に女性作家の書いた小説で最も売れたのは原田康子の『挽歌』（一九五六年・東都書房）であろう。

この小説のヒロイン兵藤怜子も自分の意思のままに行動する女性である。彼女は、高校を卒業して二十二歳になる現在も、はっきりした仕事も目的もなく父親からもらう小遣いで暮らしている。母親は戦争中に亡くなっているが、ばあやが家事全般を取り仕切っている。地方劇団の美術部の部員で、年一回の公演準備もするが、普段は文学書を読んだり、絵を描いたり、町の喫茶店で美術部の仲間とおしゃべりしたりする毎日だ。バットを吸い、時には酒も飲む。関節結核を患い左手が少し不自由なことと経済的に没落しかかっている家の問題はあるが、恵まれた生活といえるだろう。そんな若い女性の、妻子ある有能な建築設計士との恋物語。当時の若い女性の心を惹きつけるに十分なお膳立てである。

『挽歌』は謄写版刷りの同人雑誌「北海文学」連載時（一九五五年六月〜五六年七月）から話題になっており、連載中に松竹での映画化が決まっていた。五六年暮れに出版され、一年間で七〇万部を売り、五七年度のベストセラー一位となった。五六年の『太陽の季節』の売り上げが二七万部弱ということを考えれば、その反響の大きさが分かる。出版社の新聞広告も斬新であった。林の中に佇む若い女性の写真の上に、「雪の妖精のような　このヒロインは　あなた自身だ　孤独の林に　不逞な愛と　少女の悲しみを　ひとり噴きあげる　このヒロインこそ　あなた自身だ　このロマンこそあなたの青春の歌だ」と、若い女性に語りかけるメッセージが添えられている。ターゲットを若い女性に絞ったイメージ広告のハシリだとも言われている。久我美子、森雅之主演、監督五所平之助で映画化されると、森英恵デザインのヒロインの服装ジャケットにスラックス姿を真似る「挽歌族」も出現した。連続テレビドラマになり、新派でも上演された。北海道では観光ブームを引き起こし、挽歌饅頭まで売り出された。それまでまったく無名であった原田康子をマスコミは「北海の女王」と名づけた。さらに無名の新人が一躍ベストセラーを放ったということで、出版社は新人の発掘に力をそそぐようになったという。

様々な狂騒を捲き起こした『挽歌』だが、内容自体は決して明るく前向きなものではない。怜子は、桂木の美しい妻に大学生の若い愛人がいることを仄めかして桂木を挑発しようとする手紙に「私は自由なムスメ」と書いているけれど、この「自由」が空虚な青春であることを知っている。方向性を見出せない不自由な「自由」時間に、偶然出会ったのが中年の「柔和ともひややかともみえる容貌」の桂木で、怜子は自分の宙ぶらりんな状態を桂木で満たそうとするかのように挑発し、抱かれる。それでも満たされない怜子の好奇心は桂木夫人にも向かい、桂木に知られることなく夫人と親しくなる。しかし、その行為が結果的に夫人を自殺に追いやることになる。怜子は自分でもよく分からない感情に動かされて行動する女性だが、それはある意味で恋する者の行動ともいえるだろう。だが、彼女が恋していたのは三角関係の緊張感であったとも思われる。

怜子は夫人を喪うことで、その緊張感あふれる充実した日々をも失ったのである。桂木との別れを、夫人への懺悔ではなく、自分の心の痛みを緩和するために願う、という最後の言葉がそれを証する。拘束するもののない自由を感受できない青春の虚しさ。怜子こそ『太陽の季節』の竜哉の女性版といえるかもしれない。

出版ジャーナリズムが若い女性の書き手に注目し始めた一九五〇年代。そのさきがけとなったのが「遠来の客たち」（一九五四年四月『三田文学』）の曾野綾子と、「地唄」（一九五六年一月『文学界』）の有吉佐和子である。ともに昭和六年生まれで、両作品とも芥川賞候補作となっている。有吉は五四年に同人誌『白痴群』に書いた「落陽の賦」でも注目されていた。

「遠来の客たち」は、進駐軍を「客」と見なす発想で敗戦後の暗い状況に新鮮な明るさを与えた。進駐軍接収のホテルの案内係りをする一九歳の波子は、戦勝国は敗戦国を援助する義務があると相手に堂々と述べる女性である。また粗野なアメリカ兵をみて、そこに「原子爆弾の威力」や「フォードの自動車工場の生産力」に通じる「アメリカの力《エネルギー》」を認め、いま日本に必要なのは恥じらいや優しさの精神ではなく、傲岸であろうと自分を主張できるアメリカ的な力だと考えるのだ。コンプレックスが極めて稀薄な英語を話す若い娘は、過去の感傷に溺れず、未来に向かって積極的に生きる肯定的な人生観を語る。一九六〇年に打ち出される「国民所得倍増計画」を担うにふさわしい人物像が、一九五〇年代に現われていたといえようか。

「地唄」は「盲目」（一九五五年『新思潮』第一五次第一号）を書き直したもので文学界新人賞と芥川賞の候補作となった。しかし、どちらも新人として良くまとまっているが「新味に乏しい」という理由で賞を逃している。「地唄」は地唄の無形文化財保持者で芸術院会員の菊沢寿久と、その娘邦枝の、結婚をめぐる葛藤を描いた作品である。

自分の芸を継承させようと娘を縛る父の束縛から逃れたいと思ってきた邦枝は、父の反対を押しきって日系二世と結婚し、父から勘当される。ともに歩み寄る日が来ることを願っていたのだが、夫の帰国でアメリカに行くことになる。邦枝は父との別れ、芸の世界との別れに慟哭するが、日本を発つ決心をする。父と娘の別れの場面では、両方の文化を共有して娘が戻ってくる可能性が示唆されている。さらに西洋音楽を習った女子大生が、邦枝と入れ替わるように弟子入りを希望する。邦楽と洋楽、それぞれの相違を認めながら、両方を学ぼうとする女子大生。彼女は、寿久と邦枝を継ぐ、三代目の新しい「命」として設定されている。伝統の継承の揺れを描きつつ、日本と西洋の新しい同一性の可能性を見据えた作品である。

有吉は伝統や歴史を視野に入れつつ新しい命の可能性、新しい女性像を造型しようとする。だがその方法は「新味に乏しい」と評価されなかった。そんな評価に惑わされることなく有吉は、『紀ノ川』（一九五九年・中央公論社）に顕著だが、明治、大正、昭和に生まれ育った母、娘、女三代の生涯を通して因習にあらがいながらも折り合いを見つけて生きようとする女性たちの逞しさを描いていった。伝統と断絶するのではなく、継承すべきものは継承しつつ新しい生き方を模索していくのだ。有吉は、時代や状況に限定されない真に前向きで柔軟な女性像を提示したといえるだろう。

曾野綾子、有吉佐和子、原田康子らの活躍を「才女時代の到来」（一九五七年五月九日「産経時事」）と語ったのは評論家の臼井吉見である。臼井は「日本の女小説家」の一、二の例外を除いてほとんどが「社会からの、家庭からの、もしくは男からの敗北者・被害者という地点に立って」文学的出発を行ってきたという。そういった意味で「日本の女小説家」にとって「離婚」は文学の「必須の条件」とも思われてきたと述べる。だが、曾野、有吉、原田らは、それらの地点とは違ったまったく「別のところ」から現われたと指摘する。「離婚」に代わるものが「一種の才気」だと述べ、彼女たちの出現は、日本文学の質の変化も示していると、次のように語る。

これまでのような敗北者、弱者、被害者としての体験にたよることなく、ともかく自分の才気で文学に進出してきた事実は、世間で考えているほど単純なことではない。日本の社会における女の位置の変化に基くとともに、日本の小説の性格の変化をも語っているはずである。

その一方で、この時代には臼井のいう「離婚」型の作家の旺盛な活躍もある。一九二八年に戯曲「晩春騒夜」で作家として出発した円地文子は結婚、出産、子宮癌の手術などを経て、一九五三年に、結婚生活で満たされなかった妻の性欲を表現した「ひもじい月日」（一二月『中央公論』）を発表する。かえりみられることの少なかった妻の性欲を描き出した円地は、明治時代の官吏の家を舞台に妻妾同居を強いられた妻の苦悩と矜持を『女坂』（一九五七年・角川書店）で展開した。子供を産んだ後の三十歳間近の妻が、夫の性欲の相手をする若い娘をさがす場面から始まる『女坂』は、妻の「性」が子供を産むための「産む性」としか見做されてこなかった歴史を浮き彫りにした。『流れる』（一九五六年・新潮社）の幸田文は、花柳界で暮らす薄幸の女たちの生活を描出し、『湯葉・隅田川』（一九六一年・講談社）の芝木好子は、夫と子供と「家」に振り回された女の半生を描いた。『花芯』（一九五八年・三笠書房）や『夏の終り』（一九六三年・新潮社）の瀬戸内晴美、『婉という女』（一九六〇年・講談社）の大原富枝など、彼女たちは共同体や家、あるいは男や父や夫に抑圧される「被害者」としての女性たちを描き、多くの読者を獲得している。このことは女性たちの現実が、いまだ制度の中に閉ざされてあったことを物語っている。制度に苦しむ女の存在の表現が、戦前の平林たい子や佐多稲子などと同様に作家自身の体験を基に書かれていることもそのことを如実に証明している。しかし、戦前と戦後では同じ体験を扱いながらも、その表現内容には明確な相違がある。幸田文の『流れる』は、作家が芸者置屋に女中として住み込んだ体験を生かして創られた作品である。小説では女中の梨花に作者が投影されている。梨花は、主人一家や周りの人物たちと常に一定の距離をもって接する。梨花は作者の体験を作中で生きるのではなく、虐げられた女たちの世界を見るもう一つの視点として設定されている。円地、芝木、瀬戸内、大原の小説にもその視点は存在する。それは対象を客観化する眼の獲得である。女の身体性を批評的に捉えることのできる作家の視点といえよう。

(2) 女性自らの身体へのまなざし

円地文子や瀬戸内晴美、河野多恵子には、佐多稲子が放棄した「女の性（官能・エロス）」の闇を見据え、「女」独自の感性や意識を軸にその本質に迫ろうとする姿勢が見られる。

円地は、年齢に関係なく生起する女のエロスの感覚を「自分の身体は年とった猫みたいにぐなりとしているのに、心の働きが自由すぎて気味が悪いの」（「妖」一九五六年九月『中央公論』）と表現し、創造世界で女の身体に感受された官能の発現を「子宮がどきりと鳴った」（「二世の縁　拾遺」一九五七年一月『文学界』）という一文に造型してみせた。円地は、女によって捉えられた女の性（肉体）の、新しい身体的表現を試みたのである。

瀬戸内晴美は「花芯」（一九五七年一〇月『新潮』）において、感覚・官能を中心に「娼婦」としての実存を選択した女の身体（肉体）性を「私が死んで焼かれたあと、白いかぼそい骨のかげに、私の子宮だけが、ぶすぶすと悪臭を放ち、焼けのこるのではあるまいか」と表わした。ここで表現された「花芯（子宮）」は「私」の存在の根拠でもあって、強い女の生命力の源でもある。女の子宮を生命力の源と捉える発想は、必然的に従来の女と男の関係の変化を招来する。

知子は、いつでも小さな体内に活力があふれていて、生命力の萎えた、人間の分量が足りないように見える男に出逢うと、無意識のうちに、その男の昏い空洞を充たそうと、知子の活力はそこへむかってなだれこみたがる。いつでも知子の牽かれる男や愛の対象になる相手は、生活も華やいでいず、萎えたような運命に無気力に漂っている敗残者とか脱落者とかにかぎられていた。

（「あふれるもの」一九六三年五月『新潮』）

ここには性的・身体的に男よりも優位に立っている女性がいる。女が男を性的に捉えているのだ。客体から主体への女の身体性の転換がある。

河野多恵子は、女の身体性を「産む性」から切り離して考えようとした女性作家である。従来、女における身体性は、子どもを産み育てる「母性」と男の性欲の捌け口である「娼婦性」の二面で強調されることが多かった。しかし河野作品では、まず女は「産めない性」（生理学的に不妊）として設定されている。機能的に母性＝産む性とは無縁な「性」なのである。しかも男を満足させる「娼婦性」としてあるわけでもない。女の身体性は純粋に女自身のエロス（性愛）の発現の場として形象化されているのだ。その典型的な女性が「幼児狩り」（一九六一年一二月『新潮』）の晶子である。晶子は自活できる仕事をもつ三十代の独身女性だが、病気により子供を産むことのできない身体となった。晶子は年下の男性佐々木とサド・マゾ的性関係を楽しんでいる女性だ。二人の性愛ではネックレースや干し物用のロープなど、晶子の日常生活レベルにある物が小道具として使われている。管理人から「とにかく、もう少し、静かにしてくださいね。皆さんもいらっしゃるのですから」と注意されるように、二人の行為は隣に声が筒抜けになるアパートの一室で行われている。マルキ・ド・サドや谷崎潤一郎などの男性作家が描くサド・マゾヒズムの世界が淫靡で猥雑性に満ち溢れた反社会性を象徴するなら、河野の小説に描かれるのは遊戯、遊び感覚としてのサド・マゾヒズムの世界である。しかもそのサド・マゾヒズムの性愛は、日常の生活のなかに十分ありうる性関係として表現されているのである。

河野多恵子は、母性・娼婦性から切り離された女の性の領域として、エロス性は当然あってよいという観点を打ち出した。女性がマゾヒストであることは男性の強請の結果ではなく、女性自身の色情《エロス》の結果であり、男は女の意向でサディストの立場を担わされるのだ。晶子は佐々木との性愛を充分楽しむ。佐々木は晶子のエロスの対象として選ばれているのである。作中の「佐々木は彼女の好みにかなっていた」という言葉にも、そのことは暗示されている。河野多恵子は、「産む性」という機能から排除されている女性を造型することで、逆説的に女の身体を解放し、相対化する視点を打ち出した。女の身体性をエロス性として表現し、そのエロス性を日常にありうる形として現出させたのである。

前述した臼井が指摘するように「敗北者、弱者、被害者」の体験とは無関係に小説を紡ぎだしている二十代女性作家たちの登場は確かに「日本の小説の性格」を変化させた。その変化を集約させドメスティックに変容させたのが、先に述べた倉橋由美子の「パルタイ」であろう。「パルタイ」に、「オント（恥）」と「妊娠」の観点からもう一度触れておきたい。

「パルタイ」には「オント（恥）」という身体感覚を核にして女の実存＝身体性が表現されている。この小説では非常に抽象化された党組織と、その中にいるこれも非常に観念化された人間たちが描かれていく。「わたし」は、恋人である党員学生の「あなた」を通じて、どこにあるのか分からないがとにかく実在する巨大な組織パルタイに入ろうとして、そのための《経歴書》を作成している。「わたし」は労働者の「堅い筋肉でできているからだ」に興味をもち、労働者を理解することが「からだ」を知ることだと考え、肉体関係をもち、妊娠する。「わたし」は党の街頭活動で「あなた」とともに逮捕されるが、黙秘を通して一日で釈放される。「わたし」の黙秘は「わたし」の主体が選びとった行為であり、党とは無関係であったが、「わたし」の黙秘に感激して「《同志》」と呼ぶ「あなた」に当惑する。すでに「わたし」には、「さまざまな《抗》と《秘儀》の総体からなっている」党に入る意志が消滅しており、やっと送られてきた赤いパルタイ員証を捨て、脱党を決意する。

「わたし」は全く自由な実存として、明断な意識を持った主体（身体）として、パルタイを選びたいと考えている存在である。「わたし」はいつもあらゆるところでオントを感じているが、そのオントはたとえば「わたしは過去によって自分を拘束し、裏づけすることにオントをかんじる」「不透明なものにたいしてわたしはオントをかんじないではいられないのだ……」と語られているように、納得できないもの、不分明なものにオントを感じるのだ。明断な思考でものを把握したいとする「わたし」の意識は自分自身の妊娠をも、「わたしの胴は下の方がすこし目だつほど膨脹しはじめていたので、頻繁にかんじていた吐きけや脚のむくみのことも考慮するとわたしはそれが妊娠のせいだということをじきに認めた」と、生理学的に即物的に説明する。「オント」の感情は認識不可能なものに対峙したとき起こるのである。

この小説の新しさは、男性的観念小説の流れに与する初めての「女流作品」ということにもあろうが、「オントをかんじる」という身体の問題から、組織や他者、自己を描出していくという、独特の発想・方法にあったといえる。しかも「わたし」の「オント」は、妊娠という体の状態と密接に関係しあっている。

その後数日のあいだわたしはますます深まっていく《オント》の感情に、じっとしていても汗ばみ、世界がぐらぐらするような気もちだった。

（『倉橋由美子全作品1』三〇頁）

ここでの《オント》は、表面的には妊娠を対象としているが、内面的には「あなた」「労働者」「パルタイ」すべてに対する違和感に通底している。妊娠の感覚が世界に対する違和感と同義となる女の身体性が鮮やかに表現されているのである。

女性と男性との差異は、脳の構造（知識・理性）に関しては無視できるけれども、産む機能の有無という身体の観点から捉えるとその差異ははてしなく広いと思われる。倉橋由美子は、体験に基づくリアリズムの領域に留まりがちであった女性作家の身体的表現を、反リアリズムの方向に拡げ、女としての存在感覚＝身体性を象徴的に表現したのである。

否定されるべき過去と輝き始めた未来とが同じマテリアルのなかで共存・競合しながらも一つのベクトルをともに予感することが可能であるような束の間の空間がときに出現するのだということを、一九五〇・六〇年代の女性作家たちの作品は示す。この時代の女性作家たちの多彩な作品群は、あらためて私たちにその時代の群れとしての姿を語りかけているように思われる。

第III章

女の意識／女の身体

1　女の意識と身体性

「女の身体／女の意識」というテーマの根底には、「男の身体／男の意識」という概念が一方で想定されている。そこには女と男の「身体／意識」は相違する、という認識が暗黙の前提となっている。生物学的機能における男女の根源的な身体の相違は、言うまでもなく一方が産む性であり、一方が産ませる（孕ませる）性ということにある。

野間宏の「崩壊感覚」（一九四八年一～三月『世界評論』）や武田泰淳の「異形の者」（一九五〇年四月『展望』）、中上健次の「蛇淫」（一九七五年『文藝』）などの作品は、男の行動原理は常に性欲につき動かされてあるという認識から書かれている。修行は性欲を鎮めるためであり、働くことも結果的に性欲を満足させるための手段である。男にとっては性欲そのものがその人間を動かす論理となっているのだ。類保存のためにプログラミングされた精子製造というオスの機能が、男同士の争い、女への暴力、時には殺人と、男をとてつもないエネルギーへと向かわせる身体性となる。性欲をいかにコントロールするか、あるいは発散させるかという面に「男の身体／男の意識」の特徴を認めることができる。

女性作家の側からこのような男の身体性について言及した作品に、富岡多恵子の「遠い空」（一九七九年『海』）と三枝和子の『鬼どもの夜は深い』（一九八六年・新潮社）がある。「遠い空」では、村の老婆のもとに定期的（発情期を暗示）に訪れ性交だけを求める聾唖者の男を設定して、純粋にメスを求める発情したオスの行動原理を描いた。男女の関係から言葉を一切排除して、「飢えた性」を存在根拠にした性欲だけの身体を具現化したのである。『鬼どもの夜は深い』では消滅することのない激しい男の性欲を、若い男の子や死に赴く特攻隊隊員の渇きとして捉え、男の身体、男の意識を強姦・レイプという形で表現した。そういった意味で欲動が人間の行動を規定するというフロイトのリビドー説は、「男の身体／男の意識」を考察する上でかなり有効な方法であろう。

ところで身体性の問題は、現代においては情報化社会に対する固有の情報系に置きかえて考えることもできる。人間にかかわる情報系は、一般的には、

(1)動作および感覚の情報系
(2)意識およびイメージの情報系
(3)言語および記号の情報系

の三段階に分けられる（『情報と文化』NTTAd・一九八七年）という。この区分に沿って言い換えてみると身体性を情報系に置きかえて論じていくことも可能であるようだ。(1)の「動作および感覚の情報系」とは、生物がつくってきた身体（肉体）的な生き物としての情報を指し、(2)の「意識およびイメージの情報系」とは、外界の刺激によって生じた感覚を認識し、それを再生する知覚・想像力としての情報だといってもよいだろう。(3)の「言語および記号の情報系」とは、本論が小説を対象にしているので活字メディアに限定して捉えるなら、(1)の身体、(2)の意識を言語化して表現した情

報、つまり小説自体を指す情報系と見なすことができよう。

女の身体性の特徴が産む性であることは既に述べた。女の意識はこの身体性が深く規定している内実を無視して考察することは不可能である。一九六〇年代後半から一九七〇年代にかけての女性作家の文学の特質は、産む性（別の身体をつくる身体）を排除して、一個の〝個人〟としての女の実存を表現することにあった。それは逆に産む性にこだわる意識でもあったわけだが、従来の自然・生命・宇宙のメタファとしてのみ定義されてきた女の性（産む性）を拒否する、いわば(1)の情報系に対する徹底的な異議申し立てとして出発したのである。その意味で六〇年代後半から七〇年代にかけての女性作家の作品は、(2)の情報系を中心にした表現活動であったといえよう。

(1)「産む性」への憎悪と拒否

高橋たか子の初期作品「渺茫」（一九七〇年一一月『文学界』）や「彼方の水音」（一九七一年四月『群像』）、「相似形」（同年五月『文学界』）には、肉体的存在部分（産む性）を拒否して、主体的自己の確立をめざす主人公が描かれていた。「有子の軀の一部が分離してできあがった一人の人間が、有子の手のとどかぬ有子のまわりをうろつく時、有子は自分の生身が自分の意志のとどかぬ空間へさまよいだしたような不安感にかきたてられるのだ」（「彼方の水音」）という女の意識は、自己の存在が自分の産んだ子供によって脅かされることとの恐怖である。他者をつくりだす身体である母性への憎悪は、産む性であるおんな性（「ふくよかな陰部」）を強調し顕現する女性への殺人願望としても表現されている。

「母性憎悪」の意識は、産む、そして母になるという意識が女性の個人としての自己の実存を侵すという意識と重なった時、芽生えたのである。その意識は大庭みな子の「ふなくい虫」（一九六九年一〇月『群像』）や『栂の夢』（一九七一年・文藝春秋）、富岡多恵子の「植物祭」（一九七三年三〜一二月『海』）にも顕著である。

「ふなくい虫」には、子供を産みたいと考えている女性に対して、男性主人公の発言として「きみのように賢い女が、〈女が一番醜いのは母親であるときだ〉というあたり前のこともわからないとは、まさか思わなかったよ。そうでしょう、――女が母親であるときほど女のエゴイズムをむき出しにすることはありませんからね」「母性崇拝者達は母親の犠牲的滅私の精神を讃えるかもしれないが、（略）人間が動物と同じように種族保存の本能にみちみちていたからといって、どうしてそれをそんなに有難がる必要があるんだ。いいかい。女の中で一番醜いのは母親だ」という、観点が述べられていた。「植物祭」では、一度は子を捨てたにもかかわらず子を産んだ親であるという事実をたてに母親の存在を認知させようとする女の論理、母親の「愛」の恐ろしさを「魔女」と表現している。

しかし一方で、産む性である女性《おんなせい》への憎悪は、子から母であることの意味を問い詰められた時「私は私で精一杯だったのだ。精一杯？　プラスの数値を駈けのぼるのではなくて、マイナスの数値を駈けおりる精一杯、私のなかに不毛の曠野しか残さぬ精一杯とは、いったい何であろうか」（「相似形」）と、女の身体（産む性）を拒否して女であろうとしたことの矛盾につきあたる。肉体存在でもあるもう一人の「私」は、永遠に発現の場を封じ込められるという事実に直面するのだ。「骨の城」（一九六九年『白描』第10号）では、肉体（見られる客体）を脱して見るだけの存在（見る主体）を志向する女の意識に焦点をあてて、意識存在としての主体的自己である女の身体の可能性が模索されていた。だがここでも主人公は、次々と分身をつくり永遠に消滅することのない女の肉体に突き当たり、見る主体にはなれないということを納得させられてしまう。それは女は身体を切り離しては在りえない存在だという認識への到達でもあったといえよう。そこから再び「女の性（身体）」についての問いが始まる。

その後高橋たか子は、自我（男と対等な主体的自己）を観念の袋小路から救いだす方法を、他者（男）との性関係に置いた。「人形愛」（一九七六年七月『群像』）や「秘儀」（一九七八年四月『群像』）では、年下の美少年を所有し、肉体関係をもたずに濃密な快楽を味わう女性を造型した。それらはカトリック的色彩の濃い作品であり、聖（精神）と淫（肉体）の一致を体現した「女の意識／女の身体」の表現でもあった。「荒野」（一九八〇年一～二月『文藝』）や『装いせよ、わが魂よ』（一九八二年・新潮社）では、男との性愛関係時の至福の悦楽を「内部の女が起きあがる」と表現して、身体と意識が合致した女を形象したのである。

河野多恵子は「産むことのできない性」に焦点をあて、肉体の感覚が感受する「性愛」の快楽に、「産む性」から疎外された女の身体の新たな実存を表現した。

河野多恵子の作品には、産む性としての女の能力が欠落した女性が多く登場する。初期作品の「解かれる時」（一九六三年一二月『文藝春秋』）や「臺に載る」（一九六五年七月『文学界』）の主人公も、結核を患ったために子供を産むことは「機能的に駄目」ではないが「体力的に無理」な身体の持ち主である。主人公は「子供をもとうとしたことも、欲しいと思ったこともない」（「臺に載る」）けれど、自分の意志と関わりなく外部から産まないことを要請されると「自分の身体はもともと不妊に出来ているのではあるまいか」と、自己の身体に深くこだわるようになる。意志的な避妊だと考えていた自分の行為が、無意味な行動と思えてくるのだ。産む、産まないの自由は、産めることが前提となっていることに主人公は今さらながら気づかされるのである。これらの作品では、産む性（身体）に縛られていく女の意識が浮き彫りにされている。

いっぽう「幼児狩り」（一九六一年一二月『新潮』）や「男友達」（一九六五年四〜五月『文藝』）、「骨の肉」（一九六九年三月『群像』）など、自虐的な性愛の快楽に自己の存在の根拠をおく女性主人公の造型は、産む性から疎外された状況のなかで摑みとられた女の実存である。欠落として意識された産む性を、逆に〝個人〟として認識する視点に変え、快楽の感覚に女という実体を現出させたのである。

母性憎悪の発想は、子供を産むことにしか女性としての自己実現（女であること）の道はないと思い込んでいる女性、子供を産まなければ女性を一個の人間として認めない社会、このような文化・社会のカテゴリーから女の身体を解放する方法であった。しかしそこで明らかになったのは「産む性」から自由でない「女の身体／女の意識」というパラドックスであった。

母性憎悪という発想は、主体としての自己を認識しようとする女の意識の表現であった。それら六〇年代後半から七〇年代にかけての女性作家の作品は、男性が男中心で書いてきた「近代的自我」の歴史を、女性が女中心に辿り直したということもできよう。

河野多恵子の「一年の牧歌」（一九七九年一〜一二月『新潮』）、富岡多恵子の「水獣」（一九八四年八月『新潮』）、大庭みな子の「啼く鳥の」（一九八四年一月〜八五年八月『群像』）など、七〇年代後半から八〇年代にかけての女性作家の作品では、主体であると同時に客体でもあるものとして女の身体を捉え、男との関係性のなかに「自己」であることの確認が行われている。男との性関係、「対」の関係から女の「性」が把握し直されているのである。それはまた女の「性」をもう一度見直すことでもあった。

(2) “いきもの”の論理へ

六〇年代から七〇年代にかけての女性作家の作品には、他者と自己を明確に区別して、主体としての自己確立を目指して悪戦苦闘するヒロインたちが数多く描かれていた。彼女たちは主体的自己を肉体から切り離して捉えようとした結果、身体的自己から疎外されるという袋小路に陥った。七〇年代後半になると、先に述べた(1)の「動作および感覚の情報系」の見直しが始まり、新たな「身体性の回復」が試みられた。産む性を肯定しながら、新しい女の在りようを表現しているのが津島佑子である。

『生き物の集まる家』（一九七三年・新潮社）、『寵児』（一九七八年・河出書房新社）、『山を走る女』（一九八〇年・講談社）など、津島佑子の作品には性交・妊娠・出産の場面が頻出する。女固有の身体感覚は「孕み」「産む」と表現され、その感覚が女の存在意識を決定するのだ。

長田との性交の時、自分はほんの一瞬、天体の運行を体のなかに呑みこんでしまったような気持を味わい、まさにその瞬間に、子宮のなかの天体も動きだしたのだ。恩寵の刹那、としか呼びようのない受胎の瞬間だった。

（『寵児』六五頁）

『寵児』の高子は、受胎した瞬間に自分の生理と宇宙とが一体化した感覚を味わう。「想像妊娠」であった高子の受胎は、男を排除しても成り立つ純粋母性ともいうべき「女の性」を具現している。『山を走る女』では、妊娠を種の保存のごく自然な現れと捉え、男に子供の存在も告げずに独力で子供を育てる「私生児の母」を造型した。女の身体性をまず生命の継承者として規定した上で、子供を産み育てることに男の介入を許さないという見解を示した。産む性を女自身のものとする発想は、津島佑子の描くすべての女性主人公たちの自意識でもある。「黙市」（一九八二年八月『海』）の主人公はさらに徹底していて、父親は「愛情の叡知」を内在した存在であるなら猫でもかまわない、という意識を持つ。そこには「父性」を無化しようとする発想が顕著である。

女の身体を「生命の流れ」として捉える津島佑子の発想は、一見、母性幻想に追随しているようにも見えるけれども、子供の存在に「父性」を関知させまいとする点において、従来の母性神話のパラダイムを超越しているといえよう。

人間中心主義の自我思想と身体性の見直しから、人間も、動物も、植物も、すべて一つの大きな生命体〈いきもの〉の一部であるとみなす発想も生まれた。津島佑子は「伏姫」（一九八三年一月『群像』）で、夢のなかで犬の顔の赤ん坊を六匹産んだ女の感覚を通して、〝いきもの〟としての女を描いた。一九八〇年代、人間を〝いきもの〟の観点から把握しようとする方法は、大庭みな子、加藤幸子、三枝和子などにもみられる。

「ふなくい虫」『栂の夢』（一九七一年・文藝春秋）『青い狐』（一九七五年・講談社）『浦島草』（一九七七年・講談社）など、花や虫や動物のタイトルを付けた作品が多い大庭みな子も「人間社会も自然の一部」（『東京新聞』一九八三年三月一二日）という。そして「生きものとしての感覚」を重視して、「動物が山や海のたたずまい、天変地異の予兆を体感するように、小説家は、生きていると伝わってくる社会の気配を書く」のだと語っている。大庭みな子の「トティラワティ・チトラワシタ」（一九八五年一月『文学界』）には、「私はクッキイを食べましたし、あなたはゴキブリを殺しましたし、癌が私を食べても仕方ありません」という、癌に冒された女性の言葉がある。これは人間も他の生物と同等なのだという女性の意識である。

『自然連祷』（一九八七年・文藝春秋）で動物と人間が共生する生活を描いて、自然と共にある人間を浮き彫りにした加藤幸子もまた、自然から逃れることのできない存在としてある人間は、自然の生物のなかで「究極的にはどういう動物なのかということを書くことが小説」（「対談　自然と文学」一九八七年九月『群像』）だと述べている。さらに三枝和子は『響子微笑《ひびきこみしょう》』（一九八八年・新潮社）で、岡本かの子にも連なる生命の流れを支える「純粋母性」を「響子」という女性の身体に形象化した。

しかし、この「自然」と「女」を結びつける女性作家の動きに対して、一部のフェミニストの間には疑問の声もあった。「生命の原理」というものをそのまま人間社会の女の在りように投影してしまうと、一方で自然・生命・宇宙のメタファとしての母性神話の強化につながり、一方で女というのは生命系の連鎖の一つの輪に過ぎないのだから産む性としての役割さえ果たしていればいいという考え方につながる可能性があり、そこでは神話的メタファでもない、社会的役割でもない、ひとりの「個」としての女の存在は無視されてしまう、として危険視するのである。

だが、生命の大きな流れのなかでヒト、オンナ、オトコ、ニンゲンを捉えていこうとする女性作家たちは、一九六〇年代から七〇年代にかけて、女の自我・女の個の確立を徹底して追求してきた作家たちである。確固とした「個」を追求しながら、妊娠すると「産む者」と「生まれる者」という存在の両義性を生きざるを得ない女の身体の矛盾、母性と娼婦という役割に閉塞された女の身体性の矛盾を、「母性憎悪」「出産拒否」という方法で大胆に描き出してきたのである。それらの小説は、主体としての女の確立を目指し書かれたと言ってもよい。女という存在や、その身体性をめぐる悪戦苦闘の果てに、女性作家たちは「個」としての自己を認識するとともに、なおかつ「生命」の流れのなかの一部であるところの一人の「女／人間」であることの認識に至ったのであろう。そこから「個」としても確かに存在感を示し、さらに「生命」の一部としても存在感を示す「女」の表現が可能となっていったといえるだろう。

一九七〇年代から八〇年代の、女性の身体に〝いきもの〟の生命を重ね合わせるという方法によって表現された女性作家の女性像には、絶対的自我の呪縛から解かれた「女の意識／女の身体」性が表象されている。

2 身体の変容

(1) 三枝和子『半満月など空にかかって』を軸に

七〇年代後半から八〇年代になると、文化的メタファでも、制度的役割でもない、前項で述べた情報系にたとえるなら(1)の生物的身体と(2)の意識的身体を内包した、トータルな身体としての「女の性」が模索されてきた。生命の全体と個の関係を、女の身体を通して統合的に表現しようと過激に試みていたのが三枝和子である。

三枝和子は女の身体を、まず「娼婦」と「母性」とに分ける。

子供を育てている間が母親で、受胎するまでは娼婦だと思っています。受胎してお腹の中に子供ができて、子供が乳離れしていくまでは母親ですけれど、受胎可能な状態の時はいつも娼婦だと。

(「インタビュー・三枝和子」一九八五年五月『現点』5号)

受胎して妊娠し、出産、授乳する期間の女の体が「母性」であり、あらゆる男を受け入れることができる妊娠可能な状態の女の体が「娼婦」なのである。この規定は、女の体の在りようが女の意識にどう影響するのかを根本的に把握しようとする発想からとられているのだろう。謡曲「隅田川」と「江口」をもとにした『隅田川原』（一九八二年・集英社）は、その試みの一環である。『隅田川原』は「隅田川原」と「江口水駅」の二篇から構成されており、子を失った女と不特定多数の男に身をまかせる女の意識が描出される。「隅田川原」は精神病院の中の女たちの物語で、ここに登場するのは、空襲で子供を見失った女、満州からの引揚げで子供を捨てた女、中絶した女などである。女たちの狂気はすべて、子供のためには命を投げ捨てるのが母親だ、という母性神話の幻想に惑わされた結果である。授乳期間を終えたにもかかわらず子供との繋がりを持ち続けようとする女たち。子供を産んだという事実に拘束された女の意識なのである。

「江口水駅」では、慰安婦であった母の「性」を娘宥子の視点から問い直すという形で「娼婦」の在りようが追求されている。宥子は母の意識を追いながら、兵隊たちは「明日死ぬ、そう思うからこそどんな男でも受け入れられた」という母の声を聞く。宥子は「限りある身が、限りない生命の流れのなかに連なろうとする衝動が性交渉」であり、それが「自然の摂理のなかにおかれた人間」の在りようなのだという認識に至る。作家は、宥子と行きずりの男、母と兵隊たち、いにしえの江口の里の遊女たちと多くの男たち、それらの性関係を並列させ、「母親」でない状態の時にはどんな男をも引き受けることが可能な女の体（娼婦性）を明示するのである。女の身体の特質を「娼婦」に置いた時、女の意識の在り方もまた変容する。

「娼婦」性を獲得した女の意識は、男との関係をも変化させる。複数の男との性関係に躊躇しなくなるのである。しかし身体は複数の男と関係していても、意識がその身体の意味を理解できない女性もいる。「曼珠沙華燃ゆ」（一九八三年一二月『海』）の規矩子がその典型である。

規矩子は三十代半ばのフリーのルポライターである。男と同棲しているが、他の男の誘いも断らず、妊娠すると男に黙って中絶する。規矩子は「性」に自由であることが自立した女なのだというまやかしに眩惑されている、男にとって都合のいい女の「性」を体現しているにすぎないのだ。母性幻想に惑わされている女の意識と一歩の違いもない。

それに対して「娼婦」であることの意味を自覚しているのが、規矩子と同じ年齢でスナックを経営している優子である。優子は自己の「性」を、次のように語る。

「いまの世のなか、仕事をする上で女は徹底的に不利でしょ。（略）ただ、身体を売ることだけが女にとって有利な仕事なのよ。それを偉い女性運動家たちが卑しめるものだから変な工合になっちゃったけど、わたしは結婚制度なんか認めてないから、たとい夫婦みたいに暮していても、子供を産まないときの性交渉は、お金をとるべきだと考えているわ」

（『曼珠沙華燃ゆ』一九八五年・中央公論社　九〇頁）

都市で生活する優子は「子どもを産まないときの性交渉」は、もはや「娼婦性」でしかありえない、という認識に立っている。女の性を利用するまやかしの思想の内実を明らかにする上でも、

「自然の摂理」に従って男を受け入れ、金を受け取るのが、制度の矛盾を明確にする女にとって最良の方法だと考えるのだ。さらに性交渉に金を払うというのは、それが明らかに快楽をもたらし欲望を満たす価値ある行為だからであろう。またこの性交渉が出産に結びつかないという点には、動物のメスには見られない人間の女の「人間性」が表されているのであろう。

「娼婦」の性が「母性」に転ずる時、三枝和子の小説の登場人物たちは「娼婦」の概念の延長上にある「誰の子供でもない子供を生みたい」（『幽冥と情愛の契りして』一九八六年・講談社）という意識を有するようになる。

子供なんて、誰のものでもないのだ。（略）動物たちはいつまでも自分の子供に固執しない。誰の子供だっていいのだ。魚や虫などはもっと徹底している。無数に生まれ、無数に死んで行く彼らの子供たちは、彼らの種の精子と卵子の偶然の結合に過ぎなくて、誰の子供でもない子供たちなのだ。

そう思うとき、子供を産んでいない一匹の雌としての章子の位置がはっきりして来る。無数に生まれ、無数に死んで行く人間の子供たちのなかに、章子の卵子も参入していくのだ。

（『幽冥と情愛の契りして』五四頁）

大きな生命体のなかでのつながりにおいては、誰の子供であるかは問題でなくなるのだ。ここには「家族」「私有」という観念も消滅している。

「曼珠沙華燃ゆ」の優子、「崩壊告知」（一九八四年五月『新潮』）のくみ子、『半満月など空にかかって』（一九八五年・福武書店）の澪子など、三枝和子の作品には「性交渉を持ちながらも子供を産みたくない」と意志し、避妊薬を使用して複数の男と交わる「娼婦性」を体現した女性が多く登場する。彼女たちの「娼婦性」を保証するのは、経口避妊薬（ピル）の存在である。ピルの使用禁止は直ちに「母性」を体現することにつながるからだ。平安時代の作品『夜の寝覚』には、夢のようにはかない契りであるにもかかわらず子を宿してしまう女の身体を嘆く「寝覚の上」が登場する。彼女の心情は、望まない子を身ごもらざるを得なかった女たちの痛嘆の意識と重なる。

米国でピルの使用が可能になったのは一九六〇年代である。日本でもピルの解禁を求める女性たちの運動が七〇年代に盛んであったが、マスコミなどの中傷や揶揄が激しく、運動は下火になり、日本で販売が開始されたのはやっと一九九九年になってからである。ピルは女性が自己の身体を自ら管理することができる道具だった。ピルは、男性の一方的な「母性」強要に対する一つの反措定になり得るものだからだ。だが、多くの女性はそのことを認識できず、逆にそのことをうすうす感じていただろう男性たちは、自らの力が及ばない領域が女性にもたらされるのを危惧したのであろう。

しかし、女性作家たちは早くからこの効用に注目していた。一九六九年に発表された大庭みな子の「ふなくい虫」にはピルを常用する「女主人」という人物が登場する。

女主人は男の力を借りずに自立した生活を送っており、「女に妊娠させる能力が男の能力だと思っているような男には全く興味がない」と公言して、常時避妊薬を飲んで男と関係している。女主人は生殖を目的としない、自由な男女の関係から生まれてくるであろう連帯感に、自己の生の意味を置こうとするのだ。子供を産むことに関しても「父親は抽象的な男でなければ困る」と考え、「産むか産まないか」の選択を、自分自身の意志で決定しようとする。ピルを使用するという女主人の選択には「産む権利」を全面的に女が主張できる、女の可能性の一つの方法が示唆されているのである。「産む・産まない」の自由を獲得したことにより、女性の身体意識が変わっていくこともまた確かなことであった。

三枝和子の『半満月など空にかかって』に登場する澪子は、三十代の自立した仕事を持つ女性であるが、たびたび行きずりの男と一夜を過ごす。澪子は男との関わりをその場限りとするために、金をもらうことに決めている。ある時ピルを飲むのが面倒でそのまま関係した後、妊娠する。避妊を厭う気持は、潜在的に子供を欲しいと考えていた澪子の意識の表れであった。そして澪子は見知らぬ男との間にできた子供を産む決心をする。だが、シングルマザーで産もうと決意するのではなく、現在の制度では戸籍上でも父親の在ることが子供には有利なのだと考え、父親を肩代わりしてくれそうな男を探すのである。

「断ってはいませんよ」

瀬川さんは言った。「ただ、その生まれて来る子供のための父親にならなければならないのが納得いかない」

「すぐ離婚するわよ」

「しかし、その子供の戸籍上の父親であることには変わりない」

「だから、決して経済的には御迷惑をかけません」

「澪子さん、あなたは、血縁というものをいい加減に考えています」

「どうして？　血縁はないのよ。問題ないじゃない」

「いいえ。血の繋がりがないものが、戸籍上の実の父親というのがおかしいと思いませんか」

「ははあ、瀬川さん、あなた、法律を利用しようという気がまるでないのね」

「澪子さんの言うことは、さっぱり分りません」

瀬川さんは苦しそうな顔になった。「父親のはっきりしない子供を産むのは感心しません。子供が欲しければ、父親をはっきりさせるべきです」

「どうして？　父親がはっきりしないから、わたし、産む気になっているのに」

（『半満月など空にかかって』一二四〜一二五頁）


澪子の言葉には、「父親」という発想を無化する動きがある。男の己れの血を中心とした種族維持をはかるときの最もよい方法は、おそらく血縁の子供を支配するというやり方であろう。女が男の、この発想を無効化するためには、父親は分からないという形で否定するのが最良の方法であるのだろう。「誰の子供でもない子供を生みたい」「父親がはっきりしないから、わたし、産む気になっているのに」という女の言葉には、「産む性（母性）」を女自身のものにするとともに、血縁とは無関係な「大きな生命の流れ」につながる「性」という確認も行なわれているのである。それは

「産む性」に男を関わらせないという津島佑子の作品に描かれた「私生児の母」の意識と底流で大きく関わっているといえる。

(2) 倉橋由美子『アマノン国往還記』を軸に

最近のバイオテクノロジー（生化学）の発展には眼を瞠るものがある。試験管ベビーといわれる体外受精や、夫以外の男性の精液による人工授精は、既に数多く行われている。受精卵を凍結することも可能になった。現在のところ人間の子宮は開発されていないが、ホルスタインなどでは人工子宮が完成している。倉橋由美子の『アマノン国往還記』（一九八六年・新潮社）には、女性の子宮での妊娠が一般的ではない未来社会が描かれている。

倉橋はこの小説について「二十年前フルブライトの留学生としてアメリカに行った時から感じていたアメリカ的『女性優位の社会』の行きつく先を『仮説』として書い」（「単行本付録　未来社会の女権国」）たものだと述べている。倉橋が留学した一九六〇年代のアメリカは「ウーマン・リブ」運動の昂揚期にあった。性差の根源が女の「産む機能」にある限り、その消滅なしには真の平等はありえないという主張から、母性機能が否定的に語られることのあった時代である。その主張を引き継ぎ、七〇年代になって最も尖鋭的な論を展開したのが『性の弁証法』（一九七五年・評論社）のシュラミス・ファイアストーンである。『性の弁証法』は八〇年代のフェミニズ運動にも多大な影響を与えている。

ファイアストーンはこの著書のなかで、両性間の不平等の究極的な原因は単に男女間の生殖に関する生まれつきの役割の相違にあると論じ、女性を「雌の屈辱（野蛮な妊娠）」から解放するためには試験管ベビーや人工子宮の開発など、先端技術を駆使したあらゆる人工生殖の革命的成果を期待すると語った。女性における母性機能の完全な外化を女性解放の基本的戦略に据えたのである。

ファイアストーンの戦略には生物学的差異の消滅が性差を解消し、その結果必然的に男女のセックス（性）も消滅して後には単に「人」が残るだろう、という発想が読み取れる。しかしこの論理は、女（産む性）が男（産まない性）化することでしか成り立たない。そこには生殖能力のない男化した女というかたちが在るばかりである。ファイアストーンの論理は、その後いきすぎの言説と見られてほとんど問題とされていないが、倉橋は『アマノン国往還記』においてその発想を極端化した。女が人口をコントロールし、子供はすべて人工生殖によって生まれる生殖革命の達成された「アマノン国」を創りあげたのである。さらにこの小説には精子さえ確保できれば男は不要で、国を動かすことは女でも可能だという男へのからかいと、産むことから解放された女の成したことと言えば「食」でしかなかったという女への毒もふくまれている。それではまず冒頭部分から見ていくことにしよう。

Ｐは小さい時から遠い見知らぬ土地へ出ていくことが夢だった。早くこの世を去った父親の遺産で相当期間は遊んで暮らす余裕に恵まれていたので、大学に長く籍をおいて工学部と医学部で航海や冒険旅行に必要な技術一般と医学知識を習得したのち、モノカミ教団のコレジオと呼ばれる宣教師養成学校に入学したが、これは近い将来アマノン国に派遣される計画があるという宣教師団の一員に加えられることを期待してのものだった。

（『アマノン国往還記』七頁）

この小説にはモノカミ国というキリスト教を思わせる一神教の支配する父権制国家と、アマノン国という高度な文明の水準を維持する絶対女権制国家が設定されている。アマノン国はモノカミ国にとって「恐ろしく遠方にある孤立した国で」「国民は温和かつ怜悧で知識欲も強く、モノカミ教を伝えて強化するのにはきわめて有望であると一般に信じられていた」国である。主人公Pは大宣教師団の一員として一人乗り遠距離航行船でアマノン国に向かい、ただ一人だけ漂着する。物語はたった「一人の男」であるPが初めて女が支配するアマノン国の現実に接し、そこで荒唐無稽な体験をするという展開になっている。

アマノン国では、男は一部の家畜的精子提供者と「ラオタン」なる去勢された宦官的存在の男性を除いて授精の段階で抹殺されており、国家の正規の成員は女に限られている。一部管理の網の目からこぼれ落ちた男が地下に潜伏しているが、社会的にはまったく無視されている。

女性（アマノン国では女が人間であり、「女・少女・主婦」という女に関する言葉はほとんど廃語となっている。ここに「女流」という言葉をめぐって差別論争を起こしたフェミニズム運動へのからかいを見ることもできよう）のなかには、地下の男とセックスをして自分の子宮で妊娠・分娩する女性もいるが、それは正規の出産方法ではない。そのようにして生まれた子供は「野合の子」と呼ばれ、特別な例外を除いて社会的存在者とは認められない。正式な子供のつくり方は、まず精子バンクに申請し、審査のうえ許可がおりれば精子の提供を受けることができる。それを自分の卵子と人工的に授精させ、人工子宮を利用して妊娠・分娩する。生まれた子供は人工哺育装置で育てる。

アマノン国は人口抑制政策をとっており、精子は厳重に管理されている。精子を獲得するのは困難で、とくに優秀な精子を受容できるのは学歴や職業の水準、専門的な資格、社会的な地位、特別な能力などを備えた一部のインテリだけである。格差社会でもあり、上流の地位を得るために子供の頃から激しい受験戦争が行なわれている。アマノン国には父親というものは存在しないのだが、この受験の状況は、子供の教育に全力を注ぐ、六〇、七〇年代の教育熱心な日本の母親の姿が投影されている。また、出産・育児から解放された女たちのエネルギーが生み出した文化が「味覚」だという点は、グルメ流行りの八〇年代日本がパロディ化されているといえよう。

この作品全体がさまざまなパロディに溢れており、アマノン古代史、古代文学の研究者で首相のブレーンの一人と見られている大学者トライオン博士の語るアマノン国「女性の特色」は、いわゆる「女性的発想」と言われてきた事象のもじりである。トライオン博士は性別判定係官のミスで女性として生まれた男性である。精子提供者の枠からも除外されたので国立精子バンクに閉じ込められることもなく、ラオタンにもならず超法規的措置で存在を許されている稀有の男で、女性国を相対化する辛辣な目をもった人物である。

トライオン博士は、軍隊と治安維持能力を備えた警察がアマノン国に存在しないことから、女に理解できない最重要問題は外交と防衛だと考えている。トライオン博士の造型には、初期エコロジカル・フェミニストの、女は本来的に平和を好む習性をもち、女性が政権を掌握すると戦争はなくなる、という論理が援用されているのであろう。もちろん倉橋が、その論理を肯定しているということではない。八〇年代当時のフェミニズム批評をシニカルな視点で見ていたということであろう。アマノン国では外務大臣より文部大臣のほうが地位が格段に高いのである。また治安維持能力がない以上の欠点として、目の前のことと国のなかのことにしか関心を持っていないという点も、トライオン博士は指摘している。この指摘は「女性の特色」というよりも、「国際化」という掛け声ばかり大きくて内実を伴わない日本政治に対する皮肉といえよう。さらにアマノン国には歴史に関する記述がない点を取り上げ、自分の出生、家系、先祖といったルーツに関心を示すのは男の特徴で、女は自分が創造者で人類の歴史そのものだから、歴史に興味を持たないのは当然だとも述べている。その一方で、宦官もどきのラオタンは、女を孕ませる力をもった男に対する本能的な恐怖心が生んだ制度だとも分析している。

トライオン博士の分析は、一般的によく指摘される男女比較論の域から一歩も出ていない。しかしまさにそのことによって、女性が文化的・社会的にどのような存在と見なされてきたのかを浮き彫りにする。「女とはそのような者ではない」と考えさせる点において『アマノン国往還記』は、すぐれたフェミニズム批評の書物ともいえる。風刺を得意とする（『アマノン国往還記』付録インタビューで、「アマノンの話もまったく風刺小説のつもりはありません。（略）風刺には興味がありません」と語っているが）倉橋由美子の面目躍如たるものがある。

女性が権力をもって一千年になるアマノン国は「女の国」ではあるが、国の礎はモノカミ世界から来た無力な男がつくったという。すっかり忘れられた存在ではあるが、エンペラと呼ばれる皇帝（男）が現在も在位している。このような歴史設定に、アマノン国は「男の発想」の延長線上に成立した国家ということが暗示されている。そのことを端的に示しているのがアマノン人の人生の目的が、「自分の遺伝子を残すこと、それもできるだけ優秀な精子の遺伝子と結合して、できるだけ沢山残すこと」という人生観であろう。モノカミ国から来たＰは、子供にこだわるという発想に「女性原理」を読みとるのだが、自己の勢力を拡大するという観点からみると、そのような意識はイザナギのイザナミに対する言挙げ「吾一日に必ず千五百の産屋立てむ」にも見られるように「男性原理」に通底しているのではないだろうか。もっとも生きものの本能と考えたほうがより的確ではあろうが。

人間の歴史は優秀（生き延びるという意味において）な遺伝子同士の争いであったと想定することは可能であろう。現存している遺伝子は、生存競争を生き延びた結果である。もちろん生存のエネルギーは不妊の男にもあり、不妊の男の生き延びる方法の一つとして「生殖革命」が選びとられる可能性はあろう。小説中に明確には示されていないが、それをアマノン国最初の皇帝が選びとった可能性は否定できない。アマノン国の歴史のなかで「生殖革命」は女が意図した方法とされているが、遺伝子の優位と劣位がアマノン国の権力構造を秩序立てていることからすれば、アマノン国は支配／被支配の関係で成り立つ「男社会」の陰画ともいえそうである。Ｐが布教の過程で自分の精子でアマノン国を掌中に収めようと意図することや、アマノン国の最高権力者エイオスが自分の卵子を最優先に処理して子供を増やそうとする発想に、「男社会」の思想は明瞭であろう。

ところで、Ｐの目的はアマノン国にモノカミ教を布教することであった。しかしＰは、「女の性」を失いハタラキバチやハタラキアリのようになったアマノン国の女たちにも出会い、本来の「女の性」を取り戻させようと、セックス革命を画策する。アマノン国にも性愛関係はあるが、それは男社会における男色関係（権力者と支配される稚児）を女同士に当てはめたもので、ピップ（エリート・上流階級の人間）とセクレ（ピップ専用の若い秘書兼愛人）の関係として設定されている。男が存在しないので猥褻という言葉もなく、性に関しては開放的である。そして生殖とは無関係に行われる性戯は快楽のみを追求するので、各人が高度のテクニックをもっている。Ｐは、女たちの技巧をうまく利用しながら首相や官房副長官など政府高官を、男とのセックスの快楽に引き込むことに成功する。

千年ものあいだヴァギナを使用しなかった女たちが、簡単にＰに籠絡されてしまうことに小説進行上の強引さが感じられないわけでもないが、この辺りから小説はスラップスティックの様相を呈していくので、Ｐと女たちのセックスは、男権社会が成立していく過程をパロディ化したものともいえそうである。被支配者とされてゆく女たちがセックスに恍惚となるのは、喜劇以外の何ものでもないだろう。ここに、女と男の対等な関係など存在しない、というラディカル・フェミニズム的見解を読むことも妥当であろう。

Ｐは女たちにセックスを教え、快楽を覚えさせ、妊娠を通して女に戻す「有性化革命」を実施していく。それと同時に男性を復活させる「オッス革命」も進め、アマノン国を男と女が半分ずついる世界にしつつ男性社会であるモノカミ国化しようと工作する。Ｐの目論見の根底には「アマノンの女とセックスし」「自分の遺伝子を広く撒き散らして自分の分身を沢山つく」り、「自分が神になって神の子孫を残す」意図が隠されてもいる。

Ｐの陰謀に早くから気づいていたのは最高実力者のエイオスである。エイオスもＰと同様の計画を持ち、自分の卵子を優先的に授精させて一族の拡大を謀っていた。エイオスはＰの出現によって「強力な生きた男が現れて精子バンクを破壊し」、その男が「唯一の精子提供者の地位に就いた時には、その男を神と認めるほかなくなる」というアマノン国の弱点が露呈されるのではないかと恐れていた。現実は危惧の通りに進行していくのである。しかも精子に劣る卵子の数の弱点もあらわになった。自己の遺伝子を持った子孫を増やして自分が神になる確率、つまり数の論理によって絶対的支配者となりうる確率は、精子（男）の方が卵子（女）よりも圧倒的に有利なことが露呈されるのだ。このエピソードは、現代も続く「男社会」成立の根拠を語るものであろう。

三枝和子は『崩壊告知』（一九八五年・新潮社）などで、男社会の成立の根拠を父親の子供所有意識を踏まえて検討している。『アマノン国往還記』にもその発想は認められる。ここでは子供を増やす方法が遺伝子操作という形で示され、父権の発想は権力者の発想（男女の相違なし）として提示されているのである。

しかし、物語は二人の思惑を挫く方向で展開していく。エイオスは不慮の事故で支配力を失ってしまう。Ｐの計画も、Ｐを所有したいと願うＰのセクレであるヒメコの嫉妬によって挫折する。Ｐは男根を切断されてしまうのである。さらに物語は急展開する。「エピローグ」の最初は次のように始まる。

モノカミ教団大司教の娘に当たるアマノン夫人の容体が急変したのは最初の陣痛がやってきた直後のことで、今回の「アマノン夫人処女懐妊計画」の責任者であるインリ博士は、この段階で計画が不首尾に終わったことを悟った。

（『アマノン国往還記』四六六頁）

アマノン国の対極にあるモノカミ国では生命の創造は「天なる父と母なる大地」の結合によって行われているはずであった。しかし実はモノカミ国でこそ「創造の神」に対する挑戦が行われていたのである。アマノン国とはアマノン夫人の子宮のメタファであったことが最後に明かされるのである。このことはPがアマノン国の大気圏に入った次の場面に暗示されていた。

それは、不思議な大気に包まれているせいか、妙にぶよぶよした卵の黄身を半透明にして複雑微妙な毛細血管や浮遊する黄塵を思わせる微粒子を封じこんだように見える世界で、その奥の方に無数の折れ釘を寄せ集めて積み上げたように見えるのは建物が密集した都市の景色であるらしい。Pの乗った船はこの巨大な卵細胞世界にかなりの速度で接近していた。

（『アマノン国往還記』一二頁）

Pはペニスを意味するが、具体的には精子を指す。Pは卵子と結合できたたった一つの精子だったのである。Ｐの冒険は「受胎」をめぐる冒険でもあったわけである。さらにＰには人工精子のニュアンスが感じられる。モノカミの原理主義的な主張によると、「モノカミの恩寵を受けたものは『精霊』と化し、アマノンに送られた『精霊』は、そこで『奇跡』を生ぜしめてモノカミの子を創造するはず」なのだという。「恩寵を受けた精霊」、つまり人工精子ゆえに「処女懐妊」が可能なのである。Ｐも「モノカミの恩寵を受けた精霊」だったわけだが、結果は得体の知れない不気味なものを生ぜしめ、アマノン夫人の命を奪うことになった。モノカミの原理に則った「処女懐妊」は見事に失敗したのである。

この「処女懐妊」の発想には、生殖能力のない男の願望が透けてみえる。アマノン国の創造者も男であった。『アマノン国往還記』は自らの身体で生命の創造に関われない男の物語（「産む性」を疎外した女の物語と表裏一体）なのだともいえよう。

ところで、男女の性差を形態の異なる二つの国の相違で表現するという方法は、サイエンスフィクションでよく用いられる手法である。アメリカの女性作家アーシュラ・Ｋ・ル＝グィンは『闇の左手』（一九七七年・早川書房）において、男女の性差の相違を、地球人（男の性のメタファ）と二つの性を同時にもつ惑星の住人（大枠において女の性のメタファ）との心理や習慣、風俗の違いとして描き、『所有せざる人々』（一九八六年・早川書房）では、男性原理で成り立つ地球と地球から脱出して女の思想を基盤にして成立した惑星との対比を通して性差の問題を捉えていく。ル＝グィンはフェミニストの立場にたち、女と男、親と子の関係、そして国家と社会の関係のありようを二つの惑星を通して浮かび上がらせ、異「性」間の真の共同世界を追求する。

ル＝グィンはフェミニストの作家として、女に創造できる平等世界とはどのようなものかを模索する。しかし、あらゆるイズムに否定的な倉橋由美子は、「女権国」「男権国」という設定をしつつも、どちらかに加担するわけではない。『アマノン国往還記』は、男性社会全体に対するアンチ・テーゼを女権国家の成立というかたちで呈示し、一方で、現実のみを問題にして男性原理の終焉を求め、女権、女性原理の伸長を主張するフェミニズム思想に対して、文学はあくまでもフィクションであり絵空事であるという前提を踏まえたうえでの、文学の側からのアンチ・テーゼと見なすことができるのである。

第Ⅳ章

新たな言説空間の構築に向けて

1　三枝和子の文学を中心に

（1）起源としての無

三枝文学はいくつもの相貌をもっている。難解な実験小説、豊かな物語性あふれる歴史小説、鋭い批評性に満ちたフェミニズム小説と、多彩な展開をみせる。そこでここではまず三枝文学の原点を辿りなおしてみよう。

三枝和子の文学的出発は、価値観の大きな転換が迫られた第二次大戦後の時期と重なっている。一九二九年生まれの三枝は敗戦のときに十六歳。「素直な軍国少女」であったと自ら語っている三枝は、価値の崩壊を眼の当たりにし、自らの存在の意味とも向き合わなければならなくなる。自分の全存在を決定づけ君臨してきたものの失墜をどのように受け止め、生きていくか。それが戦後を生きる少女に与えられた課題だったのである。

三枝の初期作品には、ヘーゲル、ニーチェといったドイツ哲学、カフカやカミュの不条理文学、そして有限な自己と世界との関係を徹底的に追究して空無が自由となるような実存を明示したサルトルの実存主義文学の影響が色濃い。三枝は、一九四八年の学制改革によって男子学生と学ぶ機会を得た最初の世代にあたる。兵庫師範学校で学んでいた三枝はその年師範学校を卒業し、引き続いて関西学院大学哲学科に入学する。武市健人のもとでヘーゲルを中心にしたドイツ哲学を専攻した。卒論はニーチェを取り上げた「無神論の構成」であった。人間の存在には本質的な価値などないと主張するニーチェ哲学を通して、価値の再構築を模索していったのである。さらに敗戦後に各地で起こった新しい文学運動の動きにも敏感に反応し、西脇市の「文化サークル」や、ニーチェ学者の野村純孝を中心に京都大学文学部哲学科の人々が集った哲学研究会「フェアヌンフトの会」などにも参加する。

幼いころから男女に与えられる教育の差に疑問を感じていた三枝にとって、男性と共に学問できる自由は何ものにも代えられないものであった。しかし、哲学科というキリスト教やギリシア文化を最高の権威とする男性論理のはびこる場で、三枝は徹底的に「男性論理」を学んでいくことになる。三枝は、「フェアヌンフトの会」で知り合った森川達也（三枝洸一）と五一年に結婚する。そして評論家森川から「男性の思考方法」を学ぶ一方で、僧侶である森川の指導で読み始めた『大乗起信論』から「人間優位」ではない「生きもの」の発想を感受する。そこに説かれた個我を成り立たせしめると同時に世界の基盤ともなる無意識界のアーラヤ識という発想に強い衝撃を受けたのである。近代西欧哲学の到達点であるヘーゲルやニーチェと格闘を続け、その延長線上で作品や方法を考えるという「男の論理」に対する違和感が自覚化され始める。大乗起信論の世界では他者を否定して自己が在るのではない。他者を否定して自己を確立する「男の論理」には、無意識裡に違和感があったのかもしれない。そして「生きもの」の「発想」はより「女性の発想」に近いのではないかと考えていくようになる。

四十代に入って本格的に自己の発想の源を問い返し始めた三枝は、自己の初期作品について、女性である自分が「男性の思考方法」で発想し書いた小説ではなかったか、と自問するようになる。「実存」の意味を「男の論理」で問い続けてきた三枝は、新たに「生き物／女」の視点の可能性に思い至り、現在の「男性優位社会」が成立する以前には「女の発想」「女の論理」で成り立ってい た「社会」があったのではないかと考えるようになる。その発想を持つことによって、これまで親しんできたギリシア悲劇に女性優位社会の痕跡を認め、その読み直しを行っていく。女の視点による社会構造の問い直しは、一九七〇年代後半からのフェミニズムの思想とも交差していくが、三枝の思考はあくまでも小説家という自身を基盤にして生まれたものであった。その視点の獲得により、三枝文学は大きな変化を見せていく。

九〇年代になると「女の発想」を「受容的自他関係」とも説明していくが、主語的世界から述語的世界への転換点となった作品は、『月の飛ぶ村』（一九七九年・新潮社）である。自他未分化の世界が展開されるこの作品と、七〇年代までの自身の小説の方法論の試みを集約した小説『思いがけず風の蝶』（一九八〇年・冬樹社）によって、三枝は「男の論理」「男の発想」から自由になっていった。「女の発想」の獲得は、「近代的自我」を基盤にした「小説」という枠組みを超えて神話・伝承を自在に取り込んだ物語性あふれる小説へと広がっていった。「響子シリーズ」や『光る沼にいた女』（一九八六年・河出書房新社）、『群ら雲の村の物語』（一九八七年・集英社）、『伝説は鎖に繋がれ』（一九九六年・青土社）に、その豊かな世界が展開されている。

三枝は男性よりも女性の方が論理的思考にすぐれているのではないか、とも語っている。八〇年代以降は自身の批評家的資質も全面展開し、「男性優位社会」成立の過程を「戦争の起源」、「家族の発生」、「父権の成立」、「結婚制度の確立」といった角度から論じていく。それらの問題はエッセイ集『さよなら男の時代』（一九八四年・人文書院）、小説『崩壊告知』（一九八五年・新潮社）、評論『男たちのギリシア悲劇』（一九九〇年・福武書店）に顕著に表れているが、八〇年代以降のすべての作品に「男性優位社会」に対する批判が内包されているといってよいだろう。その批評の眼は、平安朝女性作家シリーズをはじめ『女王卑弥呼』（一九九一年・講談社）、『小説　出雲王朝挽歌』（一九九六年・読売新聞社）、『薬子《くすこ》の京《みやこ》（上・下）』（一九九九年・講談社）など、日本の古典文学の読み直しにも発揮されている。また『鬼どもの夜は深い』（一九八三年・新潮社）や『その日の夏』（一九八七年・講談社）、『その冬の死』（一九八九年・講談社）、『その夜の終りに』（一九九〇年・講談社）には、〈戦争〉〈敗戦〉受容の男女差という視点が提示されている。多様な角度から男女の非対称性を明示してきた三枝は、晩年はプラトンに向き合い、プラトンをアウフヘーベンする形で〈女の哲学〉の可能性を示唆した『女の哲学ことはじめ』（一九九六年・青土社）を上梓した。

初期の『八月の修羅』（一九七二年・角川書店）、『乱反射』（一九七三年・新潮社）は、「女の発想」にいたる以前の西洋哲学や西洋文学の多大な影響のもとに書かれたものである。「男性論理」に依拠して文学の新たな可能性を模索しつつ書かれたもので、文体、方法上の悪戦苦闘を経て得た一つの帰結である。

三枝は関西学院大学を卒業した後、同大学院に進学するが一年で中退し教師になる。教師になった後の一九五六年一月、森川達也や教員仲間と文芸同人誌『文藝人』を創刊する。三枝はその3号に「詠嘆より思想を」（一九五六年一一月）というエッセイを載せている。そこで「詠嘆は要らない、もっと思想を」と述べた後で、「人間を描くのでなく、人間の問題を述べるのでなければならぬ。鋭利なメスで切り苛む事によって、この存在の究極を明示しなければ気の済まない、そんな美学を自己のものとせねばならぬ」と語り、「イデオロギイの性格さえ担っている今日、文学に対する旧来の陋習に徹底的に抵抗したいと思う」と、「旧来の陋習」を排除して「新しい文学の出発」に向かう決意を表明している。

三枝の小説が活字になった最初のものは、『文藝人』1号に載った「黒い糞」である。この小説は、五歳の時に小児麻痺を患い、治る見込みのないまま「生かされてきた」少年の孤立した生と死を描いている。九歳の時、睡眠中の脱糞を「自分の事もやれないものは生きている値うちがない」となじった継母の言葉から、自らに「生きているものは、兎にも角にも、自分のことを自分でやらねばならない。その力のないものは野たれ死ぬべきだ」という「掟」を課す。それは「生きているもの」として単に便所に行くという行為ではあったが、死期が迫るにつれ死んだ方が楽ではないかと思えるほどの全身の力を消耗する苦痛となっていく。しかし「死ぬまでの汚物の始末だけは、自らの力でやり通そう」と誓った掟は「命を捨てるよりも、ひどく重大な悲しい事」となるが、彼はそこに「唯一の自由」を感受する。

不治の病を抱えた無意味な存在として生まれてきた少年は、家族からも死を待たれるだけでなく、夢に現れる「舌を抜かれている亡者のように、髪をざんばらに振り乱し」「彼をぐっとねめ据え、血みどろの空恐ろしさで迫って来る」生母にも拒否されている、まったくの孤独な存在としてある。無価値と見做されている状況のなかで、少年はその現実を逆手に取って「掟」を生み出し、そこに価値を見出し生きる目的とした。十四歳で身体が動かなくなった時、「こわい、こわい、殺さないで！」と内面では叫びをあげつつも助けを求めず「決して妥協しない。僕は一人で死ぬ」と、意識的な孤立死を選ぶ。それはまさに世界と対峙する一つの「個我」の出現といえるだろう。少年はニヒリズムを背景に「存在の究極」たる「強度」の現出の姿を明示しているといえる。しかし三枝の提示したニヒリズム的存在形態は、同人から「主観性の過剰から生じる飛躍と具象性の欠如」（3号）と批判された。

その後三枝は、「麻酔のさめる時」（3号）、「コオポラル問題」（4号）、「思想要注意」（5号）、「祝華燭の典」（6号）と、自己の出世や借り物の思想を振り回す卑小な人間たちを描いていく。戦前と戦後がそのまま続いているような、その時々の状況に身を任せて流れるように生きていく人物たちが起こす「人間の問題」を、同人たちの批判に応えるかのように具体的な現実の世界に即して表現しようとしている。もっとも、この現実世界の無意味性を認識しているが故にその無意味性を生き抜くのだとする存在の形態は、三枝文学に通奏低音のように流れ続けていく。

『文藝人』の活動に物足りなさを感じていた三枝は一九五八年一一月、森川達也と二人で同人誌

『無神派文学』を創刊する。森川達也と三枝和子共同のペンネーム加納純による「無神派文学（要請）」に、創刊の意図を見てみよう。まず「我々は詩を除いたあらゆる文学の営みが、究極、人間に関わる思想を本質とし、その具象的、現実的表現でなければならぬ」と始まり、「それ故、小説において描かるべき主題、評論において論ぜらるべき問題は、本来思想としての人間、即ち人間性を離れてはあり得ない」と語る。しかし「神不在」の「この国の精神風土」には「根源的に人間が居ない」。そこでまずやらなければならないことは「神の思想を求め、それを確立」し、その後その「神」と「対決」して「思想としての人間を確立する」のだという。最後に「広義にわたって神と人間に関する思想の問題を提出し、それを自己の文学の主たるテーマとして志向する」と述べられている。「神」とは絶対的存在や本質的な価値、究極の真理といった絶対的基準・起点に関わるものであろう。『無神派文学』という誌名は「神の死」を宣言したニーチェ以後の西洋哲学の問題に依拠していると思われるが、ここで要請されている文学は、いったん仮構した「神」と対峙しつつ、その足場を取り外していくという困難な試みであり、その困難な格闘が三枝らの「神」の死以後の文学＝ニヒリズム文学ということになる。

三枝は『無神派文学』で初めて「小説家になろうと意識」し、「悪口を言われても恐れないで自分に一番即した、自分に正直な文章を書こうと思った」（一九八五年五月『現点』5号）と語っている。さらに『無神派文学』1号「編集後記」には「文学はもはや単なる創作意欲や文章技術から生まれるものではなく、人間と世界に対する新しい解釈と観点の呈示でなければならない」とも述べられていた。『無神派文学』には、突然の死を通して死の無意味さを描いた「十六号終焉」（1号）、無意味な生と認識しつつそこに意味を見出そうともがく青年を描いた「黝い陽炎」（2号、一九五九年六月）、繰り返される日常の無意味さを捉えた「儀式（セレモニイ）」（3号、同年一一月）「暗い部分」（8号、一九六四年八月）、絶対的価値概念の無意味さを天皇制にみた「諒闇」（4号、一九六〇年七月）、希望のない生活を「自由」として生きる実存者の意識を描いた「午前八時。街には……」（5号、一九六一年八月）、存在の不安をカフカ的不条理の世界を通して描いた「夜の奥に向かって」（6号、一九六二年八月）、『八月の修羅』に組み込まれていく無意味な戦後の生を捉えた「喪服の街」（7号、一九六三年九月）と、この世界に価値のあるものなどないといったニヒリズム的世界観が表現されていく。

一九六五年には、「反リアリズム」の動きを全面的に打ち出して「文学の価値転換」を図ろうとした森川達也編集の雑誌『審美』が創刊される。三枝も『審美』に小説を発表していくが、そこではストーリーやプロットを重視せずに「意識の流れ」を追うアンチ・ロマンの手法に則った「月曜日の夜のこと」（1号）、「鎖のない犬のフーガ」（2号、一九六六年）、「夏至の夜、時計も動かない……」（7号、一九六七年）、「季節のない死」（11号、一九六九年）などを発表していく。一九六一年発表の評論「カフカ『審判』試論」（『三田文学』）で森川達也は、「カフカの作品は、内容的には、何ものも示さない（「空虚」「無意味」を示す）のであるから、そこには、ただ、何一つ内容を示さなかったという行動（否定作用）の軌跡だけが残ることになる。（略）カフカの文学は、われわれが生きている具体的な現実の世界を、いわば素材とし、それをいかに構成して、空虚、あるいは無意味を示すか、その方法が内容となるような世界である」、と論じている。この時代、三枝和子は評論家森川達也が指示する書物はすべて読んだという。森川達也のカフカ論は、初期の三枝和子の小説にもあてはまる。
無意味さのイメージは三枝の小説においては「処刑」という言葉で表現される。一九六八年に刊行された最初の短編集『鏡のなかの闇』(審美社)には五〇、六〇年代に発表した短編に加えて書き下ろしの「鏡のなかの闇」が収録されている。この小説も「理由のない処刑」という形で死と生の無意味さを表現する。また、六九年に刊行され田村俊子賞を受賞した短編集『処刑が行なわれている』(審美社)のタイトルに関して三枝は「あとがき」で、ここに収録された作品群に「ある傾向(主題)」を発見し、それを表わすタイトルにしたと述べている。収録作品「季節のない死」にその主題が顕著である。意味不明のまま拉致され、何の罪なのかも分からないまま「処刑」の宣告を受けた「ぼく」は、キャベツ畑の穴掘りの仕事をしながら処刑の時を待っている。

ぼくが一生懸命仕事に励んで効率をあげれば重宝して、再び次の仕事を持ちこみ、処刑をさらに延ばす可能性があることをちらちら示す。勢いぼくは一生懸命働かざるを得ない。いつかは必らず処刑されることを信じながら……。
(『処刑が行なわれている』七二頁)

死を引き延ばすかもしれないだけの労働。それは繰り返される「日常生活」を一つの「処刑」への待機と見る認識であろう。この小説は、安部公房の『砂の女』(一九六二年・新潮社)を喚起させながらも一切の救いがない。「あとがき」で三枝はさらに「〈処刑〉はしかしいったい何から、何によって、執行されているのか。私にはまだそこまでの見通しはついていない。ついていないが〈処刑〉の現象に立ちあうこと、自分が〈処刑〉されているのを知ることとは、いくらかできる。そのことを、これからも書いていきたい」と語っている。「空虚」「無意味」な世界をまず現出させる、ということであろう。短編集『死面《デスマスク》の割れ目』（一九七〇年・新潮社）にも「次々と死ぬために生まれてくる」（「儀式」）ものが、『都市　その昏い部分』（一九七二年・審美社）にも「何の価値もない無意味な生活」（「W岬周辺」）が描かれている。

ところで、「空虚」「無意味」を表わす表現方法として、統括されていない意識の流れを追う手法が採られている。松原新一は「現実と非現実との境界のような時間を設定して、そこで人間の意識の多様性をつかむことに小説を書く意味を見出している作家」（「現代文学の動向」、三好行雄他編・一九七二年『昭和の文学』有斐閣）であり、「『明確に意識の底へ棲みついた想念』そのものの複雑微妙な動きを追いつつ、それを文体によって秩序化する」その文学は、「日本文学全体のなかにおいてみても珍しい」（「帯」『処刑が行なわれている』）と、評価している。

盲目の傷痍軍人を主人公にした三枝初の長編小説『八月の修羅』は、テーマと方法が見事に合致した傑作である。この作品の原型は、一九六二年度第二回河出書房文芸賞の佳作入選作「葬送の朝」であるが、現在は失われてしまっている。単行本「後記」によると、ほぼ十年の歳月をかけて「自分の『戦争』に対する想念」を、能の様式を借りて再構築したという。さらに「『能』が、戦いで死んだ武者の魂を弔う鎮魂のうたであるならば、私は戦争で傷ついた兵隊の魂を、荒らぶる姿で留めることによって慰藉したいと願ったのです」と語っている。

この小説の主人公陸軍中尉須藤知史は、一九四五年に戦場で両眼を失明した。失明の痛みに深くとらわれた彼は、自分の運命を変えたものたちへの怨念と呪詛だけで生きる決意をした。被害者意識だけを撒き散らし、働くことをしない彼は家族にとっては厄介者でしかない。戦前軍神として崇められた彼は、戦後は盲目の役立たずの傷痍軍人にしか過ぎなくなった。戦後は彼を解放に向かわせたのではなく、「終りの来ない」「刑罰」のような日常をもたらしただけだった。しかも戦争中に殺したらしい捕虜や死んだ戦友たちの怨念にも呪縛され「死ななければならない人間」として戦後三十年を生き延びてきて、五十歳となった。彼は、生きる現実の場に確かな意味と価値を持たない、空無な現実を生きる、生きる屍だった。そんな父を、戦後生まれの息子は徹底的に忌避する。過去にこだわる父と、未来を志向する息子は当然のこと否定的に関わりあうことしかできない。父は息子を呪詛し、息子は父を呪詛する。そして息子が二十歳になった時、正当化されない怨念を抱えて彼は縊死する。

「俺は、死んではいない。今まで生きていなかったから、死ぬこともないのだ。死んでもおらず、生きてもおらず、俺は、中有に浮いたまま、永遠にお前たち、二十歳の若者を呪い続けてやる」

（『三枝和子選集1』二〇〇七年・鼎書房・一九〇頁）

怨念を残した魂は、鬼神となって中有を彷徨うのである。

鬼神は戦争と無縁となった若者たちだけを呪うのではない。自分をそこに追いやった絶対的存在

「S」を呪う神ともなるのだ。「S」には昭和天皇のイメージがあるが、作者は、ある次元を超えた場所から登場人物たちの意識を支配するものの象徴であるという。「S」は戦前は絶対的価値を体現し、戦後は〈戦後の象徴〉としてその諸価値の体現者となる。取り替え可能な価値とは、価値を無化するものでしかない。傷痍軍人の怨念をリアルに描きつつ、彼が依拠する世界が無意味なもの、虚無であることをこの作品は明らかにする。それが「兵隊の魂を慰藉する」ということであろう。『乱反射』では、インセスト・タブーを軸に共同体の血縁の呪縛に絡め取られた青年の意識が描かれる。

人間は、知らなければ、その母親とだって性交できるのだ、では、肉親とは何か、無意味なものじゃないか……しかも、母親だと知るや否や、その行為が凶まがしいものに思えて来るとすれば、肉親とは何か、全く奇妙なものじゃないか。（『三枝和子選集1』二九六頁）

三枝は平岡篤頼との対談で「人間存在の解決不可能な暗い部分を小説を書くという作業を通して暗示できたら」（「『乱反射』をめぐって」一九七三年一〇月『波』）と語っているが、「解決不可能な暗い部分」に、私たちが所与のものとして錯視してしまう「家族」「血縁」も含まれるであろう。家族体系も一つの社会的規約であるに過ぎないのであるが、人間はその錯視に縛られねば存在できないのである。

この作品に関しては『八月の修羅』にも通底する単行本の帯の「著者の言葉」を紹介しておこう。

近親憎悪、殺意、恋愛の不可能等等、一人の青年の形のない憂悶に光をあて、その内面を暴き出しました。一人の人間の内面を暴くことによって能うかぎり明晰に、事象や人間関係を追求しようとしたのです。乱反射する光のなかで一瞬、人間存在の暗黒が、虚無の相がかいま見えれば、それが主題の本質です。

青年は個我をもった主体的存在として血縁の「関係」に立ち向かうしかないのである。『処刑が行なわれている』収録の「幼ない、うたごえ色の血」と「花塊の午後に」は、家族を生成してしまう女性生殖器官への嫌悪と拒否に満ち溢れている。産む性としての女性身体に孕まれた子供という「他者」への憎悪は、男性論理が造り上げてきた男性にとっての母性の神話を痛打する。しかしそれは「自己」と「他者」を明確に分かつ「男性論理」に囲繞された意識の乱反射というべきかもしれない。その時の三枝には「受容的自他」関係がまだ見えていなかったともいえようか。

(2) 新たな言説空間の模索

三枝和子は小説の可能性を問い続けた作家であった。一九八〇年に刊行された『思いがけず風の蝶』は、そんな三枝が「従来の小説形式を破壊した新しい形での小説の可能性を問う」「実験小説」(「あとがき」)に挑戦した作品である。

『思いがけず風の蝶』は、一九七二年に審美社から刊行された審美文庫『小説 物語の消滅』と、七二年から七五年にかけて『海』『審美』『文芸展望』『文学界』の各雑誌に発表した小説、さらに書き下ろしを加えた五章構成になっている。「第一章　物語の消滅」「第二章　言葉の消滅」「第三章　時間の消滅」「第四章　空間の消滅」「第五章　主語の消滅」というおよそ小説らしからぬ章立てばかりでなく、「第二章」から登場し、これから展開されるであろう小説の内容についてまるで未知の読者のように語る三枝和子らしき〈作者〉の存在、評論とも小説ともエッセイともつかない、それらが混在した小説世界は現在では見慣れた光景ともいえようが、当時は十分に既成の小説概念を覆す「実験小説」であった。

一九五〇年代後半という三枝の文学的出発期は、ヌーヴォー・ロマン（アンチ・ロマン）、実存主義の文学が日本文学にも大きな影響を与えていた。ナタリー・サロートの『不信の時代』（一九五八年・紀伊国屋書店）は語り手が事実を正確に報告するような小説の方法に疑問を投げ、作中人物から筋立てなど小説の暗黙の枠組みとされてきたものへの見直しを迫っていた。ロブ・グリエも『新しい小説のために』（一九六七年・新潮社）のなかの「時代遅れの若干の概念について」で、「作中人物」「物語」「政治参加（アンガージュマン）」「形式と内容」という項目を立て、現代には即さない伝統的な小説の形式を批判しつつ現代に適した新しい形式の小説の必要性を説いていた。日本文学もその動きに連動し、島尾敏雄や安部公房、倉橋由美子などが実験的な小説を発表していく。森川達也が編集人となった雑誌『審美』（一九六五年〜一九七三年）も「何らかの文学の価値転換を志向し、今日の文学状況を鋭く撃つ、最も意欲的、実験的、高踏的な新しい作品」を期待して創刊されたのであった。

三枝和子は同人誌『文芸人』（一九五六年〜五七年）や『無神派文学』（一九五八年〜六四年）に小説を発表しつつも、「何故小説を書くのか」（一九七三年二月『審美』第十五号）にこだわり続けていた。「小説」ということ、「書く」ということ、そして「小説を書く」ということをたえず意識化し、反省を加えようとしていた。伝統的な小説方法の再検討は必然的に言語の問題に逢着する。

「何故小説を書くのか」のなかで三枝は、学齢前の自分は童謡をすぐに暗誦してしまう子供で、たとえば「ヨットハサンカクシラホデス」の歌でヨットやサンカクシラホが何であるかを知らなかったが、「この言語が表現している風景というものを、そのときはっきり見ていたと記憶して」おり、「その言葉が浮かぶと、その言葉の惹起して来る風景が子供のなかに所有」されたと述べ、「これが、私における抽象的思考の始まり、あるいは事物とは無縁の言語、事物を、実体のない形態ではあるが、逆に存在せしめるような方向に動いていく言語を所有することの始まりであったろう」と語っている。


この言語と事物の本末転倒の構造とは、言うまでもなく私にあっては小説の始まりである。言語と事物が本質的にその位置を変えているのならば、すなわち、事物を指し示すものとして言語があるのではなく、言語が事物を存在せしめているのであるならば、その構造とは、小説以外の何物でもない。

（「何故小説を書くのか」『審美』第十五号）

幼年期のプリミティブな言語意識の反省を起点に、「私の所有している言語とは、事物の忠実な伝達機能を拒否したところに成立していた」と語る。ここには伝達機能とは別次元にあって事物を存在させる機能としての言語、〈小説的言語〉ともいうべき言語の可能性を感知した精神の動きが見てとれる。ここからはまた「言語が事物を存在せしめている」ように言語を遣う〈作者〉と、言語が事物を指し示しているように言語を感受する〈読者〉、という両面を併せ持った〈創作主体〉の像も浮かびあがる。

三枝和子は自著にあとがきを付すことが多い。「自分の才能に対する絶望感みたいなものが次第に強くなって来、どうしようもない」「私は一層の混迷のなかにいる」（『鏡のなかの闇』一九六八年・審美社）。「この創作集を編むに際して、自分のこれまでの作風を反省してみて、そこに一つの傾向を発見することができた。できたように思う」（『処刑が行なわれている』）。「『死面《デスマスク》の割れ目』と題したのは、この短編集の傾向を何とか言いあらわしたかったためである。（略）日常生活の割れ目に死面《デスマスク》が浮かびあがるのではなく、死面《デスマスク》の割れ目から日常生活が浮びあがる、そんなふうに書きたかった」（『死面の割れ目』）。

三枝和子は、作家自身にも明確に見えていない主題や方法を、書きつつ確認していく。自身の小説世界がどのようになっているのか。一つの小説を書き終えた作者が読者の視点に立ってその小説を検討する。最近では発表された作品は〈読者に属する〉という考えが一般的である。だが、「あとがき」から見えてくるのは〈創作主体の意図〉を分析する評論家的読者の立場も含めて〈作品〉を統括しようとする作家の像である。三枝は「私の所有している言語」と書いているが、果たして言語は個人が所有できるものなのだろうか。比喩的にいえば個人の思惑とは無関係に〈流れ出す〉のが言語／言葉ではないだろうか。初期の三枝和子は作者の思惑を超えて流れ出すコトバの世界を、必死にある地点にとどめようとしているように思われる。審美文庫『小説 物語の消滅』から八年の歳月をかけて「精いっぱいに試みた実験小説」（「あとがき」）『思いがけず風の蝶』は、一九五〇年代から始まる小説家三枝和子の二〇年余にわたる〈小説言語〉との壮絶な闘いの書ともいえる。

『思いがけず風の蝶』の「第一章　物語の消滅」と審美文庫『小説 物語の消滅』との異同はさほど多くない。清水徹が指摘（「光の根源をめざして」『思いがけず風の蝶』付録）するように「第二章　言葉の消滅」以降に登場する式子内親王と定家との関連で、男より五歳年上だった女の年齢が十歳年上に変更されるくらいである。しかもそれが大きな意味を持つのは「第二章」以降である。

「第一章　物語の消滅」は三五のフラッグメントより構成されている。それぞれの断片に登場する「本を読む男」と「卵をゆでる女」、「二十歳の彼」と「十歳年上の彼女」、「四十に近い独身男」と「十八歳の息子がいる女」、「K市に逃れてきた彼」と「天井を眺める女」などの人物たちに固有名は与えられていない。しかも彼らの外見や性格、なぜ本を読むのか、なぜ卵をゆでるのか、なぜ逃れてきたのか、などの説明も一切なされない。読者は断片を通して曖昧な人物を認識し、曖昧な関係性を把握するしかない。「男」は「彼」に、「女」は「彼女」に限りなく重なり、個体としての明確な輪郭を付与された一人の「三四郎」も一人の「ボヴァリー夫人」も見出すことができないのである。

審美文庫『小説 物語の消滅』の「作者のことば」には、

物語の消滅――という題をつけましたが、物語以前と読んでもらってもいいと思います。物語の始まる前、といった形態で、実在の手触りに近いものを感得していただけたら。もちろん実在の手触りに近いもの――とは実在のことではありません。このなかの男と女は、われわれの想念のなかに出没することが可能な以外、どのような実在性も持っては居りません。

と、伝統的な小説技法、写実描写による人物造型といった方法が、ここでは採られていないことが明示されている。「実在の手触り」だけの人物たちは個的な存在とはなり得ない。三枝は、個的な人間の関係性の象徴を「恋愛」として表象する。その発想を明示したのが小説『恋愛小説』（一九七八年・新潮社）であり、評論『恋愛小説の陥穽』（一九九一年・青土社）である。それゆえ「個」となり得ない人物たちに「恋愛」は起こりえず、「物語」も発生しない。劇的なストーリー展開が起きる余地もないのである。また、繰り返し描写される同一時間の出来事は時間の流れを堰き止め、ストーリーの進展を妨げる。さらに「いま窓枠のなかに充塡されている風景は動かない」「窓枠のなかでは色彩が不意に溶けて流れ出し、輪郭が消失する」と記述される最初のフラッグメントは、日常的な空間の消失を暗示する。固有性を持たない人物たち、ある一点を指し示す時間、「非在のK市」と「窓枠のなかの部屋」、フラッグメントの集積による筋のない話の設定によって、「第一章　物語の消滅」は伝統的な小説技法における「登場人物」（『思いがけず風の蝶』では「主語」と置き換えられる）」「時間」「空間」「物語」の「消滅」を果たそうとする。この「消滅」を感受するのは当然のこと読者であるが、一方で「消滅」は、作家の〈小説言語〉の創生とも関わっている。

まず「消滅」とは、幼少期に三枝が感受した記号以前の「物とことば」の関係性を再確認する営為といえるだろうか。山田和子は「〝消滅〟とは、我々が日常的に受け入れてしまっている事物と言葉との曖昧な関係、つまり、言葉によって物の存在を確かめ、物によって言葉を確かめるという虚構の関係を消し去ることであり、その後に現れるものを意識に捉えようとする試みである」（一九八〇年一二月一日号『週刊読書人』）と述べている。新たに書き下ろされた「第二章　言葉の消滅」は、事物を指し示すように書かれた小説の言葉を消滅し、「言語が事物を存在」させるような形で言葉が生成される、そのような〈小説言語〉の創生が意図されている。

「二章　言葉の消滅」以降には、〈作者〉らしき創作主体である語り手「私」が登場する。この「私」は、小説内の言葉も日常の言葉と同じように現実の何物かを指し示す機能から逃れることはできないと認識しつつ、言葉は言葉自体でもあることを読者に意識させる「記述形態」（清水徹「光の根源をめざして」『思いがけず風の蝶』付録）といえる。そしてこの「私」は「私の言葉」で小説が展開されているのではないことを示すかのように「いつのまにか式子内親王は居なくなってしまっている」とか、「私の登場人物たちは道に迷ったらしい」とか「大学院生たちが私の登場人物たちの話をしているのに耳を傾けている」といった「私」の作品なのに「私（作者）」の関知し得ないところで出来事が、メタレベルの視点から告げられる。もちろんこの「私」も作中の人物ではあるのだが、作家三枝和子と見紛うような「作者の語り」という装置を導入することで、作中の出来事があたかも「作者」の言葉を離れて出現しているような小説空間の可能性を開いてみせる。

――美しい花がある。花の美しさといったようなものはない。という言葉がある。私はこの言葉の前に立ち停まる。この言葉にひっかかる。花の美しさがあるからこそ、美しい花を感受できるのではないか、と。

（『三枝和子選集２』九六頁）

「私」は小林秀雄の「美しい『花』がある、『花』の美しさといふ様なものはない」というプラトニズムを逆転させた命題を再逆転させて、「美しい花」という現象・存在を感受できるのは「花の美しさ」という言葉があるからではないかという考えを提示する。プラトンのイデア論を想起させるが、事情はさらに微妙である。

花の美しさは、ひとつの想念だ。この想念が、どこからやって来て私を動かすのかは私には分からない。ただ私が何かから動かされて、美しい花を感受することだけが確かなのだ。（略）美しい花の、その未生以前にあるはずの花の美しさ。

そこでは言葉は消滅している。おそらく。しかし言葉を言葉として成り立たしめているものは確かにある。一個の具体的な花ではない。しかも花という一般的な言葉でもなく……。

（『三枝和子選集２』九六～九八頁）

ここには経験の世界や現実の存在を超えた〈永遠不変の価値〉や〈本質〉を有する実在が幻視されている。そこは〈人間の言語〉で張り巡らされた意識を超えた場でもある。現象化／現実化していないものを呼び出してくる力、それはまさに〈小説言語〉にほかならない。そして唐突ともいえるのだが、「私」は「自分が現在生きている時間や空間を超えた何か」の存在を「私」に感受させた式子内親王の歌「花は散りその色となく眺むればむなしき空に春雨ぞ降る」「見しことも見ぬ行末もかりそめの枕に浮ぶまぼろしのなか」などに、その〈場〉の実在の根拠を求めるのである。「私」の意識のなかではあるけれど、「私」は「事物の在りようの本質と関わる」言葉で詠まれた式子内親王の歌（言葉）に触れたことで、式子内親王と定家という歴史的人物の像を超えた二人の人物に出会ったと感知する。それはつまり「父母未生以前の世界」から発せられたような言葉を通して物（存在）と出会ったということになる。繰り返しになるが「私」は「物を通して言葉が見えて来るのではなく、言葉を通して物が見えて来るとき、こうした構造を言葉の消滅と呼んでよいわけだ」と語るのである。

その次元の世界では、言葉は使用されてはいるが、それは、あるものを絶対的に指示する言葉ではない。言葉はあるものから促されて言葉になるのであって、その逆ではない。あるものからの促しが聞こえなければ、沈黙を余儀なくされる他はないものなのだ。

（『三枝和子選集2』一二三頁）

「言葉を通して物を見る」見方を認識した「私」は、〈名づける〉ことで「私の登場人物たち」と出会えることに気づく。

——宥子……綾子……朔子、そう、あれは朔子だ、朔子が歩いて来る。ふわりと、丁度式子内親王が墓のなかから出て来たときと同じ感じで現われた。
朔子は角を曲った。こちら向きになった。何かを思いつめているふうに見えた。

（『三枝和子選集２』一三一頁）

名前を持ったことで、「私」の想念の世界で物（存在）は動き、実在を示し始めていく。式子内親王と定家の年齢が作用し、朔子（女）は三十五歳の帽子のデザイナーとなり、優（男）は二十五歳の劇団員となる。人物たちが固有の貌を顕現し始めた結果、二人は五年間つき合って来たこと、現在は関係改善の状態にあることなどが明らかになっていく。もちろん「朔子」という名前は「私」が名づけたのではなく「あるものからの促し」によって名づけられたものだという構造である。「言葉はあるものから促されて言葉になる」ということを意識し、「言葉を通して物を見る」という認識で小説を構築しようとする発想は、おそらく作中の「私」ばかりでなく作家三枝和子のものでもあろう。言葉を遣う〈作家主体〉という概念も消滅した地点で小説を成立させること、それが『思いがけず風の蝶』の大きな主題でもあろう。

「第五章　主語の消滅」では、「『彼』は優である、あるいは篠崎深志である、あるいは鈴木亮である、伊沢英夫である」という発想からではなく「『彼』は優かも知れないし、篠崎深志かも知れないし、鈴木亮かも知れないし、伊沢英夫かも知れない」という発想から人物たちを表現したい、「それは主語の消滅という事態のなかでの事物の在りようである」との意図が語られる。「人間が自分の小さな主観意識を通して事物を確認するのではなく、世界存在の全体から、むしろ促されるようにして事物というものを眺めさせられる、そのような事態にまで到り着きたい」との願望が述べられている。そして「その場所から発せられる文体の主語は、主語であって決して主語ではない、述語の海と等しい拡がりを持つことのできる主語」が、そこには想定されている。

各章の標題として使われている「消滅」という言葉は、消えて何もなくなるということではなく、特定化されない複数の存在を同時に表出する三枝の小説方法の起点と見做されるべきであろう。

単なる主語ではあり得ない朔子を、だから、そこに光があたっているという形で存在するのではなく、光にあらしめられる形で存在すると捉えていくことには意味がある。もしも、こういう形で登場人物を設定することができたら、宗教が到達し得た世界を、小説の方法で表現することも可能だと思うからである。

（略）私はここで、宗教が到達し得たと同じ世界構造の把握を小説の世界に換算してみようと意図しているのである。

朔子が、そこにそうして在ることが、意識と存在が一つになったものの具現であると表現したい。思いがけず出会う風の蝶、光の雀たちのように朔子を表現していきたい。

（『三枝和子選集2』五一四頁）

『思いがけず風の蝶』でそういった世界が達成されているかは疑問とするところであるが、一九八八年に刊行された『響子微笑《ひびきこみしょう》』（新潮社）の響子にひとつの達成が認められる。

さて、「第三章　時間の消滅」と「第四章　空間の消滅」は、「主語の消滅」した世界を肯定的に導くためのテーゼといえる。「時間の消滅」では、時間の流れる感覚や時間が停まってしまった感覚を表現することで、日常生活のクロノス的時間の消滅を図る。そして消滅したクロノス的時間の反措定として、想念のなかの時間や死者の時間が提示される。それはある一瞬の刻や運命的時間感覚を表すカイロス的時間の広がりを含みこんだクロノスの多様性であり、クロノスの層とでもいうべきものであろう。

朔子は白いフリルの帽子を冠って、その花びらのような雪片を撒きちらしながら京の街を漂っていた。（略）

死んだ子供、死んだ犬、死んだ雑兵たち、それに死んだ式子内親王、藤原定家、以仁王。雪が散ると死んだ者たちもあわあわと甦り、生きている人びとの周りに纏いつき、有縁の者は思い出や想念のなかに生き、無縁の者たちはひっそりと雪の気配を濃くする。

（『三枝和子選集2』二八五頁）

雪の降り積もった空間は時間の停止をイメージさせる。さらに「京都」という街に、死んだ人間たちが中有をさまよっているイメージをまとわりつかせている。そこで一人漂う朔子は、「過去と現在が同時存在する京都の街」を彷徨う「死者」たちと同一空間を共有している。この空間は、現実の京都の街の反措定としての「中有の空間」であるとともに、様々な存在者たちの空間の重ね合わせということになろうか。死者たちはその空間にいるが、そこは過去、現在、未来と流れる時間のある空間ではない。過去、現在、未来が同時に在る空間といえるかもしれない。比喩的に言えば夢幻能におけるシテが亡霊に変化することが可能な「空間」に連なるトポスであろう。シテを演じる能役者は女から特定の人物たとえば式子内親王に変わるが、変わる前の女には時間や空間を超えて存在する「無数の人間の誰でも」に成り得る可能性が秘められている。それはまた複数の誰にでもなり得る容器として能役者そのものが、「主語の消滅」した「トポス」ともいえるのである。

一瞬、一瞬、姿形《すがた》のない場所から、かつ消え、かつ浮かんで来る姿形を追って私は私の登場人物たちを造形する。時としてそれを見失い、時として混乱しながら、可能な限り明確に私はそれを捉えようとする。そしてあるとき突然、それが、他ならぬ自分の影であることに気付く。光の根源をはっきりと摑むことはできないが、自分の影を捉えることによって、根源は暗示されていたのだとも気付く。

（『三枝和子選集2』一二四頁）

ここで誰でもプラトンの洞窟の比喩を想起させられるだろう。そして、プラトンがロゴスだけでなくミュトスを用いて語らざるを得なかったということも。三枝が追究していたのは〈真理〉〈善〉〈美〉といったイデア的、超越的な価値やその存在を露にさせるだけでなく無化させることを可能にする言説空間の探求であったのではないか、と思わざるを得ない。小説の成立する根拠を問いながら小説を生成する、しかもそれは未生の〈小説言語〉で書かれなければならない。無意識のうちに了解されている「小説」の概念を、作家がここまで徹底的に追究した書は稀であろう。観念的な言葉と叙情的な言葉の混交した言語空間は、通常の知の論理を覆す楽しみを与える〈新しい小説〉でありつつ、三枝和子という作家の意識を表現した〈私小説〉でもあるといえる。

(3) 男性原理と女性原理の相克

津島佑子の『火の河のほとりで』（一九八三年・講談社）や大庭みな子の『啼く鳥の』（一九八五年・講談社）、加藤幸子の『自然連祷』（一九八七年・文藝春秋）など、第Ⅲ章でも述べたように一九八〇年代の女性作家たちには〈生きものとしての感覚〉でこの世界を描くという発想が顕著であった。人間中心主義の自我思想を離れて、人間も、動物も、植物も、すべての生きものが一つの大きな生命のなかに対等にある存在として捉えていくという方向性を示していたのである。それは他者と自己を明確に区別して、主体としての自己の確立を目指した近代小説の発想からの大きな転換であった。

人間優位の発想をやめて生きもののレベルで世界を見ていこうとする発想は、フェミニズムやニューサイエンスの側からも提示されていた。西洋の知と東洋の知、男性原理と女性原理の相補的調和を目指して女性原理に基づいた新しい文化の流れを提唱したフリッチョフ・カプラの『タオ自然学』（一九七九年・工作舎）。それを視野に入れてエコロジカル・フェミニズムの必要性を説いた『フェミニズムの宇宙』（青木やよひ編・一九八三年・新評論）。地球全体を一個の生命体と見做す『地球生命圏—ガイアの科学』（ジェームズ・ラヴロック・一九八四年・工作舎）などが刊行された時期でもある。エコロジカル・フェミニズムやニューサイエンスの思想には、人間だけが地球の主ではない、人間はより大きな秩序のなかに在るのだ、という人間を超えるもの（生命あるいは宇宙、見えない力というようなもの）の肯定がある。その人間を超えた〈生命〉のなかで個は生かされているし、また生きてゆくのである。〈生命〉という全体と人間という個が結びついて在るという場合に、それでは個は全体に強く拘束されているのかというとそうではなく、互いに「生かし」「生かされている」という相互依存、あるいはある共生関係にあることを認めるのである。「ホロン革命」や「ゆらぎ」の概念に通底するところの、大きな秩序（全体）に協調しつつ、しかし自ら（部分）もその秩序を決定する役割を果たす存在としてある、という認識といえよう。

このような〈生命〉と個の関係を、小説で表現する試みを最も実験的に実践していたのが三枝和子である。『思いがけず風の蝶』の「主語の消滅」の章で、個（登場人物）を「『彼』という発想をしつつ『彼』を否定し、さらに『彼』でありながら、同時に無数の人間の誰でもありうる『彼』」という主体・個の在りようを展開しているが、それは「ガイア仮説」にもつながる存在認識であろう。そしてこれらのことは三枝が一九七六年から読み始めた『大乗起信論』の思想にも通底する。森川達也の『森川達也評論集成6　いのちと〈永遠〉』（二〇〇五年・審美社）には、次のように述べられている。

大乗仏教では、時間的にも、空間的にも、無限の広がりを持つこの宇宙の全体を、そのまま、直ちに、一個の「いのち」を持った生命体とつかみ、そして、その生きた無限の全体を、また、そのまま、直ちに、「仏」あるいは「如来」と表現する。むろん、この地球も、一個の「いのち」を持ったこの宇宙全体の一部分であり、そこで生まれ、そこで生き、そこで死んでいく私たち銘々の「いのち」も、そのまま、直ちに、一個の「いのち」を持ったこの宇宙全体、つまりは「仏」の表現そのものにほかならない、とつかむのである。（二二五頁）

銘々の「いのち」には、「一切衆生」、老若男女はもとより、生きとし生けるもののすべてが含まれるという。さらに自然の由来となった仏教語「自然《じねん》」とは、「私たち人間の思惑を超えた不思議な力が、私たち人間をもふくめた、一切の衆生のなかに働いて、しかも、一切の衆生がその不思議な力と一つになって、全く区別がつかない状態にあること」だと説いている。『思いがけず風の蝶』のなかの「空間の消滅」とはまさにニューサイエンスにおける「地球生命圏」や大乗仏教における「いのち」と「自然《じねん》」に連なる。

三枝の語る「生きものみたいに見える」（一九八五年『現点』5号）空間を構築しようとした最初の長編が『珈琲館木曜社』（一九七三年・集英社）である。

いま正午だ。この街はいま再び正午だ。いや再びも三度も正午なのだ。太陽は小さく硬く中天に在る。何かが内側から崩れる音が聞こえる。内側から爆破され、瓦解する響き。各々の物体は内部に壮烈な破壊の音を蔵して静まり返っている。物体から離れている限り、その音は洩れて来ないが、一つ一つの物体の表面に耳をくっつけるようにして聞きとれば、音は鋭く鼓膜を刺す。

市役所の広場には、百台余りもの乗用車が密集し、輝きながら飛び散っていく。中庭のヒマラヤ杉。珈琲館木曜社の水槽の藻。花壇のカンナの広い葉裏。正午の光線がそれらにふりそそぎ、それらを破壊する。

（『珈琲館木曜社』一五九頁）

神戸という都市を素材にして創られたこの空間は、人間の意識を緊縛し存在の不安と無意味さを表わす場として設定されつつ、仏教で言うところの一つ一つの衆生の生命が〈生滅〉する場としても捉えられている。人間の思惑や意識を超えたはるかに大きな〈生命・力〉を蔵した都市と衆生の関係を映す〈一つの小説空間〉といえるだろう。

三枝和子は『現点』のインタビューで「人間というものは、書き尽くされている」「私は、人間を一人の人間として書くということはしないようにしようと、ずっと思ってきた」と述べ、何を書くかと考えた末に思い至ったのが「都市」だったという。一九七二年刊行の『都市　その昏い部分』には、都市の中でうごめく人間たちの生存の深部が多様なイメージで表現されているが、その人間たちを動かしているのがあたかもその場の意思であるかのように感受されるという意味において、都市を主人公にした小説であるといえよう。三枝は一人の主人公ではなく「世界の構造の中のどこかに自分がいる」「ある空間を限って、その空間の中にこの人もいて、あの人もいてというふうに書きたい」という意図のもとで「都市」を書き続けていた。しかし、都市だと人間のほうから「不可解なものに入っていく」という主体の意思が残る感覚はどうしても否めなかったようである。そこで人々の日常を様々に縛る慣習や掟が残る「村」が浮上したという。『月の飛ぶ村』は村の呪縛から逃れようとする「村脱け」をモチーフに、そのような人間たちを生み出す村（空間）を描き出す。構造的には存在の無意味さを浮き彫りにする都市空間と等価でありながら、〈出口なし〉という現代の人間が置かれている状況をより鮮明に映し出す場として〈村〉は選ばれている。

作家自身の住む丹波地方を素材にした『月の飛ぶ村』の舞台住吉村は、「われわれが知悉するわれわれの国の中の閉ざされた村の姿に甚だ似て」いるが、作者が「想像の中で作りあげた」（『月の飛ぶ村』島尾敏雄「帯」評）、「純粋培養された田舎」（吉田知子、一九七九年一二月『波』）空間として、また「五万分の一の地図や役場の戸籍係の台帳と照合すれば、その実在が確認できそう」なくらい緻密に創りあげられたリアリティ溢れる「非在の村」（千賀正之、一九八〇年一月一九日号『図書新聞』）として、その存在感は高く評価された。

隣村との交通が不便な閉じられた山中の貧しい村で人々は因習や地縁、血縁にがんじがらめにされ、「村の定《き》め」に怯えながら暮らしている。また村は老人ではなく若者の夥しい死が溢れている。吉田知子は「村の崩壊」の予兆も含め、村の「死」を、次のように纏めている。

嫁さんは山辺の井戸にはまって死ぬ。これは昔から嫁さんが飛びこんで死ぬ井戸であった。佐太やんは溝に落ちて死に、ゆふさんは首を吊り、子供たちは神隠しにあって淵へ落ち、高校生たちはオートバイを走らせて死ぬ。

酒造業の跡継ぎの男は村脱けして役人になり、弟は泥酔して小川へ落ちて死んだ。男は弟の嫁と一緒になれと言われる。弟後家さんは、悪戦苦闘するが、ついにお茶に毒をいれて死ぬ。それを飲んだ兄も死ぬ。弟の二人の子供も死ぬ。老人たちだけが、なかなか死なない。

（吉田知子「純粋培養された田舎」一九七九年一二月『波』）


三枝和子の村を舞台にした小説『鬼どもの夜は深い』、『曼珠沙華燃ゆ』（一九八五年・中央公論社）、『群ら雲の村の物語』なども同じような死に彩られている。「村の中で起り得るあらゆる人間事を、死後の世界や祭り時のかくめい遊びまでも含ませつつ、『噂』と『村の定《き》め』に怯える村人の種々相」（前述島尾敏雄）を通して死も表現されるが、夥しい死は、〈生命〉のなかでの〈衆生〉の生滅を、つまりは生滅を繰り返す生きとし生けるものの相であり、そのメタファと言えるだろう。また死なない老人たちは時間の比喩とも言える。生きものの長い歴史を考えると十年、百年の単位は一瞬の間といえる。そこには若者、老人という差異もないのである。

三枝は『月の飛ぶ村』の一部となった「家父の死」（「白い道」一九七九年九月『文藝』改題）から少しずつ小説内に方言（おそらく丹波地方の方言）を導入している。会話や心内語への方言の導入は村という空間にふさわしい言葉として要請されたものであろう。方言は歴史の重層性を読者に感受させ、空間に広がりをもたせる。住吉村は、のちの響子《ひびきこ》シリーズの夜久村の原型ともなっている。

ところで三枝は、『月の飛ぶ村』にサイエンス・フィクションの要素を感受した山野浩一との対談「小説空間をめぐって」で、「宇宙観や宇宙論といったものを基礎にしなければ小説は書けないという時代を迎えているとしたら」「宇宙観の支えの中で人間を捉えていくという考え方」で小説を書いていきたいと語っている（一九八一年七月『季刊NW－SF』）。SFとはまさに地球という枠組みを超えた空間造形を要請されるジャンルである。三枝が多用する生者と死者が時間を超越して出逢う夢幻能の世界もある意味SF的空間といえるだろう。山野はさらにガルシア・マルケスの『百年の孤独』（一九七二年・新潮社）との連関も指摘している。伝承や神話や予言が融合した「マコンド」という場所の原理に動かされる一族の物語は、確かに三枝の「村空間」につながる。マジック・リアリズムの手法に連なる日常的空間は、過去・現在・未来が瞬時に出現する場ともなっている。伝説が、さらには伝説上の人物たちが実在することの可能性をもった空間、カイロス的時間がかいま見られる空間、三枝が目指しているのはそのような空間の作用によって登場人物たちが生きる小説空間である。

大江健三郎の四国サーガ、中上健次の紀州サーガもまた風景や風習や方言、伝説・神話といった場所の原理を縦横に生かした物語を展開する。彼らの小説でも自然と人間とのつながりは強く意識されている。彼らと三枝和子の相違は、登場人物のなかの中心的人物を仮に主人公と呼ぶとするなら、『万延元年のフットボール』（一九七六年・講談社）の蜜三郎や、『枯木灘』（一九七七年・河出書房新社）の秋幸のように確固とした個人の意識をもった人物として主人公が造形されるのではなく、主人公は一人の確固とした個人として登場しながら、しかも一人の個人ではなくなり〈生命〉の流れ全体とつながっている存在とも見えるように造形されることであろう。

単行本『野守の鏡』（一九八〇年・集英社）は、十代から九十代までの様々な老若男女の生死を描いた一二編の作品から構成された連環小説集である。しかもそれぞれが一篇の独立した短編としても読める構造になっている。

戦争を生き延びた五十代女性の悔恨を描いた「夾竹桃同窓会」。夫との生活に疲れた五十歳の女性の思いがけない旅を描いた「九月高原」。戦争で自決した負傷兵と退職間際の男性の意識を交錯させた「枯葉舗道」。不本意な結婚をし五十歳で自殺する嫁が登場する「朝秋霜」。六十代の男たちの奇妙な共同生活を描いた「初冬盗賊館」。七十代の男性の死出の思いを綴った「『野守』」。養老院での八十、九十代の老人たちの死の想念を綴った「雪原埋葬」。異次元へと暴走する十代の若者の姿を描いた「春雷高速道路」。止まらない電車に乗ってしまった三十代女性の子供に向ける思いを捉えた「桜電車」。現代の女子高生と戦時中の若者たちがディスコで交錯する「藤色階段」。酒場に集った人々の異空間体験を紡いだ「蛍酒場」。海中へ引き込まれる鰹船の少年と戦争が交錯する「鰹船幻想」。

このように一二編の作品に共通する人物や物語はない。題名が季節を表わし一二か月の連鎖となっていることを示すだけである。三枝は「あとがき」で「メビウスの環のように、と構成した作品なので、どこから始まってどこで終わってもよいのだけれど、始めかたと終わりかたによって、少しずつ作品の顔が違うのを雑誌発表」の「段階で経験しました」と語っている。初出の『すばる』（一九八〇年一月）では、春と十代の「春雷高速道路」から始まり冬と九十代の「雪原埋葬」で締めくくるという、ある意味で閉じた連環になっていた。それが単行本の夏から夏へという変更で、作品に動きがもたらされたことは確かである。

三枝は『現点』（5号、一九八五年）のインタビューで「全体としてひとつの小説の雰囲気、生きもののいる雰囲気を作る」ことを意図したと述べている。このような小説の構造はすでに「摩耶埠頭」「銅像広場」「噴水公園」から成る『珈琲館木曜社』でも試みられていた。その「あとがき」で、構造について次のように述べている。

これまでの長編小説が、時間の流れに依拠し、たとえば〈一つの人生〉〈一つの歴史〉というものをその発想の底において書かれているのであれば、私はそれを空間の拡がりに依拠し、たとえば〈一つの想念〉〈一つの世界〉というものをその発想の底において書いてみたいと思って居りました。

この作品にはしたがって主人公というものはなく、この小説空間に出没するさまざまなディーテル（人も風景も事物も含めて）がその役割を担って居ります。ディーテルはこの小説空間に出没しつつ、この小説空間の質と拡がりを構成しているのです。

これは『野守の鏡』にも通定する構造であろう。ちなみに『野守の鏡』に鏤められたディテールは幻想と現実のあわいである。「蛍酒場」で語られるメビウスの環の話は、生と死がひと連なりであることを示す。そして複式夢幻能「野守」をプレテクストにした「『野守』」は、生死を超えた「何も彼もの見える場所」をひらひらと舞う蝶の姿で表象する。「『野守』」と「蛍酒場」にはそれぞれ主人公らしきものを認めることができるが、それらも『野守の鏡』のなかに置かれるとそれぞれの貌を持ちながら他の作品と連鎖し、生命の激しさと儚さを感受させる。

三枝和子は八〇年代に入って盛んに「女の発想」によって小説を書くと発言している。一九七七年のエッセイ「女と男と〈私小説〉」（『文藝』一〇月）では、「これまで、私は自分が女であるということなどあまり考えずに小説を書いて来た」が、「最近、少しずつ考えが変って来た。考えが変るというよりも、女流ということを意識して小説を書くようになり、その方が物事がはっきり捉えられるようになったという方がいいかも知れない。具体的には、男と女の関係、つまり女の視点から捉えた男というものを書いてみようとしているのである」（『さよなら男の時代』所収）と述べている。「女の視点」はギリシア神話・ギリシア悲劇を読み解いていく過程で深められていき、男の発想は「区別」であり、女の発想は「受容」である、という論を打ち出すまでになる。一九八三年の「女の論理・女の情念」（『さよなら男の時代』所収）の講演では、「大きな流れのなかへ溶けて融合していくのはやはり女の感覚だと思う」と述べ、「大地母神ガイアの系統の神々が、みんな同じで区別がないのに反して、オリュンポスの神々、男系社会の神々は、区別があり、個性がある。個性的発想というのは男の発想で、女の発想は区別を失くして一つに溶けていく、つまり同一化するところにその特長を発揮するのではないでしょうか」と語っている。そしてそこからさらに生命の流れ全体とつながる空間と受容する女の論理は、併せて「女性原理」として認識されていく。このような「女性原理」を表現する装置として描かれる女性が『光る沼にいた女』の富子と、響子シリーズの響子である。

『光る沼にいた女』は「正夫の死」「英太は堤にいる」「茂市の夜」「十助じいさん走る」という四章構成になっている。『月の飛ぶ村』と同じ六つの反目しあう部落からなる住吉村が舞台で、住吉村は〈生命〉全体を表わす。ここでは住吉村（生命）から生まれた富子という女の身体（トポス）を通過する男たちを通して村・生命の生滅が描かれる。さらに富子の男たちとの関わりに、三枝のいう「女の論理」が提示される。三十歳の富子は第一章で川流れという死をとげる。小説は富子の死の謎をめぐって掟や因習が絡まった村の噂の中で、それぞれ十七歳の正夫、三十歳の英太、四十歳余の茂市、七十五歳の十助じいさんの視点から富子との関わりがミステリータッチで展開されていく。

エッセイ集『さよなら男の時代』全体に流れている発想だが、三枝和子は人間の男と女の関係を動物などの生きもののオスとメスの関係になぞらえて認識しようとする。「女を自然の状態においておきますと、色んな男と関係して子供を生む、誰の子供でもいいのですが、そうした状況が、女にとっては、もっともふさわしいものではないかと思えるのです」（「女の論理・女の情念」）という発言も、動物の発情が視野に入れられている。三枝にとって「愛」や「恋愛」という言葉は「発情」を隠蔽する人間の賢しらな関係概念に過ぎない。「愛」や「結婚」という言葉は、一人の男に女を縛りつけるために生み出された男の論理を示す表現なのである。それは男の所有欲を満たす、女にとっては歪んだ男と女の関係でしかない、と考えるのだ。そして「発情」を伴わない、「自然の状態」にない人間社会の男と女の性的関係においては金銭授受は当然の行為と見做されるのである。

富子は十二歳の時に父親の借金のカタに十助じいさんに買われている。その時の富子は、子は親の所有物、あるいは親孝行という考えを、親から植えつけられていたせいか素直に従っている。そして七年後、富子は負債の返却は済んだと十助じいさんに関係の解消を申し入れる。次の二人の会話には、男の論理と女の論理の相違が示されている。


「お前、わしとのこと、本気やったんと違うのか」

「本気よ。本気、本気。おっちゃん、凄いテクニックやもん」

「……………」


そこでまたじいさんは怯んでしまった。違うのだ。何と言っていいか分らないが、金で買った女ではない、決して、おれは富子を金で買うたのではないと……。

「おっちゃん、何を血迷うとるん。うちは金で買われたんよ」

「いや、それはそうじゃが、それだけでは、あんまり悲惨な……」

「悲惨？　おっちゃん、何言うとるん。うちはちっとも悲惨なことなんか、ないよ」

「……………」

「金で買われずにおっちゃんと関係してる方がもっと悲惨じゃん」

（『光る沼にいた女』二三六〜二三七頁）

富子は経済力のない女が生きていく一つの方法、あるいは経済活動の一種としてじいさんとの関係を捉えている。しかし金で女を所有したじいさんは、その関係に「愛」を幻視する。男女の意識の落差をアイロニカルに表現した場面といえよう。

十助じいさんとの契約が切れた後の富子の発情相手は英太だが、英太はのり子に片思いであった（「片思い」も人間固有の意識と見做されている）。英太とのり子が結婚すると思った富子は英太をあきらめ、取り敢えず村での居場所を確保するために茂市と結婚する。結婚という形での身売りである。だがのり子は年下の光義との間に子供ができ、結婚する。英太は若いオスにメスを奪われた間抜けなオスを体現しているといえる。しかし動物とはやはり異なる人間の富子は、英太に執着する。茂市とは結婚という形で、英太とは「発情」という形で関係していく。そして当然のこと英太から金銭は受け取らない。正夫は富子に発情して英太に挑む若いオスとして登場するが、脊椎が彎曲している正夫は腕力で英太に負け、自殺する。三枝和子は三角関係の構図を女一人に男二人と捉えているが、そこにもオス同士が争ってメスを獲得する生きものの行動が投影されている。また富子と英太が会っていた時刻に赤ん坊が野犬にかみ殺されるというエピソードは、発情できる相手がいるメスの、発情ではない受胎で生まれた子供に対する無意識の拒否反応が、野犬による子殺しという形で表現されたものといえる。

『光る沼にいた女』では男と女の関係は、「人間」という視点からの歪みを見せつつ動物の生態のアナロジーとして表現されている。「女性原理」は動物のメスの生態に近いものとして捉えられている。小説の最後は若者が消え、滅びの予感を内包した村で、女たちが中心となって繰り広げられる祭の最中に死んだ富子が現われ茂市を殺し、村の空間に紛れ込んでいく描写で終わっている。それは〈生命〉のメタファである「村」から生まれた「個」が、それぞれに関わりあった後〈生命〉に戻っていく相といえるだろう。ここでは「男の原理」の限界を示すかのように「生」より「滅」の様相が強く打ち出されている。

三枝は「女性原理」の発想に立った時に見えてくる「男」を『光る沼にいた女』で描きつつ、しかし並行して「男性原理」に支配されない「女性原理」とは何かを『幽冥と情愛の契りして』（一九八六年・講談社）で展開している。四十五歳の女性が一人ギリシアの地を旅しながら遺跡を訪ねギリシア神話・ギリシア悲劇を読み解きつつ女性原理に迫っていくという構成になっている。一種の思索小説といってもよい作品で、「誰の子供でもない子供を生みたい」という女性の意識を通して、主観という概念を超えたところに成立する「女性原理」への道筋が、旅の足跡とともに描かれていく。一方『崩壊告知』では「男性原理」の内実を「父性」をキーワードに模索する。男にとって「子供」とは何かが、やはりギリシア悲劇オレステスの物語の解釈と連動しつつ展開される。ここでは「血のつながらない子供を自分の子供と認める」という認識が、「父性」の原理だとされる。『響子微笑《ひびきこみしょう》』（一九八八年・新潮社）、『響子愛染《ひびきこあいぜん》』（一九九一年・新潮社）、『響子悪趣《ひびきこあくしゅ》』（一九九三年・新潮社）、『響子不生《ひびきこふしょう》』（一九九四年・新潮社）の響子四部作は、そのような思索を経た後に結実した「女性原理」の究極の形を表現した作品である。

それぞれのタイトルは仏教語から採られている。三枝は「『響子・四部作』を書き終えて」（一九九四年二月『波』）で、「『微笑』は『微咲』と同義で、少女の響子が花が咲くようにこの世に生を享け、自然の一部分となって野山を駆けめぐる世界の表現である」と述べている。響子シリーズの舞台は、中国山系の山峡にある五つの字からなる夜久村である。山深い場所にある夜久村も響子の成長とともに変容していくが、『響子微笑』での満十一歳の響子が風のように走りまわる村は、小さな山が隣町と村を隔てているまだ掟や伝説が生きている場所である。

響子は、不意に光を破って生まれ出た一匹の敏捷な獣となって村うちを走り抜ける。

何かに急《せ》きたてられるようにして響子は走っていた。自分でもわけが分からなかった。身体の奥にエンジンが嵌めこまれているみたいで止まらない。脚がひとりでに動き出すのだ。心も弾んで来る。何故か今朝は夜久村の野山の空気と自分の皮膚が一つに溶けあい、同じ方向に流れ動いているという快感が身体中に漲っている。

（『三枝和子選集3』七頁）

（『三枝和子選集3』二〇頁）

響子は季節が巡るたびに花や蝶が宙空からわきでてくるような感じで、自然のなかから生まれてきたような少女である。花のように笑い、蝶や虫のように翔びまわる響子の〈自然・生きものの子〉としての自在な行動は、生きものの生死が循環する自然のトポグラフィと、共同体の秩序やエートスが色濃く残る村という場に支えられている。しかし響子は神話的世界を享受しつつ村の秩序を無視して、自己の思いのままに行動する凶まがしい存在として、その力を発揮する。

小説の後半の部分、響子が招き寄せたかのような兼多の死の後で、熱から醒めた響子は自分が実の両親から生まれた者であることを認識しつつ、夜久村ではない生きものが生滅する場所から再び生まれたのではないかと思う。小説の最後で響子は「父母未生以前」の「誰の子供でもない子」として甦るのである。

『響子愛染』で響子は二十歳になっている。結婚したが一年足らずで実家に戻っている。愛染には多様な意味があるようだが、作者はこの小説で「愛染」は「恋愛」を指すと語っている。「理知の働かない状態を指すのだが、恋愛が響子個人の意志や思惑を超えた場所から突然噴き出して来て、響子を捲きこんで走り出す。生命力が満ちわたる世界だが響子の恋愛は人間の行為としてのそれよりも動物に近い」（「『響子・四部作』を書き終えて」）と述べている。「自然の状態」にある響子は、結婚制度にとらわれず複数の男たちと関わる。ここでは女の身体が男に所有されない身体として多くの男に開かれてあることが重要視されている。男との身体的関係はどこから湧き出るのか分からない自分の性欲に促されて行なうのである。「時間が消えて、ゆっくりと山が自分のなかへ入って来た」という受胎の感覚や、風早山での自然との合体のような彦多との交わり、満たされた直後に雷に打たれて死ぬ彦多、という神話的設定は、「父」不在の「誰の子供でもない子供」の受胎という、まさに聖なる受胎と重なる。

『響子悪趣』で響子は三人の子供の母となっている。彼女はその子らの父を特定しようとはしない。子供を生んでも誰とも結婚せず、血のつながりに関わりなく、子供の面倒をみる父の役割を引き受ける者を父と見做そうとする。響子は男の持つ「家族」や「所有」の幻想から解放された女として造形されている。

「悪趣」というタイトルは「設害三界一切有情不堕悪趣」という経文の文句から採られている。「たとい全世界の生きものを殺しても、このお経を唱えれば悪趣（たとえば地獄など）に堕ちることはない、という意味で、自分が生きるためには他の生きものを殺す他ない」「そんな生きものとしての人間の在りようを救おうとした経文である」（「『響子・四部作』を書き終えて」）という。生きものの世界では弱い雛や仔は他のきょうだいの犠牲となることがある。また昆虫などの生きものの世界では産卵した後、死ぬ親も多い。それは親やきょうだいを殺して生き延びる、という自然の摂理そのものである。『響子不生』では、二人の子供と響子が死んで、最初に生まれた風子だけが残る。人との会話には困難を伴うが自然の声を聞くことのできる聾唖の美少女風子には、人間であるよりも自然の一部という面が強調されている。「不生」は「悪趣」とリンクして自然の摂理を浮き彫りにする。同時に死によって「父母未生以前」の世界にもどる生きものの姿も捉えられている。

響子は煩悩に覆われた衆生を表わしているが、それは如来を蔵した「衆生」の相でもある。仏教語を付けてタイトルとした響子四部作は、生命循環の基体（アーラヤ識）としての女の像の一つの達成である。

（4）〈敗戦〉を生きる

一九二九（昭和４）年生まれで敗戦時に十六歳であった三枝和子の小説には、〈戦争〉の影が濃い。しかし三枝が描くその戦争は、戦時中の体験ではなく戦後を生きてしまった、あるいは生かされたという、敗戦後の生存の在りようについてである。饗庭孝男によると、戦後世代は戦後の崩壊した風景を描くことで「廃墟の中に身を横たえている人間存在への根源的な問い」（『遡行と予見』一九七〇年・審美社）に向き合っているという。高桑法子は、三枝もまたその系列に連なり三枝は「生を告発する何者かの存在に耳を傾けるという形で文学活動を行なってきた」（「三枝和子論―零度の問い―」一九九〇年『昭和文学研究』第20集）と述べる。『野守の鏡』の中の一編「夾竹桃同窓会」に、学徒動員先の工場での怪我がもとで失明し、戦後まもなく死んだ安村規子を語る「私」の、次のような言葉がある。

安村規子は死んで良かった……。そんな気がして来た。失明のまま戦後を長く生きたところでどうなるものか。それでもなお生命のあることは良いことだと、級友たちの一人一人は安村規子に対して言う自信があるのだろうか。
――私は、ない。私は、ないわ。（中略）
生きていくことは、そんなにいいものじゃない。特に長く生きていくことは。何故？と問われると答えられないが、でも、やっぱりそうなんだ。

（『野守の鏡』一七頁）

高桑法子はこの箇所を採り上げ、三枝和子は「こうした現実否定の感情の傾きの中で、此処にはないものを問うのではなく、此処にいて、その様相を透徹した意識で描写することから始めるのである」と述べ、「それは〈今、なぜ此処にあるのか〉という存在の根拠に対する問いかけなのだが、それは価値の座標軸の中で値をとることがない。値をとるということは具体的な問いの言葉を持つということだが、それは一元的な解決へと導かれていくことになる。だから三枝和子は戦争を扱うにしても国家や制度への反抗、告発という形をとっていこうとしない」と論じている。

確かに『八月の修羅』でも明らかなように、盲目の傷痍軍人須藤は、戦後を生き延びている、戦後の価値観と相容れない「自己」の生が、「〈今、なぜ此処にあるのか〉」と執拗に問うていた。未来へ開かれることのないその生は、無意味な生として捉えられ、戦争時の無意味な死と重なっていた。三枝は自身を「軍国少女」であったと語り、勝つまでは日本国民全員が死ぬ覚悟で闘うと考えていた。しかし、戦争は突然終結した。多くの者が生き延びたままで敗戦を迎えたのである。その時の三枝の体験を語る言葉は一九八七年刊行の『その日の夏』まで待たなければならないが、初期の三枝の〈戦争小説〉では、「死」の突然の切断による「生」という死と生が逆転した「無意味な生」を描くことからその文学活動は始まっていた。

戦前と戦後の価値が切断された中で、価値のない者として生きなければならない不条理な生を描く方法は、直接的な戦場での戦闘体験のない者、あるいは戦後生まれの者にとっての、〈戦争〉を捉えるすぐれた一つの方法である。戦後の時間を〈空虚な生〉と表現する方法は、一九六〇年の戦後生まれの作家目取真俊の『水滴』（一九九七年・文藝春秋）にも通底する。

『水滴』では戦争を生き延びて、その戦争体験を語ってきた七十歳近い男徳正の足が冬瓜のように膨れ、そこから流れる水を夜毎兵隊が飲みに来るという話を骨子に、徳正の戦後が問われる。徳正は戦争語りをして薄謝を貰っているが、妻はその行為を「嘘物言《ゆくしむぬ》いして戦場《いくさば》の哀れ事語てぃ銭儲《じんもう》けしよって、今に罰被《ばちかぶ》るよ」と非難する。そこには戦死者を梃子に戦後を生き抜いている沖縄という〈場〉に対する批判がある。『八月の修羅』では傷痍軍人を忌み、あたかも戦死者は存在しなかったかのように日常生活が続けられる戦後日本に対して、傷痍軍人須藤は「永遠にお前たち、二十歳の若者を呪い続けてやる」という言葉で「戦後」を否定する。

どちらも〈戦争〉の記憶を蔑ろにする社会への告発が見て取れるが、この二作品の眼目は告発よりも戦後の空虚な生を捉えた点にあろう。戦友が死んで自分だけが生き延びたという後ろめたさに『水滴』の徳正はずっと支配され続けてきた。夜毎現れる幽霊の戦友に向かってついに発した「この五十年の哀れ、お前が分かるか」という怒りの声は、生き延びてきたことへの無念が秘められている。『八月の修羅』の須藤もまた「俺たちを見殺しにして、あんただけ故国へ帰ったんだ」という「死者の声」に対し、「たしかに俺は故国へ帰った。しかし、ずいぶん長いあいだ、生きながらに死んでいたのだ。生きながらに死ぬということがどんなことか……」と反論する。だが、その声はいつしか死者の声と交じり合う。

三枝は能、目取真はマジック・リアリズムという方法で死者と生者が同時に存在する空間を設定した。二作品とも死者の声を反映させることで、生者の戦後を鋭く問う。生者も死者とともに在る

〈今〉〈此処〉を問い続けることが、死者への鎮魂ともなるのである。そして〈戦争〉が惹き起こす無意味な生を徹底的に表象すること、それが体験によらない〈戦争小説〉の一つのかたちといえるだろう。

一方、女性作家三枝和子は戦争の無意味性を存在において徹底的に問うということの他に、「戦争体験小説を、女の立場からと、はっきり意識して書こう」(『その日の夏』「あとがき」)とも思考していた。しかし、その方法はなかなか定まらず、「女の立場」が曖昧なままで書いたのが『隅田川原』(一九八二年・集英社)や『鬼どもの夜は深い』といえようか。もっとも両作品にも「女の立場」は示唆されているが、どちらかというと「女の立場」が立ち顕れてくる「場」が問題とされている。死者の声が聞ける場所、それがまず重要なのだ。仏教に倶会一処《くえいっしょ》という言葉がある。生きとし生けるものたちが一処に集い会う場所。そこでは戦死者たちの声も聞ける。戦争を体験せずともその記憶を共有することはできる。戦争の記憶を語る『うそりやま考』(一九九五年・新潮社)の場所が、下北半島の恐山(宇曾利山=うそりやま)である由縁である。

『隅田川原』は能「江口」と「隅田川」をプレテクストとした「江口水駅」(一九八一年四月『すばる』)と「隅田川原」(一九八一年九月『すばる』)からなる。女の両面として男性によって語られてきた「聖娼婦」と「聖母性」を、三枝は独自の観点から読み直す。女は、受胎するまで、つまり受胎可能な状態の時は「娼婦」であり、受胎して子供ができて、子供が乳離れするまでは「母親」だと捉えるのである。その根底にあるのは猫に代表される動物のメスと、人間のメスを等価に見做そうとする生きものの観点に立った発想である。その観点に立って、男性の発想を覆し女性の発想を提示する。「江口水駅」は、遊女が菩薩であったという能「江口」をふまえた従軍慰安婦であった母とその母の娘の物語と、まずはいうことができる。芸者染香、本名林雪枝は親の借金の肩代わりに十五歳で芸者になった。二年後に妾になり女児（宥子）を生む。だが、宥子は里子に出され、三歳の時に子供のいない夫婦の養女とされる。芸者に戻っていた染香は、昭和十七年、突然慰安婦に志願し、十九年一月までシンガポールに派遣された。「美人の雪枝は士官用であった」。この染香・雪枝のモデルは、作品の中で宥子が読む広田和子『証言記録従軍慰安婦・看護婦―戦場に生きた女の慟哭』（一九七五年・新人物往来社）の中の、広田がインタビューした菊丸さんの一生から造型されている。

作中にある広田の著書の「トラック島時代がいちばん良かった」という或る慰安婦の言葉は、シンガポール時代を懐かしむ「染香ちゃんは、けっしてけっして慰安婦のときの生活を後悔はしとりませなんだ」と語る、戦後の染香の生活を助けた富美の言葉と重なる。ここには「従軍慰安婦は不幸だった」とする言説への批判も内包されている。確かに多くの慰安婦の日常は悲惨なものであった。だが、三枝は悲惨さを告発するよりも、広田の「女の肉体に代価を支払った男は、一方的に優越感をもつ……」「女がお金のために身体を開いたとき、恥ずかしさや悲しさを感じさせるバネというべきものが、この男の優越感ではないかと考えた」という言葉に触発され、おそらく「慰安婦」というイメージ、さらには「娼婦」というイメージを変容させることに重点を置いた。それが宥子という女性の造型に表れている。

薬剤師という仕事をもつ宥子は経済的に自立しており、「結婚」にまったく価値を置いていない女性である。広田の本を読み、母と父との関係や自分と父との関係を省みて、「結婚」が女を養っているという「男の優越感」から成り立っていることに気づく。「慰安婦」と「娼婦」と「妻」は、金銭の授受、養う／養われるという意味においては等価だと考えるのである。それ故に宥子は特定の相手のいなくなった自分を「金銭に関係のない娼婦」と見做す。

身体のなかを通過していった男たち。男たちに向って身体を開いていくとき、宥子の内部をいつも奇妙な、いわば哀憐、とでもいうべき気持が掠めた。宥子にとって、男たちはいつも一過性だった。少しは長いつきあいをしても、窮極は一過性だと思うからこそ、素直に迎えることができた。

（『三枝和子選集4』七二頁）

宥子のこの思いは、母の「そうよ」「でなければ、どうしてあのように沢山な男を迎え入れることができたろう。このひとたちは明日死ぬ、そう思うからこそどんな男でも受け入れられたのだよ」という声と響きあう。さらに母の言葉は従軍慰安婦に〈菩薩〉性を付与する。菩薩は、自ら悟りをひらく能力があるにも関わらず、あえて志願して、この世に止まって一切衆生を彼岸に渡す役割をする仏といわれる。能「江口」は、衆生＝如来をよりよく表わすのが女であり、女は男より、その意味で菩薩的で、男に対して菩薩の位置にあると見做す。女を男の煩悩を救済する菩薩と捉え返すことで、男に従属する性と見られてきた女の性をある意味解放するとともに、仏の救済観の読み替えもはかられている。しかし、その視点はまたある意味男に都合のいい女性解釈でもある。宥子はさらに踏み込む。

兵隊たちが明日死ぬ身で、いま、ここに現在いる男が明日死ぬ身ではないとは断言できない。以前は、男と女は淋しいから交るのだと思っていた。しかし、いま、ふと、男と女は、互いに明日死ぬかも知れない身だから交るのだと思えて来る。その方が、もっと大きな力に動かされての行為だ。限りある身が、限りない生命の流れのなかに連なろうとする衝動が性交渉だと言えばそれまでのことだが、そうした摂理が実際の自分の身体の内で動いて来るときの姿は、言いようもなく悲しい。

（『三枝和子選集4』七三頁）

ここには大きな自然の摂理に促されて生殖行為を行なう生きものの姿と人間が重ねあわされている。兵隊が慰安婦を欲望するように、小説の最後で少年たちが少女をレイプするように、動物のオスがメスを欲望するようにそれらの行為は等価だと見做されている。そこに善悪という発想はない。ヒトのオスとメスの存在形態として見据えるのである。『鬼どもの夜は深い』における死を体現している特攻隊隊員と彼らの性欲を慰撫する女たちとの関係も、そんなオスとメスの相を浮き彫りにする。

「隅田川原」のプレテクストである能「隅田川」は、人買いにさらわれた我が子を一途に追う母の姿を狂気の者として描いている。子との別離は「母性」にとって正気ではいられない「悲しみ」ということを象徴する。都より東まで来た母は、隅田川の渡し場で我が子梅若の死を知り、彼の死の場所で一瞬、我が子と対面するもその幻影はたちまちのうちに消えてしまう。「隅田川原」は、〈戦争〉によって子を奪われた母たちの悲しみを、梅若伝説の地である隅田川近くの精神病院に閉じ込められた四人の女たちの物語のなかに映し出す。四人とも精神を病んだ女たちであり、しかもそれぞれの体験は伝聞という形で他の女性が語るという構造になっているので、どこまでが個人の実際の体験なのかは詳らかではない。しかも一人の女性の記憶は別の女性の記憶とつながり、それぞれの記憶の断片は重なり合いながら少しずつ変奏する。おそらく「母性」の実相は一つなのであろうが、その実相が種々の機縁に従って種々の相となって現出していく方法が採られている。読者は、四人の女の語りを通して「母性」そのものの動きを感受していくことになる。

朧化《ろうか》の方法で綴られた四人の女たちの戦争の記憶を、実際の体験として強引にまとめると次のようになる。六十五歳の道場なゑは、東京大空襲の時に六人の子供を連れて逃げる途中で、子供一人を亡くした。その記憶が「戦争中、幾人もの人を殺してきた」という意識を生んでいる。五十一歳の当麻伊津子は、ソ連兵に暴行された母親が生んだ金髪の赤ん坊を母の制止を振り切って中国人に売ったという満州での体験がある。独身で子供を生んだ経験はないが、母の体験を自分の体験のように感じ始めている。四十四歳の神谷菊乃は、満州で敗戦を迎えた。家族を飢えから守るため中国人に身を売った母が、帰国後も生き続けていることを軽蔑し、母を自殺へ追いやった。しかし、いつしか売られたのは自分だと妄想するようになっている。菊乃もまた母の体験を自己の体験として生きている。樋口迪子は二十七歳の戦後生まれである。戦争体験はないが、祖母や母から戦争中に多くの女たちが自分の子供を殺したという話を聞かされて育った。母も軍の命令で自分の子供を殺したと思っており、自分自身はアメリカ兵に暴行されたと感じている。「隅田川原」には、泣き声を恐れて赤ん坊を殺せと命令する沖縄での兵隊や、ソ連軍の陵辱、敗戦の惨禍など、女たちの多様な戦争体験が綴られていく。「生きて捕囚の辱めを受けず」という題目を唱えた男たちも戦後を生き延びた。その結果、本来なら日本人の男からは生まれないはずの樋口迪子も生まれた。

「ねえ、今度、樋口さんを殺さない？　二人でやれば出来ると思うわ。私、あれくらいの年齢《とし》の人を見るとむらむらっと腹が立つの」神谷菊乃はそう言って当麻伊津子を誘う。

（『三枝和子選集4』九四頁）

ここで樋口迪子は敗戦で生き残った日本の男から生まれた子供の象徴といえるかもしれない。三枝は古代の戦争において敗戦国の男は奴隷になるか殺されるか、どちらかであったと、様々な場所で語っている。奴隷にならなかった敗戦国の男は全員死ぬはずだった、と言う。生きていることこそが三枝の論理からすれば不条理なのである。戦後生まれの人間に対するこのような殺意は、「皇軍」に対する批判ともいえよう。

ところで樋口迪子は、殺された子供の後に生まれた自分を恥じ、子供を殺しておいて再び子供を生んだ母親を憎んでいる。またそのようにして生まれた自分が子供を生んだことに罪悪感を持っている。自分が生まれるために、母親の赤ん坊を殺したのだと考えている。この迪子を悩ませる幻想は、子供を生むために発情する動物のメスの「母性」の在りようを人間にも当てはめているものである。それはまた死ぬ生きものだからからこそ生む、という三枝の「母性」の認識でもある。動物の発情や出産を人間の「娼婦性」と「母性」に結びつけ、そこから女の本質を考えていこうとする姿勢は、スピヴァックの「戦略的本質主義」（『ポスト植民地主義の思想』二〇〇五年・彩流社）につながる発想といえるものでもあろう。

『隅田川原』の「あとがき」で、三枝は喜多流の「隅田川」を観て「思わず涙がこぼれた」と語り、「生きて巡りあうことのできなかった梅若丸と母の運命が可哀そうだ、というのではない。涙は、もっと別次元の、もっと大きな悲しみ、みたいなものであった。この世のものと、この世のものではないものとが交錯するときに生じる、何か根源的な悲しみ——で、それはあったのである」と述べる。この「悲しみ」は、大きな生命の流れのなかに連なる個々の命の儚さに涙するということであろうか。仏教においては衆生すべてが平等である、というのが原初の形であるらしい。それはまた大きな生命の流れのなかでは「個々の誰それの子」という発想が消失するということでもあろう。「あら、私が産まなくとも、誰かが産んでれば、それは私が産んだことと同じなのよ」と語られる「誰の子供でもない子供」という発想も、仏教の原理から生み出されたものであろう。

さらに「あとがき」には「私のなかに、戦争というものを人間の『業』として捉えたい気持があり、それが能の発想に親近感を持つ原因となったと言える」とある。「業」の解釈は難しいけれど、森川達也の言葉を引用すると「無明である衆生が無自覚に生きている状態」「一個の生きものとして生きるその〝状態〟のことを指す」。「衆生が生きて行けるのは『殺生』によるのだけれども、その事実に根本的に無知・無自覚つまりは〝無明〟であるが故に、生きて行けるのであり、そうした矛盾の真っただ中に成立している〝不思議〟な生きかたが、私たち衆生すべての生きかた、生かされかた」（『森川達也評論集成6　いのちと〈永遠〉』審美社）である。「戦争」もまたこの衆生の「〝不思議〟な生きかた」が生み出したものということになろうか。閉ざされた、しかし重層的時間の堆積した村を場所とした『鬼どもの夜は深い』は、そんな衆生の「業」が「戦争」とともに描かれる。

一九四五年八月十五日に十六歳であった愛国少女の三枝和子が、敗戦に直面した戸惑いを根底に「私」の戦争と敗戦の意味を問うた小説が『その日の夏』である。それは女性の「戦争体験小説」として、『その冬の死』と『その夜の終りに』を含めて「敗戦三部作」と名づけられた。『その日の夏』は「私小説」的色彩の濃い作品である。三枝は「私小説」を書くことをずっと躊躇してきた。「私小説」には「自己剔抉」の要素がなければならないが、日常生活において特権階級にない女性は「被害者意識ばかりが先だって、不平不満爆発のあられもない文章になりかねない」（『さよなら男の時代』）という。私小説を「主人公は実際の『私』、題材は事実」と規定する三枝は、「自己剔抉可能な『私』とは、何らかの形で加害者ないしは加害者の視点を持ったものでなければならない」とも述べている。『その日の夏』は、一九四五年の「八月十五日」から「八月二十四日」までが語り手「私＝吉井」の手記形式の体裁をとって書かれていく。「私＝吉井」は、敗戦時に兵庫師範学校本科（小説中ではH師範学校本科）に在籍し、師範学校の寮で敗戦を迎えた当時十六歳の三枝と重なる。小説中で語られるプロテスタントの母の影響でキリスト教の神イエスと現人神天皇との繋がりを必死に考えたこと、母の死後に迎えられた継母とうまくいかなかったこと、百人一首の札に愛国百人一首の歌を貼り付けたことなどのエピソードは、年譜やエッセイで記されている事実と一致する。さらに「愛国少女」として戦争に加担した加害者（少女にその責めを科すのは過酷ではあるけれど）でもあった。そういった意味で『その日の夏』は、三枝和子の唯一の「私小説」ということができる。

小説は「八月十五日」という日付を記し「正午に向って、時間が奇妙にゆっくりと流れていた。時間の流れが、時計とは異質の時の刻みかたをし始めたことを私は全身で感じとっていた」と始まる。未来を予測した身体感覚の描写は、「その日」八月十五日に起こる出来事をすでに「私」が感じていたことを示す。

その日と、その前の日の続き工合は、はっきりしない。その日と、その後の日の続き工合もはっきりしない。その日だけが前後と切り離されてあるはずもないのに、互いにそれぞれ繋りが断ち切れてしまった果ての、ぽかんといち抜けた空白で、斬首の罪人の顔の前に垂らされる白い布のなかの視野みたいに、変にうす赤く何も見えず、それでいて後頭部に全神経を集中して、何も彼もをすっかり見尽くそうとしている。

（『三枝和子選集5』三四三〜三四四頁）

「私」は、天皇の玉音放送を聞いたあと激しく泣いている。「私」は「勝つことを本当に信じていて、全くそれを疑っていない愛国少女だった」が、「日本が負けることも予感」する「奇妙な矛盾」

を抱えた少女でもあった。帰省が許可されるまでの十日間を寮で過ごすことになった「私」は、他の寮生の話や新聞の記事に触れながら「泣いた」自分を深く見つめていくことになる。「その日」は「私」にとって解放の日ではなく、戦中の自己の存在を省み、戦後の自己につなげる契機となった日といえよう。死ぬ覚悟であったのに生き延びてしまった「私」。「私」の「自己剔抉」は死者に対する加害意識から始まる。

学徒動員で配置されていた工場から別の場所に配置換えになった後、もと居た工場が爆撃され多くの死者が出た。生き延びた幸福に「私」は「後ろめたさ」を感じてきた。「八月十六日」には、そんな「私」の気持と共に配置換えされた少女たちの記憶が甦っている。「八月十七日」には、妹と二人で「小倉百人一首」に「愛国百人一首」の札を貼っていて父に叱責され、父を「非国民」ではないかと思ったことが記される。「八月十八日」には、十八年（「私」が十四歳の時）の学徒出陣壮行会で校旗を持って行進したこと。東条首相の「学徒よ、出動せよ」という言葉に「身体が震えた」こと。壮行会で「女子も総て男子と同じに扱われ」て「嬉しかった」こと。命に代えてもベアリングを死守せよという命令に「犬死でない死に場所を得た」感動など、「私」が戦争と深くコミットしていたことが記されていく。しかし「八月十九日」には、戦争を終結せざるをえなかった理由が広島に投下された原子爆弾であったという新聞記事を読み、「日本全国が焦土になっても天皇のおわしますかぎり大丈夫だ」と信じていたので、「この程度破壊されたからって」戦争を終結するなんて「実に実に不満であった」と綴っている。「八月二十日」には、父を訪ねてきた出征する叔父が継母に適当にあしらわれて帰っていくエピソードを通して、家庭に居場所を見つけられない代理として「国家」が選択されたのではないかという「愛国少女」「私」の潜在意識が示される。その「私」の意識が明確に語られるのは、寮から自宅に向かう「八月二十四日」、最後の日付においてである。

「爆弾が落ちたらいいのにね」

妹の口癖だった。「焼夷弾なんかじゃない方がいいな。爆弾。この家も、私たちも一斉に失くなってしまう直撃弾――」

それから竹槍を構える恰好をして、

「田舎だから来ないってことはないよね。そのうち爆弾落ちるよね。日本中、焦土と化すまで頑張ろう」と天を突きあげた。

しかし戦争は終って、私の家は、水田の向う、濃い緑の山肌に寄り添って相変らず西陽を浴びている。私はそこへ、とにもかくにも帰っていかねばならない。戦争中は意識の片隅にあって、同級生の誰彼のように忘れようと努力しなくとも、いつも簡単に疎外することの可能だった家や家族が、不意に堅固な形をとって行手を阻んで来る。

（『三枝和子選集5』四八四～四八五頁）

ここからは「私」と妹との意識の同質性、「愛国少女」であり「模範生」である「私」の内実が、単に「家」から逃避するために「国家の大義名分」を利用した「少女」であるに過ぎない、という作者の声を聞くことも可能である。「私小説」における「自己剔抉」を、三枝はそんな形で表現しようとしていたと思われる。

さて、「二十四日」の「自己剔抉」までにはさらに紆余曲折があるが、「私」自身の加害者性を見つめていくうちに戦争を肯定してきた「私」の意識は少しずつ「変節」していく。すでに十七日には「ほんの数十時間前までは無条件に天皇のために生命を捧げようと思っていたのに」、「何故、天皇のために生命を投げ出さなければならないのか、という疑問が湧いて」いた。しかし十八日には、敵が上陸して「暴行されたら舌嚙み切って死ね」とか「青酸カリを飲めとか言うのは嫌ね」という寮生宇田典子の言葉に、「どうして米兵を殺して死ね、って言わないのかしら」と反論し、さらに「舌嚙み切って死ぬ」というのは「大和撫子の心意気だわ」とも答えている。敗戦を受け入れつつも、その一方で納得できないという思いが五日間交錯しているのだ。だが、五日を経た時点で天皇に対する「私」の意識は大きく変化する。天皇に対する思いを詠んだ茂吉の歌に対して「あれほど好きだった茂吉の歌が心に沁みて来ない」だけでなく、「死ぬ」気分も消えて「これから」の「日本」に思いを馳せるようになっている。二十一日には「旧い詔書」にも「新しい詔書」にも従っている人々に不信の眼が向けられるばかりでなく、「新しい詔書」を認めていない自分が死なないで生きているということは「旧い詔書」も認めていなかったことではないのかと、自身の意識のありようこそが「非国民」的ではなかったかと考え始めてもいる。二十二日には、軍人援護の記事から戦後の「国策」全体に対する批判意識が芽生え始めている。それとともに工場で死んだ女学生たちの「死の意味」を考えるようになる。そして二十三日には、初めて広島と長崎の被害を詳細に報じた記事を眼にして衝撃を受けたことが記される。

「私」が衝撃を受けているのは、その惨状ももちろんであるが「この記事が十六日、玉音放送の直後に発表されても」「何故、日本全国焦土と化すとも戦い抜かなかったのだろう、と思ったかもしれないこと」であり、「さらにさらに遣りきれないのは、玉音放送から二百時間近く経ったいま」「どうしてそんな空疎なお題目に踊らされていたのだろう、などと思っていること」である。三枝は人間の意識が簡単に変化することを見つめつつ、その意識が決定される要因を安易に外部に求めてはいない。「私」自身が、「私」の意識の内部と徹底的に向き合うことでしか見えてこない世界を描こうとするのだ。既に述べたように「空疎なお題目」にのめり込んで行った要因は「家」からの無意識の逃避であったのかもしれない。好きな母が死んだ時、十四歳の少女は〈世界の終わり〉を願ったのかもしれないのだ。「私」が「遣りきれない」のは、そんな自分の意識に気づいたからともいえる。そんな「私」にさらに追い討ちをかけたのが、復員兵の行為である。

　敗戦になって十日目、二十四日にやっと二日間の帰省許可が出た。その日初めて「私」は駅の喧騒と駅での復員兵の堕落した姿に出会うことになる。これまで寮内で交わされる会話や新聞記事から「戦後」の状況を認識していた「私」は、現実に直面する。さらに身動きのできない満員状態の帰省列車の中で「結構なもん、仰山振りかけられ」、「モンペの後ろを探ると、ぬるっとした液体が指にからまった」。「恥しさで全身がかっと熱くなった」「私」は、生身の身体で現実を認識することになったのである。

デッキに立って、沿線の水田のぎらぎらした照り返しを眺めながら、私は激しく泣いた。口惜しかった。顔の分らないその男の顔を心のなかで痛打していた。米兵に暴行されるよりも、もっと手酷い侮辱だと思えた。

（『三枝和子選集5』四八二頁）

「汚い、復員兵は汚い」と大声で叫んで泣きたかった「私」。飯尾憲士は「このとき、主人公は、はっきりと皇軍を否定し、現人神への意識を捨てることができた」（一九八七年七月六日号『週刊読書人』）と指摘している。「大義名分」や「空疎なお題目」の呪縛から「私」は完全に決別したといえるだろう。『その日の夏』は、その日以前と以後で豹変した教師や政治家、報道機関、兵士らの姿を新聞記事を通して批判しつつ、加害者でもあった「自己」の存在をもきちんと書き込んでいる。自己の「戦争体験」に真摯に向き合った新しい形の「私小説」なのである。

ところで、『その日の夏』の初出は一九八六年『群像』八月号である。単行本は翌年。敗戦から四十年を経ての刊行である。単行本の「あとがき」で「戦争体験小説を、女の立場からと、はっきり意識して書こうと思い始めて、どれほどの歳月が流れたろう」と述べ、何年も「根本的な姿勢が定まらなかった」という。それが古代の戦争文学を読んでいるうちに、敗戦国の男はことごとく殺され、女は妾や婢女にされる「戦争の原型」を発見したという。「女の立場」に立った戦争文学は「敗戦の憂き目を見る」「女の立場からしか明らかにされないのではないか」という思いに至ったようである。このことは『男たちのギリシア悲劇』では、次のように語られている。

以前、私は自分の戦争体験小説を書こうとしていて、なかなか視点が定まらないことがあった。特に、敗戦という事態に当面したとき、これまでの男性作家の書いた小説が、すべて自分には馴染めないものであることに気付いて、その理由を捜すのに苦慮した。丁度その頃、同時にギリシアの叙事詩や悲劇などの研究を進めていて、ある事実に突きあたった。それは、負けた国の男には戦争を書くことができないのだ、という単純な事実であった。

（略）古代の戦争にあっては、敗けた国の男は皆殺しにされ、女は捕虜になり、婢にされたり妾にされたりする。だとすると、敗戦を生きて味わうのは女だけだ。

（『男たちのギリシア悲劇』一二九頁）

戦場で戦わない女たちの、しかも敗戦国の女たちの本当の「戦争体験」が始まるのはその「戦後」からだ、というのが三枝の認識である。それはまた、敵に「暴行されたら舌噛み切って死ね」という男の発想を相対化する女の視点を打ち出すことでもあった。三枝は敗戦後四十年経って、戦争によって「略奪」された女たちの行方を描くことが「女の立場」に立った「戦争小説」だと気づいたのである。その視点は一九四五年の敗戦を超えて、『その日の夏』に挿入されている、宇田典子が敵兵に拉致される女たちの生ま生ましい姿に昂奮したという「サビーニ人の略奪」という絵の問題とも絡んでいく。三枝は、「敗戦」が女たちの歴史にもたらした事態を、さらに敗戦国日本を舞台にした『その冬の死』と『その夜の終りに』で描いていくことになる。

(5) 歴史をとらえ返す

『その冬の死』では、神戸を思わせる空襲で壊滅したK市の駅周辺を舞台に進駐軍が常駐し日常の風景となった一九四五年十二月が設定されている。この小説は『その日の夏』とは異なり、四人の視点人物が交差する形で展開される。特攻隊として待機していたところで敗戦となり復員してきた海軍中尉橋永、その従妹でミッションスクールに通う二十歳の千加子、かつては従軍慰安婦で現在はパンパンのユリコ、身寄りのない幼女と一緒に住む戦前は教師だったらしい記憶喪失の老人という、戦前の価値とは異なる位相に置かれた者たちの登場である。四人の物語が語られるが、この小説の中核になるのは千加子のレイプ事件である。

千加子は、戦争終結の玉音放送を聞いて「絶望」したのも数時間だけで、その後の体制の変化は「彼女にとっては未来を約束する展望ばかり」であった。女性も男性と同じように自由に大学で学ぶことができるようになる「大学教育における共学制」を採用した「女子教育刷新要綱」が閣議で決定され、大学で自由に学問をしたいと考えていた彼女の夢は現実的なものになる。それは敗戦国の女性にもたらされた一つの希望であったが、その夢は進駐軍の兵士に暴行されたことで潰える。「あとがき」で三枝は「女の敗戦体験というものは、敵兵に暴行されるという形でもっとも先鋭化される」と語っている。千加子のレイプ事件は敗戦国すべての女性の置かれている状況を象徴的に示しているということでもある。

彼女が二人の兵士に拉致されたのは米軍のキャンプに隣接するH駅である。野次馬の男たちは

「助けて」と叫ぶ彼女をにやにや笑って見ているだけであり、「卑怯者、進駐軍が恐いのね」という彼女の言葉も虚しい。千加子のエピソードは、自国の男たちが助けてくれない現実、女にとって敗戦ということは敵の兵隊の暴行を受けるということだ、と考える三枝の思想を表わしたものである。三枝は、古代において戦争に負けた国の男は皆殺しにされ、女たちは捕虜になって婢や妾にされて生き延びたという。『その冬の死』に登場する「進駐軍慰安用のキャバレーやダンス・ホール」で働く女たちは、まさに敗戦国の女の像である。また「日本兵だってアメリカ兵だって、兵隊に変りはない」「戦争に敗けたんだもの。日本の女はみんな暴行されて、青い目の子供を産むといいのよ」というパンパンとして生きているユリコの言葉は、負けたのにまさに生き恥をさらして生きている男たちへの痛烈な批判である。そんな男たちが、敵に暴行された女はその行為を恥じて「舌を嚙み切って」あるいは「青酸カリで」死ねという。敗戦国の女たちへの暴行は、男たちが戦争に負けた結果起こった出来事である。それを女に責任を取らせようとする「死ね」という男たちの言説。戦争で女たちを守ることができなかったそんな男たちの言説を、三枝は小説という形で徹底的に批判する。

三枝は『男たちのギリシア悲劇』でホメーロスの『イーリアス』の分析から、「産む性である女が生き残り続けることは、その民族存続の希望が、どのような形であれ、可能性として残されたこともまた事実である」と記している。それは黒い目でも青い目でも、生まれた子供は産んだ女の子供に変わりはないという事実である。その認識が女権/母権社会を幻視する発想にもつながっているのだろうと思われる。

ところで売春婦のユリコは、生活が楽になるはずの進駐軍の「オンリイ」になることも拒否している。彼女は「オンリイというのは結局妾だから、妾というのは結局奥さんみたいなもんだから、法律で保障されているか、いないかだけのことで、一人の男に縛られるんだから、不安でも、やはり自由な方がいい」と考えるのだ。響子シリーズをはじめ、三枝の小説では結婚を忌避する女性が数多く登場している。女の「自由」を縛るもの、それは「結婚」、という三枝の発想は、ギリシア悲劇読み直しの過程で深く納得されていったもののようである。

捕えられた女たちは、将兵の性的な飢えを癒したあとは遊んでいたわけではない。さまざまな労役、つまり戦いの日々にも必要な日常生活の、労働力の提供者となったことは間違いない。(略)
　性生活と下婢の仕事、今日的な言葉で言えばシャドウ・ワークを、すでにこのときから性的分業として女たちは担わされていたのである。と言うよりも、このときはじめて、女たちは性生活を伴った下婢の生活を強いられたにちがいない。これが結婚のはじまりであり、結婚が女性蔑視の思想をその根拠において成立したものであることが、ここにおいて明らかになるのである。

(『男たちのギリシア悲劇』一四七〜一四八頁)

『トロイアの女』から戦争が女を獲得する(ヘレネで象徴される)という名目で起こり、負けたトロイアの女たちが戦利品とされたこと。さらに『アンドロマケ』では、戦利品として敵大将の妻(奴隷として)となったアンドロマケが、奔放で一妻多夫の感覚をもつ正妻ヘルミネオを諫める言葉（例えば「妻というものは、たとえしがない夫に添っても満足して、驕り心に競ってはならぬもの」など）に、三枝は「男性優位思想の受け止め手」を感受する。三枝による「男性優位思想」とは女と子を自分の所有と考える「男の論理」の立て方を表わすもので、結婚という制度もそんな「男の論理」が生み出したものという。『オレステース』でも明らかなように子供は女が産んでも男の所有となっている。しかも男は自分の血にこだわり、他の男の血を排除する。結婚は他の男の血が入らないように女を囲い込む「制度」だと、三枝は見做すのである。さらに現代の「一夫一婦制」という結婚制度は女性のためというより男性のための制度ではないかという観点も、『さよなら男の時代』の中で打ち出している。「一夫多妻」では「あぶれる男」が出てくるという見解である。「結婚」が女の自由を束縛する制度だというのは、初期の数冊を除いた三枝作品すべてに共通する基本認識である。

パンパンと呼ばれる女が「自由」であるという視点は、それまでの価値体系が崩れていった敗戦という状況であったからこそ見えてきたものでもある。価値の変化は、ユリコも千加子も同じ位相に置く。そこにはこれまでとは異なる価値を持つ女の可能性が秘められているということもできよう。例えば「男の論理」に縛られない女の生き方である。『その冬の死』で今後の生き方が示されなかった千加子の可能性は、敗戦から二十年経った一九六〇年代の銀座のバー「花散里」を舞台にした『その夜の終りに』で、そのバーで働く若い女性たちに投影されていく。

『その夜の終りに』には、『その冬の死』のユリコの周りにいたような女性たちと共通する人物が登場する。話の中心となるのは戦時中には慰安婦として、敗戦後は進駐軍のオンリイからパンパンとなり、さらに銀座のホステスから新宿の街娼となっている染代である。染代は、「江口水駅」の染香や『その冬の死』の花丸姐サンと重なる、広田和子『証言記録従軍慰安婦・看護婦—戦場に生きた女の慟哭』（一九七五年・新人物往来社）に登場する菊丸さんがモデルである。三枝は戦中、戦後焼跡闇市時代を生きてきた女性の代表として染代とママ縁子を造型している。染代は「慰安婦時代が一番愉しかった」といい、結婚しない縁子は「女としての自由を失わない生活をしている」と考える。当時の常識や倫理観とは逸脱した意識をもつ女性たちとして設定されている。だが彼女たちの子供へのこだわりや恋愛に対する思い入れは「古い」と、アルバイト学生の令子や混血児のカオルは見做す。カオルは平気で「パンパンの子」と口にし、令子は「進駐軍と関係しようと特攻隊と関係しようと、何てことないのに、ママは、そうした『不幸な女には絶対に同情しなければならない』と自分で思いこんでいるのよ」という。令子はその結果生まれた子供を「不幸」と見る意識をも攻撃するのだ。令子の語る「男は結婚の制度をつくって女を縛っておきながら、戦争というアナーキーな状況をしばしばこしらえて、男自身がつくった結婚制度を、自分で潰して、その矛盾に気がついていないのよ」という言葉は、三枝の考えを代弁しているものであろう。しかし若い女性たちも「自由」であるように見えて、男との関係をどのように紡いでいいのかまだ模索状態にある。

三枝は「あとがき」で、「三部作を書き終えて」「本当の意味での戦争の物語は、体験者は書くことができないのではないかという真実」を発見したという。

私の書いて来たことは、ある意味で恥部の話である。母から娘へ語り伝えたりはできない。ホメロスは、語り伝えられたトロイア戦争を謳いあげたが、あれは戦勝国の物語である。敗戦国の、しかも女の話など、語り伝えられる性質のものではない。さればこそ、こうした閉されたコミュニケイションである書物を通して遺しておけば、後の世の女たちが、あるいは再構成して、大きな物語をつくってくれるかもしれない。私の小説が、その一部分になれば幸いだ、そう思って、やっと落着いたのである。（「あとがき」『その夜の終りに』）

三枝の語る「体験者には書けない」「戦争の物語」とは、戦争を体験できない状態でしか紡ぎだされないものである。三枝は反戦意識が風化していく時代の危機を『その夜の終りに』に込めたのだろうか。男に従属しない、結婚しない女たちの存在が、何らかの形で戦争を回避する鍵を握っているのではないか、という未来に対する期待である。しかし一方で「戦争を人間の業として捉えたい」（ここでいう人間とは、三枝の場合男を指す可能性が高い）という考えも示している（『隅田川原』「あとがき」）。

三枝和子は自身の遭遇した「戦争」を、体験や記録ではなく小説としてどのように表現を与えるのか、その方法を作家としての出発期から常に模索してきた。死者と生者が出会う夢幻能の方法を小説に取り入れていったのも、現実世界においては語ることの出来ない死者の声を響かせたいという思いからであっただろう。フィクションにこだわり続けた三枝は『うそりやま考』で、新しい展開をみせる。歴史の記憶を創出する方法として三枝が編み出したのは、フィクションとノンフィクションを切断しない語りの方法である。その方法は冒頭の「序めに」の部分と「結びに」の一文に集約されている。

本書は敗戦国日本を生き延びた女作家さえぐさかずこが、人間界の出来ごとが時の移ろうと共に忘れ去られ、敗けいくさの日々が、とりわけ女子供や物言わぬ生きものたちの上へ、どのように降りかかって来たかも、やがて世の人びとに知られなくなるのを恐れて、自ら見、聞き、知った事柄を、憑依のおばあたちの口を通して確かめ書き記したものである。

（『三枝和子選集4』四〇七頁）

一九九四年、それを平成六年と数えてもよいのだけれど、その年の八月十五日、下北半島「うそりやま」で、敗戦国日本を生き延びた女作家さえぐさかずこの心のなかに去来した出来ごとをここに誌した。

（『三枝和子選集4』五七三頁）

『うそりやま考』は下北半島の霊場の一つ、死んだものの魂が集う場所と言われる「うそりやま」で、九十九歳になる憑依のおばあたちが語る戦争悲劇譚である。「第一之書」から「第七之書」まで、そこでは七人のおばあたちによる特攻隊員の死、フィリピン諸島での餓死と病死、学童集団疎開船の沈没による溺死、空襲による爆死、焼夷弾による焼死、沖縄戦での犬死と自決、原爆による死、戦後の進駐軍とのトラブルによる死が語られていく。おばあたちはそれぞれの死を自分の体験として見、そして聞く。しかもおばあたちは馬や犬という戦争の巻き添えで死んだ多くの生きものの死も、人の死と等価に感じる。死は徹底的に無意味に描かれているけれど、死者の無念さも、おばあたちは感受している。無意味な「死者」を生んだ自分たちの「業」であるかのように。『うそりやま考』で語られる戦争は、戦後五十年の間に語られてきた膨大な戦争の記録と重なる。作家三枝和子が「自ら見、聞き、知った事柄」や、戦争の記録が素材として生かされているといえるだろう。そういった意味で「女作家さえぐさかずこ」と「おばあ」、作家三枝和子は限りなく類似する。戦争の事実を憑依という民話的方法によって語るその語り方は、〈戦争小説〉の新たな地平を拓いたといえよう。

三枝和子は戦争の悲惨さをことさら言挙げしないけれど、語れなかった者たちの声は、確かに戦後生まれの筆者にも鮮やかに響いてきた。この小説は、死者に生かされて現在を生き延びている私たち自身の鎮魂の書なのでもある。

三枝和子はギリシアや日本の古典文学を読んでいく過程で、女として、そこにある思想に違和を感じてきた。その違和感を分析していくなかで、現代にも続く社会の「男性優位」性に深く思い至っていく。そうした三枝個人の探求は、一九八〇年代に大きなうねりを形成したフェミニズム思想ともリンクしていった。一九八〇年代には「男性優位社会」に置かれた女性の社会的位置を結婚制度や家族制度の観点から考察した小説と、「男性優位社会」成立以前に幻視される「女権社会」を描いた小説が多く書かれるようになる。これら三枝の「女性の発想」から「歴史」を読み返した小説群は、ある意味で「男性優位社会」に無自覚な男性／女性に対する啓蒙の書ともなっている。

『小説　清少納言「諾子《なぎこ》の恋」』（一九八八年・読売新聞社）、『小説　かげろうの日記「道綱母・寧子《やすこ》の恋」』（一九八九年・読売新聞社）、『小説　和泉式部「許子《もとこ》の恋」』（一九九〇年・読売新聞社）、『小説　紫式部「香子《かおるこ》の恋」』（一九九一年・読売新聞社）、『小説　小野小町「吉子《よしこ》の恋」』（一九九二年・読売新聞社）は、現代の「一夫一婦」制の結婚制度を捉え直す小説として平安時代の「妻問い婚」（通い婚）の形態に焦点があてられている。女性にとって「妻問い婚」は経済的に不安定な面もあるかもしれないが、複数の男性との恋愛の可能性や自分自身のために使える時間の確保といった「自由」をもたらしたのではないかと示唆されている。

平安時代には皇后や内親王、権力者の妻を除くと、ほとんどの女性の名前は残っていない。蜻蛉日記や源氏物語、枕草子の作者であっても、息子の名前で道綱の母と、夫の官職名で紫式部、清少納言と呼ばれてきた。まさに男の所有物であるかのような女性の扱われ方である。三枝はそんな平安時代の女のイメージを断ち切るために「平安五人女」シリーズを上梓するにあたってまず彼女たちに「名前」を与えた。また各作品を「小説」と銘打ち、それらは歴史的人物を扱ってはいるけれど伝記ではなく、あくまで作家の自由な想像力を駆使したフィクションだということも示している。先行研究や歴史的事実を踏まえながらも、未詳の部分に関しては作家の自由な想像力がはばたいている。それぞれの恋愛や結婚は三枝の解釈であり、自身の思想を表現するための創作である。

『小説　清少納言「諾子の恋」』では、歴史的には藤原棟世との間の子供である小馬命婦を藤原実方との子供としている。表向きの夫婦の間の子供とされていても、実際にはそうでない場合が平安時代には多かったのではないか、という推測のもとでの変更である。大胆な書き替えは、清少納言ではなく諾子という女性を楽しんでもらえればということでもあろう。しかし、名前にはこだわっている。一人の人格をもった女性、という意味がここでの名前には込められているからである。様々な文献や研究書にあたって名前を探りだそうとしているのだ。もちろん発見できないことが多い。その名付けの由来は単行本の「あとがき」で語られている。

「清少納言諾子」の由来は、『日本古典文学全集・枕草子』（小学館）の松尾聡の解説文がもとになっている。松尾の「『清少納言』なる呼び名は、宮仕えに出仕することによって与えられた女房名である。多田義俊のあらわしたという『枕草紙抄』に実名は『諾子《なぎこ》』であると記されているが、根拠もはっきりせず従いがたい」という箇所から、三枝は逆に「諾子か。いい名だなあ。どのような苦しい現実をも、肯定し、諾って生きていく、私が書こうとしている主人公にふさわしい」として選んでいる。清少納言の名前は研究の成果を無視した作家の感覚で選ばれているのだ。

何の手がかりもなかった道綱の母の場合は母の名前の一字をとりたかったというが、もちろん名前は分からない。そこで「藤原倫寧の娘だから、倫子か、寧子のどちらかに」と考え、同時代に同じ名前の女性が見つからない寧子に決めたという。「幸い、和泉式部は母が昌子内親王の乳母」で、のちに皇后となった内親王に父も仕えていて、「式部自身も子供のときから『お許丸』と呼ばれて侍女のような形で家族ぐるみお世話していたらしい記録があるので」許子と名づけ、紫式部は「角田文衛氏に『香子』説があるのを知り、これに飛びついた」という。もっとも「きょうこ」「こうこ」と読める漢字を「かおるこ」と読んだのは三枝である。父方の関係も不詳の小野小町については「あとがき」でも名の由来については言及されていないが、姉の名が「吉子」という記述が残されているのでそこから取ったのかもしれない。このようにして、一人一人の女性は自分の名を与えられたのである。

平安時代の女性たちの生活を考える上で三枝が最も重視したのは「妻問い婚」である。夫と妻が別々に暮らし、夫が妻のもとに通う結婚形態だが、蜻蛉日記でも明らかなように兼家の最初の妻時姫は兼家の邸で暮らしている。つまり平安時代においても夫婦が一緒に暮らす現在と同じ形態は普通にあったということである。一説によれば庶民の多くは同居婚だったという。夫婦同居と妻問い婚は混在していたわけだが、三枝は妻問い婚の在りように女性が自由にいられる可能性を認めているので、その形式にこだわったといえる。道綱の母も兼家に同居を促されているが、彼女は断っている。父の残してくれた邸で不自由ない暮しをしていたのだから。

蜻蛉日記の著者である道綱の母は、これまで多くの研究者によって嫉妬深い女性として語られてきた。しかし三枝は、「本朝三美人」の一人に数えられる和歌の名手で、染め物や仕立物の技にも秀でた、通いの少ない兼家を怨みながらもそのユーモアを愛する女性として描く。しかも女の産んだ娘が夫の政争の道具に使われる摂関政治に批判の眼を向ける理性的な女性としても捉える。冷泉帝の后になる超子や一条天皇母となる詮子を産んだ時姫とは、その地位や兼家の待遇の仕方でも大きく水をあけられるが、寧子は「男にただ愛される人形ではなく、自分の頭で考え、悩み苦しみ、自分の気持に決着をつけていく自立した女」（森まゆみ「解説」『小説かげろうの日記　道綱母・寧子の恋』一九九四年・福武文庫）として造型されているのだ。

ところで三枝は、妻問い婚を必ずしも理想の結婚形態と見ているわけではない。男のもとに女が自由に通っていくことができるわけではないから。まして摂関家の御曹司兼家の妻である寧子の「好きな男のところへ押しかけたいわ」という願いは叶うはずもない。「兼家さま以外に通ってくる男を欲しい」と願う寧子の思いも、兼家の権力を恐れる男たちには伝わらない。彼女に言い寄ったのは兼家の兄で当時太政大臣の位置にあった藤原兼通である。さらなる権力者との近づきを父親や兄は狂喜するが、あまりの年齢差ゆえにもちろん寧子は断る。ある意味正式な夫が通っていても別な男の通いを認める「妻問い婚」。その一種「ゆるやかな結婚形態」は、女性に複数の男性との自由な恋愛をもたらしたといえる。だが寧子は、夫の権勢ゆえにその自由に恵まれなかった。小説の最後で寧子は「もう少し、あとに生まれたかったこと」と呟くが、彼女の求めた「ゆるやかな結婚形態」の楽しみは下の世代『小説　清少納言「諾子の恋」』の諾子に受け継がれる。

益田勝実によると、古代からすでに女には二つのタイプがあったという。何人もの男と関わる、あるいは関わらざるを得ない「宮廷の女」と、一人の男を惹きつけようとする「家の女」である。諾子はもちろん前者である。諾子は自分の才能を恃み、早くから宮仕えを希望していた。父の強い要請により世間並みの結婚もし子供も産んだが、結婚生活に執着はしていない。夫橘則光に他に通う女ができると、父の調達してくれた邸に移る。そして子供は母親方の家で育てる当時の習慣にあって、子供を父親方に預け、宮中で働くことを選ぶ。詩歌に関する知的遊戯に興じ、文学談義をする諾子。歌に興味のなかった夫則光では満たされなかった世界との出会いであり、夫に頼り、夫の顔色を見ながらの生活では叶わなかった生活の出現である。男との付き合いの範囲も大きく広がり、行成との関係に顕著なように、女と男の個人的な友情も成立させている。さらに夫婦関係を解消した則光とは兄妹のように付き合っていく。諾子の知識を試す斉信の挑戦に機知にとんだ返答をして宮中の男どもを感嘆させたこの出来事を、則光は「賢い妹」を持った兄として鼻高々に触れ回るのである。

紫式部の「清少納言こそしたり顔にいみじう侍りける人、さばかりさかしだち、真字書きちらして侍るほどもよく見ればまたいと堪へぬことおほかり」という批判や、定子に「香炉峰の雪はいかならむ」と問われて、「御簾を高く上げた」場面などから、清少納言はあまり才能はないけれど目立ちたがり屋である、あるいは才気煥発ではあるけれど自己顕示欲に溢れた女性であるというレッテルも貼られてきた。三枝はそんな清少納言像を覆すように諾子を感受性豊かな女性として表現している。その最初のエピソードが父清原元輔を驚嘆させた幼い娘諾子の、小野小町の歌解釈である。

思ひつつ寝ればや人の見えつらむ夢と知りせば覚めざらましを

恋歌として詠まれていた歌を、亡くなった母を恋う歌として詠む。しかも母恋しい思いを声高に語るのではなく、感情を秘めて解釈だけを父に伝えるのである。

いとせめて恋しきときはうばたまの夜の衣を返してぞ着る

諾子は「寝間着を裏返しに着て寝れば恋しい人の夢を見るというのは迷信」だと断言する。そして「その人の夢を見たさに、迷信でもいいから、と寝間着を裏返すから夢を見る」ので、「あまり一生懸命に恋しがってもいない人が裏返しても、夢なんかみ見ませんよね」と、父に解説するのだ。物事を的確に把握する論理能力と、人を一途に思う人間の情感をも汲み取ることのできる感性を併せ持った少女として造形されている。

枕草子でもそうだが、この小説でも諾子と強い信頼関係で結び付いているのは中宮定子である。定子と諾子は主従関係というよりも敬愛しあう女同士として描かれている。定子の戯れのような「ねえ、私のことを好き?」という場面が、象徴的だ。定子を喪った後の清少納言の生涯は詳らかではない。けれど諾子は定子没後に「枕草子」を執筆し、完成後は定子の墓守として陵近くの草庵に住んでいる。「枕草子」に描かれるのは没落していく中関白家ではなく、自由闊達で「精いっぱい愉しく生きる」明るい中関白家である。諾子は則光や棟世と結婚しているが、結婚を男だけとするものと限らないと考えれば、諾子が描いた宮中での定子との関係から定子と暮らしたその一角こそが諾子の結婚生活の場だったといえるかもしれない。『小説　小野小町「吉子の恋」』にも、女性同士の恋を認める女性が登場している。

『小説　紫式部「香子の恋」』での香子の結婚は「物語」を書きたいという欲求を成就するための不本意な成り行きの結果となっている。香子は客観的に物事を判断する冷静な女性として造型され、しかも物語世界がすべてである故に生身の男との恋はできない女性として設定されている。夫との関係も早くに途絶え、死後も独り身である。六十五歳の老齢の父為時が越後の守の命を受けて越後に赴くのも「なかなか男の世話にはならない」そんな娘の気性を熟知して、生活を保証する「財産」を残すためだという設定になっている。つまり香子は実家に守られ、好きな執筆活動を行なっているのである。『小説　和泉式部「許子の恋」』では、「宮のお邸へ行って、宮と毎日でも逢いたい」という許子の恋情に、年かさの侍女たちが口を揃えて反対している。「宮のお邸へ行くということは、結局、召使いとして宮に仕えて、夜のお勤めもする、惨めな境遇に甘んじることではないか」と。エッセイ集『光源氏と禁じられた恋』（一九九四年・廣済堂出版）では、当時の娘と実家との関係が次のように述べられている。

> 女性が実家に居て男が通って来るのを待つということは、女性にとって誇り高い生活だったのである。だからこそ道綱母や清少納言や紫式部は、それぞれの事情はあったにしろ、生涯実家を離れなかったのである。その点、和泉式部は恋のため、自分の誇りを捨てたと言えよう。
>
> （『光源氏と禁じられた恋』三七頁）

自分の邸を持ち、そこに男たちを自由に通わせること。それが「通い婚」の最大の魅力だと三枝は指摘する。さらに実家であるゆえに舅、姑の面倒を見なくてもすむ。晩年も娘が居れば日常生活の心配もない。『小説　小野小町「吉子の恋」』には、晩年を息子に引き取られて息子の家で過ごすことになる吉子の乳母の姿が捉えられているが、それは肩身の狭い惨めなものだと語られている。娘のいなかった吉子自身は侍女の娘を養女にして晩年を終えている。諾子と定子との関係とはべつの位相で女の〈家〉がつくられているのだ。また吉子は仁明帝、東宮、在原業平、僧正遍照らと恋をしたけれど、結果的に誰の夫人ともならなかった。許子とは異なり宮中にいても男を通わせる「自由」な女だったのである。

有元伸子は「小町変奏——近代文学にみる小野小町像の継承と展開——」（『近代文学の形成と展開』一九九八年・和泉書院）で、芥川龍之介「二人小町」、黒岩涙香「小野小町論」、中里介山「小野小町」、岡本かの子「小町の芍薬」、円地文子「小町変相」、三枝和子「小説　小野小町『吉子の恋』」を題材に小野小町像を分析している。有元は三枝の「小説」では小町伝説の定番である深草少将の百夜通いも、小町不具説も排除されており、それは作者の課題が「驕慢な美女小町が老後落魄したという伝説を壊すこと」にあったからだと指摘している。

「小説　小野小町『吉子の恋』」は、一見、時代の中に小町をおいただけの歴史小説に見える。だが、実は、千年以上にわたって脈々と継承されつづけてきた、驕慢な美女が老いて零落するといった内容の小町説話を排し、現在の研究で判明するかぎりの小町＝小野吉子の姿を描くのだという強い意志によって貫かれたテクストであった。一人の女性が、個として生きていった軌跡を、時代背景とともに描ききっており、近代の小町物の中で、一つの達成と言えよう。

まさにその通りといえよう。千年の「男の読み」を覆す、フェミニズム思想を具現化した作品なのである。

『女王卑弥呼』は、『血塗られた女王』（一九九三年・廣済堂出版）と『小説クレオパトラ―最後の女王』（一九九四年・読売新聞社）に通底する〈女王シリーズ〉の一冊である。歴史的には不分明な古代母権社会の内実を作家のイマジネーションによって具現させた作品である。

男に縛られない女性の象徴が「女王」である。『女王卑弥呼』で、卑弥呼は「どの男の子供も産みはしない。卑弥呼は卑弥呼の子を産むだけだ」と言挙げする。子をもうける時も、

「宿禰は、今年、幾歳になる」

「五十七歳でございます」

卑弥呼は微かに笑った。

「まだ、まぐわえるか」

「まぐわえます」

「それは、よかった」

卑弥呼は、まるで目が見える人のように伊支馬に近付き、その両手を摑むと強く引き寄せた。

（『三枝和子選集5』二〇九頁）


と、男の通いを待つのでなく、自ら働きかける。三十六歳の卑弥呼は一切の感情を排して「私は私の子を生もう」というのである。

女王シリーズで三枝は、王妃ではなく「女王」と名付けている。王の后ではない、ということだ。

もっとも女権／母権を体現する女王の君臨した時代は、いずれも一時的なものであった。『血塗られた女王』では、娘を殺した夫を殺したミケーナイの女王クリタイメストラは、父の仇として息子に殺される。まさに「母権」の奪略であろう。『小説クレオパトラ　最後の女王』では、ローマという家父長制度の社会に敗れたエジプト最後の女王の姿を描く。女王シリーズはいずれも武力を用いず「女の身体」を賭けて国を治めようとした「女の戦い」であった。ここに「男性社会」とは異なる別の社会の可能性が暗示されているといえよう。

(6) 女にふさわしい哲学を

三枝和子には、人間を他の生きものと異なる特別な存在とはせずに同じ生命体として考えていこうとする発想がある。生きものとしての感覚を重視しながら人間社会の在りようを見ていくという意識は、三十代になって丹波の山寺で暮らすようになり始めてから得られたもののようである。それまで西洋哲学を学んできた三枝は、山寺（五峯山光明寺花蔵院）での生活で様々な動物や自然と出会い、また仏典を精読する機会にも恵まれたことで生きものとしての動物からずれた人間の「歪み」が見えてきたようである。

エッセイ集『さよなら男の時代』に収録されている「自然に繋がって考える」や「摂理の中の猫たち」には、寺に棲む猫を通して「自然」につながり「共存と闘争の微妙な兼ね合いを、生きとし生けるものの摂理の具現」として認識させられる日常が語られている。自分の子だけを守ろうとするのではない親猫の行動に「自然の秩序によりよく添って生きている動物の姿」を発見し、自然の秩序に介入し過ぎる人間の行動に危機感をつのらせたりもする。生きものの種類は多様で、その生態や行動はさらに複雑であり、単純な比較はできない場合が多い。動物の行動から人間の「歪み」を指摘する三枝の論には矛盾や問題点もあるが、その矛盾に見えるものこそが数千年の歴史によって人間が「変形」させられた証だと、三枝は断定するのである。特に男と女の関係は、人間の行動を観察しているだけではその本質は見えてこない、生き物としての動物に還元してこそ分かる部分もあるというのが三枝の立場である。

三枝には、女は男との関係において社会的に理不尽な立場に置かれてきたという認識がある。そしてその理不尽さの由来はヒトが動物から人間になった過程にあるのだと考える。だからその由来を解明することで、数千年後かもしれないが対等な男と女の関係性を構築できるのではないかと、三枝は夢想し続けた。「女性原理」の確立や「女の哲学」の構築の必要性を説く言説は、自分の代では実現不可能な夢の実現の可能性を次代の女性たちに向けて送ったメッセージなのである。

三枝が、人間の行動の過誤を指摘する上で頻繁に引用するのが猫の行動である。山寺での猫との体験や見聞をもとにその生態や行動を、種を超えた「動物の本質」として強引に結びつけていく。そこからオスとは発情期にメスを求めて闘う生き物だという認識や、メスは「産む性」であり、子がひとり立ちするまで見守る「母性」的存在であるという認識も生まれた。もちろん発情期を失った人間は「動物の本質＝自然」を損傷（変容）した生き物で、その結果が文化や文明を生み出したという認識も持っている。

人類の今日までの営みのなかには、確かに他の動物と異なった何かがあって、それが文化となり文明となり、単に他の動物と共存する人類ではなく、他の動物たちを支配する人間の世界が築かれるに到った事実は否定できません。

そしてその殆どが男性の原理によって成し遂げられたことも否定できません。女性がそれに加わることがあっても、それは女性が男性の原理を会得して、それに参加したに過ぎないのです。

ただ、こうした人間の文化や文明が、長い歴史の過程で女性をも捲きこんでいくうちに、次第に単に文化や文明の域に留まらない働きを始めて、本来、産む性であった女性の性の領域にまでその作用を及ぼすようになります。男性の原理が、女性の性の領域に及ぼして来た現れは、その娼婦性であろうと思います。（「愛に関する男の責任」『さよなら男の時代』一八〜一九頁）

ここには、他の動物とは異なる人類（三枝は人類＝人間＝男性という意識で使用している。女性はより動物に近いものとして「女類」と見做す）の文化や文明が「男性の原理」によって形成されてきたこと、女性はその原理に巻き込まれてきた、という三枝の見方が示されている。「男性の原理」についての具体的な説明はないがエッセイ「自然に繋がって考える」のなかの「自然を分析し、破壊し、征服して行くことにおいて、その力を誇示」する「人間本位の思考」、という部分がその説明になろうか。それは既に述べた女性や子供を所有したいという男の願望にもつながっている。そんな男性の征服欲が女性の「産む性」という本質を歪めて、生殖行動とは無関係な性交渉を行なう「娼婦性」を現出させた、と三枝は考える。しかも三枝は「娼婦性」を否定するのではなく「娼婦性があるからこそ人間の恋が出来る」と肯定する。「娼婦性」を「男の原理」と一蹴せずに、女では思いつかなかった人間性として容認する。「種の維持という面白くも可笑しくもない厳粛な事実の真っ只中に遊びが導入されて来たことの豊かさを享受したい」と述べ、「恋」や「愛」といった観念は「動物の本質」を喪失した人間が獲得した「遊び」から生まれたものであり、動物と人間を根本的に分かつキー概念と見做していくのである。

三枝において「女性原理」の基本形は「母性」である。ただ三枝の「母性」観は独特である。多くの哺乳類のメスは受胎し妊娠期間を経て出産した後、子が自立するまでの一定期間を子の面倒を見て過ごす。その受胎から出産、子育て期をメスの「母性」と考えるのである。自己とは異なる「他者」を胎内に宿すという存在形態そのものが「受容」を表わす。それはまた「自他未分化」の状態でもある。一方、「母性」期以外の状態、すなわち受胎可能な状態を「娼婦性」と捉える。「娼婦性」の時期はオスを発情させる期間でもある。メスの本質を「母性」と「娼婦性」と捉え、その根本にあるのが「受容の原理」ではないか、と自身の論を提示し、そこに「女性原理」を示唆する。

しかし、動物のメスにおける自然の生態も、人間の女においては奇妙に歪んでいる。「母性」「娼婦性」ともに子孫を残すための動物の自然の営みだとすれば、出産と結び付かない生殖行為や子供を産んでも育てない母の存在など、人間の女は動物としての「自然」から逸脱している。動物のメスは「母性」の期間は他のオスを寄せ付けないが、女にはそんなことはない。「娼婦性」の期間にメスは、オス同士を闘わせ、その勝者とまぐわえばよいのだが、女の場合は女同士が争って男を得ようとすることもある。三枝は、それら動物とは異なる女の行動を「自然の本質」が歪められた結果だと見做し、女の「自然」の壊れを誘発したのが「男の征服欲（これは男の自然であり原理であると考えている）」だと推論する。そしてこの男の原理が男性社会を成立させ、女の自然を逸脱させてきたという大胆な仮説をギリシア神話にみていくわけである。

『男たちのギリシア悲劇』では、性欲と「男の征服欲」が、長い歴史の過程で女性と子供を所有し「結婚」という「制度」を生み出したという論が展開されている。それは論理の飛躍だという見方もあろうが、三枝なら「それが女の論理だ」と返すだろう。さらに「自然の摂理」から逸脱していく過程で生まれたのが、「恋」「愛」「恋愛」といった子孫を残すためにオスとメスを惹き合わせる装置ともいえる性欲から生殖に直接結び付かない異性を求める感情である。「恋」も「愛」も「恋愛」も、三枝は「男性社会」が生み出した観念だと考えていく。「女のつくる新しい恋愛を」（一九九二年一月『新日本文学』）の座談会で「自分が『いい男』だとか『強い』とか思わなければ生きていけない、（略）そういうオスの宿命が『恋愛小説』なるものをつくったんじゃないか」と語っているが、すでに「男社会がつくってきたものが恋愛感情」（一九九〇年二月『群像』）だと述べていた。ちなみに三枝は、生きものの本質に「生殖」を置くので、同性愛は射程外となる。あくまでも男と女の関係性に注目する。

ギリシア悲劇が成立した時代から二千五百年を経た現代、男と女における「性欲」と「恋愛」に関する意識の相違を、三枝は『恋愛小説』（一九七八年・新潮社）と名づけた小説において模索していた。この小説は「恋愛」は実体概念ではなく言葉（観念）に依拠するものではないのか、という三枝の疑問がモチーフになっている。「性欲」と「恋愛」をめぐる男と女の会話とそれぞれの想念が交錯する形で作品は展開される。作中に「恋愛小説」を書こうとしている男がおり、彼は「恋愛」について次のように語る。

純粋な恋愛は可能か。純粋な性欲、交合の快感があるとすれば、純粋な恋愛も可能だとする観点。行きずりの男と女のあいだにも交合の快感があるとするならば、いや行きずりの男と女のあいだにしか、本当に純粋な動物としての性欲はないとする観点。この観点を徹底することによって逆に純粋な精神性としての恋愛を書く。したがって決して肉体的な交渉にいたらない恋愛感情、というよりも肉体関係を我慢する恋愛感情を書く。相手の女との肉体交渉を夢想しない感情は恋愛でも何でもないから、ここのところを明確に押えておく。恋愛は肉体感覚をストイックに拒否するところにだけある。逆に性欲は精神が男女の関係のなかに入りこむことをストイックに拒否するものだということを片一方に見据えておく。

（『恋愛小説』四七頁）

ここには「性欲」と「恋愛」を明確に区別しようとする発想がある。「肉体関係を我慢する恋愛感情」という言葉から、動物とは本質的に違う「何か」が、「恋愛」という観点を通して見えて来るのではないかという予感を、三枝は「男」に語らせている。「肉体交渉を夢想」しつつも直接

「交渉」に至らない女との関係に、男は「恋愛」の純粋性を置く。肉体交渉を忌避した所に成立する男と女の関係、それは「動物」から「人間」になる過程を示す三枝理論を、象徴的に表わしたものともいえよう。さらに男は語る。

恋愛を書いている箇所では性欲が、性欲を書いているときは恋愛が、読者の意識の内部で動くことを期待して小説を成立さすこと。そうして全体の発想が「恋愛小説」であること。何故なれば「性欲」の実感は小説とは別の次元の世界で成立しているが「恋愛」の実感の成立する世界は小説の成立している世界と同質であるから。

（『恋愛小説』四七～四八頁）

生きもののオスとメスの関係からは遠く隔たった位相に人間の男と女が置かれている状態を三枝は問題にする。「小説」と「恋愛」が同義であるということは「恋愛」が実体概念ではないことを示す。三枝は性欲や発情を「恋愛」という観念にまで高めたのは男性の思想だと評価してきた。長い歴史を経て女も男の「恋愛観」を身体化してきた。男の論を聞いている女の「私」は、次のように反応する。

私は終始目を閉じたまま男の喋るのを聞いていた。（略）男の誕生日に出会った、あの最初の夜のことについて考えていたのだ。あのような懐かしさを、私はこれまでつきあったどの男にも持たなかった。それが不思議だった。しかし決して恋愛ではない。あくまで肉体に対する執着だ。あるいは肉体の醸し出す雰囲気に対する執着といった方がもっと適切かも知れない。

（略）

男の物腰にはまだ生活の翳は滲んでいない。しばしば男にとってその逞しささえある生活の疲れがない。清潔だがどことなくひ弱く脆い。私はその脆さのなかに惑溺して、一緒に静かに揺れている。すると、それこそ、男の言葉ではないけれど恋愛小説のなかにいるような、一種甘美な情感が湧いて来る。目的も結論もない、理由も根拠もない、ただ甘美であるだけの世界。

（略）このあとは、もう身体の関係は持たなくていい、いや持たない方がいいのではないか、とそんな気さえして来る。

（『恋愛小説』四八〜四九頁）

女はすでに「母性」も「娼婦性」も消失しているように造型されている。動物のメスは「ひ弱く脆い」オスは選ばないのであろうが、人間の女はそんな男に惹きつけられもする。「目的」も「根拠」もない男と女の関係をつなぐのが「恋愛」だと、女は見做している。男と女には微妙な「恋愛」に関する認識の違いがある。男は肉体に執着しつつも肉体の交渉を「我慢する」という求道者的な立場から恋愛を語るのに対して、女は「あくまで肉体に対する執着だ」と感じているが、「もう身体の関係は持たなくていい」とも語っている。男の「我慢する」という求道者的な恋愛観に対して、女の「恋愛小説のなかにいるような」「目的も結論もない、理由も根拠もない、ただ甘美であるだけの世界」「もう身体の関係は持たなくていい」という恋愛観。男の語る「恋愛」と女の語る「恋愛」は一見異なる位相にあるようだが、共に直接的に肉体を介さない「関係」が求められているといってもよい。その「関係」を媒介するのが想念であり、言葉である。三枝が「恋愛」にこだわるのは、それが「言葉」と「想念」から成り立っているからであろう。「恋愛」に関する男と女の捉え方の相違。男の思想に対抗する「女性の思想」の確立にもこだわってきた三枝は、そんな微妙な相違を解き明かすことで「女性原理の思考方法」を導く鍵を見つけ出すことも出来るのではないかと考えたようである。「女性原理による思考方法の確立を」（一九八五年一一月『早稲田文学』）でも述べられているように、女性作家の小説に対する男性評者の無理解、すなわち価値観の相違も「女性原理の思考方法」を促すきっかけとなっている。

近代の「恋愛」は、自我をもった対等な男女の関係を示すべきものとして捉えられ、そんな男女の自我と自我のぶつかり合い、関係性を表わしたのが「恋愛小説」と考えられてきた、というのが三枝の「恋愛」に関する歴史認識である。それは社会制度によっても影響を受けるが近代においては男性作家によって定義されたもので、女性もいつしかその認識を受け入れてきた。もちろん自身も、と語る。しかしそのような認識で書かれたはずの小説を読んでいくと、必ずしもそうではないという思いがある時期から兆し、男性の描く恋愛小説に違和感を覚えたという。

そんな違和感から生まれたのが日本の文豪と言われる男性作家たちの「恋愛小説」を批評した『恋愛小説の陥穽』である。ここでも三枝は「男性作家の描く『恋愛小説』は、本質的に女性を観ていない、観ていないのに、と言うか、観ることができないにもかかわらずと言うか、作家自身が、あたかも女性を観ることができるかの如く書いている作品に出会うと、どうしても違和の感を持つ」と述べている。この評論集は、この違和をモチーフに「これまで自明のこととして前提されていた男と女の関係に照明を当て直し、この前提の上に築かれて来た男性側からの芸術や文化」に対して見直しを迫ったものである。そこで批判されるのは「巨匠たちが男性優位社会の歪みのために、無意識の領域でおかしている過誤や矛盾」である。

三枝は、ひとまず恋愛を「自我を持った男と女の対等な関係」として捉えるが、男と女の「自我」の構造を同質のものとは考えていない。この評論集は男性の認識を問題にしているので、女性の立場については深く考察されていないが、「女性は恋愛において、男性のように意識的ではない」「自分でありながら自分でないものの力（それが子供ということだけれども）に動かされて、それが自分からの要請でない故に無自覚に男を求める」のだという。恋愛において「意識的な男」と「無自覚な女」というのは三枝の観点であるが、文豪たちはあくまで「対等な自我を持った」男と女の関係を恋愛として描こうとした、と述べる。しかし彼らの描く「恋愛小説」は、「女性と対等の精神の交流を望む発想をしているつもりでいながら、実は男女の関係を上下の関係として表現してしまっていることに気付かないタイプ」と、「徹底した女性蔑視が女性の肉体への執着ないし渇仰の形にすり替わって表現されるタイプ」に大別できるという。「陥穽」とは、そのような男性作家たちの意識の構造を指す。まず俎上に乗せられたのが漱石である。

「漱石の過誤」では、近代文学の男性作家の中では女性の自我の問題にも触れることのできた稀な作家だと評価しているが、その漱石でさえ女の自我を嫌忌し、男のプライドを中心にしてしか「恋愛」を描けなかったという。男と女の「上下関係から来る歪みを自覚」しつつ、結局、「男女の上下の関係の外へ出る発想ができなかった」。「隷属関係」をそのままに対等という意識で「恋愛至上」を描いた、とその過誤を指摘する。

「谷崎の矛盾」では「フェミニストを自称しながら、その精神構造において根本的に女性蔑視であった」「谷崎の場合、女性を上下関係でしか捉えられない」ゆえに「恋愛」を描くことは不可能であったと裁断する。

「太宰の逃避」においても、作家は女を対等に扱っているつもりだが描かれているのは「女性を甘く見た甘えの構造」であるという。しかも太宰に「女が、男より一まわり小さな存在でなければ落ち着かない男性作家」の像を見ており、そんな作家には「恋愛小説」は書けないのではないかと述べている。

「川端の傲慢」では、川端の小説においても女性は「一段低い地位にいる人間として扱われる」が、そもそも川端は「枠組みとして女性を対等に扱ったり、あがめたりする立場にはおかない」作家だと述べる。そういう意味で川端には「恋愛小説」と呼べる作品はないのではないか、「川端の恋愛小説はすべて、征服者と奴隷の関係が大筋」だと指摘する。

「荷風の逆説」では、「恋愛」を「男と女の関わりのなかで、何らかの精神の領域に踏み込むもの」と捉えると、自分だけにしか関心のない男を描く荷風の小説に「恋愛小説」はない、と断定する。しかも荷風が相手にした女性たちは「対等」にはなり得ない「売春婦」たちであった。

「秋声の破綻」でも、秋声は荷風同様、女との間に「精神」の交流はなかったのではないか、と指摘されている。登場人物である男女の間に「情痴以外」の「精神の領域」が認められない、という。それゆえに「恋愛小説」と呼べる作品はない、と見做されている。

以上の六人の作家たちは男性優位の思想に絡め取られていて、その結果「過誤」を犯しているわけだが、後半で論じられる三島由紀夫や武田泰淳、石川淳には、その「過誤」が認められないという。しかし「恋愛」が近代的自我のぶつかり合いとするなら、三者とも奇妙な逆説を内包しているという。

「三島由紀夫の二重構造」では、ホモセクシャルな傾向があった三島は、恋愛を描く時、「恋愛関係において、女性がへりくだることを徹底的に忌避」していたと述べられている。「女性はいつも誇り高く、男性に対して無慈悲」な存在として描かれるという。

> 恋愛の醜い部分とは何か、それは女が男の意を迎えようとしてへりくだることであり、男が女を得て満足することである。このとき三島由紀夫は通常の恋愛を蔑視する形で、男女ともにその在りように嫌悪を示すので、女性の読者は奇妙な公平感、平等感を味わうのである。
>
> （『三枝和子選集6』一〇一頁）

三島の描く男女の恋愛は、女性の望む、あるいは女性作家の想定する恋愛に近い世界を示しているといえるのであろう。三島は「男と男の愛が肉体的で、男と女の愛が精神的」だと、通常とは逆転した位相に男女を置く。しかしその構図では、肉体と精神につながる男女の関係性という「恋愛」を描くことは不可能なのである。

「武田泰淳の虚無」で、泰淳も「恋愛小説」不可能性の作家として取り上げられている。泰淳の場合は仏教の平等観が「恋愛」の成立を妨げるという。「〈衆生の共有物である男〉と〈衆生の共有物である女〉」の間では、男性が女性を支配し所有するという関係はないが、その恋愛は「共有の観念が基礎におかれている」ゆえに「近代的自我」を伴わないと指摘する。「近代的自我に依拠しない」という意味において、そこでは一対一の男女の関係は成立しない。ゆえに「恋愛」や「恋愛小説」は、「崩壊」していると見做される。

「石川淳・原型への渇仰」では、石川淳の小説の「その恋愛形態は、古代のそれ、原始の男女として描かれる。原始の男女というのは、古代の女性中心の社会の影を負っているから、しばしば女性の積極的な働きかけとして描かれる」と指摘する。そこは、男性優位ではない「女性的な原理の支配する世界」だと三枝は捉える。石川淳が描き出したのが「原始の男女」なので、当然「近代的自我」は存在せず、「恋愛」や「恋愛小説」も存在しないということになる。

武田泰淳や石川淳の小説の分析結果からも明らかなように「女性原理の支配する世界」に「恋愛」や「恋愛小説」が存在しないとするならば、「男性の発想に合わせて物事を考えていく姿勢を取り続けるのならともかく、女自身の考えかたを突きつめて行くと、そもそも女流作家の書く男と女の関係小説は、恋愛小説にはならないで、恋愛不可能小説になるのではないか」という三枝の見通しは、肯定的に結論づけられたことになる。さらに「結『ノルウェイの森』と『たけくらべ』」

では、社会的規制のない男女のフィフティ・フィフティの関係が描かれている一方で、女に執着しない男の登場する『ノルウェイの森』も、もはや「恋愛小説」とは呼べないだろうと語る。そして「別の規定」の必要性を説いて論は閉じられる。男と女の根源的相剋を鋭く読みかえるこの評論集は、通常の知の論理を覆す楽しみにあふれている。さらに新しい「恋愛」や「恋愛小説」の定義を、読者に委ねるのである。

三枝和子は女性の批評の必要性を語り続けてきた。社会における価値観を決定してしまうこともある批評の力。女たちはこれまで違和感を抱きつつも男の作り上げてきた価値観を必死に自分のものにしようと努力してきた。しかし違和感は付きまとい、女性の論理に則った批評の重要性を痛感していく。女性作家四一名による『テーマで読み解く日本の文学（上・下）』（二〇〇四年・小学館）は、これまで男性の手によってつくられてきた日本の文学史を、女性の視点から読み直したらどうなるか、見えなかった部分が見えてくるのではないかという、大庭みな子と三枝和子の強い思いから生まれた。その企画段階で「批評の力」を全面的に主張したのは三枝和子であった。

三枝の「批評史という視点から」（『テーマで読み解く日本の文学（下）』）には、三枝が最初の文芸批評と見做す俊成卿女の『無名草紙』から世阿弥、本居宣長、坪内逍遥などの文学論が紹介されている。そして最後に女性の批評の可能性が内包されていると取り上げるのは生田花世の批評集成『近代日本婦人文芸・女流作家群像』である。

三枝は、花世の「私は、私たち女性の中からすぐれた人の出るほどうれしいことはない」「私がしないことを他のすぐれた人がしてくれる！　これをよろこびとしたいとおもつてゐる」という言葉や、「人は傷つけたくない、しかしウソはいひたくない、ホントのことはいひたいが、苛烈にはなりたくない、そんな風に思ひつ丶書いたためのヂレッタイ言葉。（略）いい批評家は意地がわるいほどよい。だから私のこの批評は、はがゆいものかもしれない。全女流作家への圧倒的否定批評さういふものの中に真実はより多いかもしれない。しかし、私は、その『人』ではない。さういふ人は他日現れてくるであらう」（「女流文人個人評」）、という言葉を評価する。

生田花世は、ここで、ある意味で自身が批評家失格であることを告白しているのだが、そんなことはない。彼女の言う「圧倒的否定批評」ばかりが批評ではない。もし、フェミニズム批評というものがあるとしたら、彼女のように親愛の溢れた批評がその本質かもしれないと思うからだ。それは「圧倒的否定批評」が提起することのできない、別の価値を読者にもたらしてくれるにちがいないのだ。

（『テーマで読み解く日本の文学（下）』五〇六頁）

ここで述べられていることはそのまま三枝の批評方法とも重なる。男性の批評家に多いと思われる「圧倒的否定批評」に対して、三枝は女性の原理として繰り返し「受容の論理」を語ってきた。『女の哲学ことはじめ』で、女性哲学の可能性として「受容的自他関係」を打ち出していくのだが、それは女性批評の一つの方法として「別の価値」を読者に提示するものでもある。

三枝は、プラトンが登場する紀元前四〇〇年頃に人間の哲学、すなわち「男の哲学」が始まったと考えていた。そして二千年を経た男の哲学はヘーゲルで頂点を迎え終末に向かいつつあると。それと軌を一にして西欧的な知の体系に疑問を投げたフェミニズムが起こり、現在は「女の哲学」を作り出す時期に来ていると想定していた。「女の哲学」とは何かという核心的な問いを立てて、その問いに手探りの状態で答えようとしていた。『女の哲学ことはじめ』は、その一つの解答である。
『女の哲学ことはじめ』でまず検討されるのは、男の思考方法と女の思考方法の相違である。現在の男性優位社会成立の起源を男性の哲学者の思想を究めることによって、それとは異なるだろう女性の哲学の端緒を見出すことができないかということである。三枝がまず立ち向かったのが、その相違を明確にすることだった。多くのエッセイや評論などで何度も述べられていることだが、他者を否定して自己を確立すること、自他を明確に分けること、それが男の発想の基本だという認識が示される。それに対して女の思考方法の基本に「同一性」を置く。

私は自分のアイデンティティなどというものを、それ程強く意識したことがない。それ程強く自分に対抗する他者というものを意識したことがない。むしろ自分と共感できるもの、自分と和して響き合うものを求めて書いている。自分と他者の区別の失くなった場所からの声を聞こうとしている。

（『三枝和子選集6』二〇〇八年・一六二頁）

三枝は、他者と対立するのではなく肯定的な繋がりに女性の本質を見ていこうとする。さらに「女性の自己確立は他者を自己と同じものとして容認するところに成立する」とも語っている。しかし、三枝のこうした一連の発言には批判もある。富岡多恵子は、三枝、上野千鶴子と行なった鼎談「男が変るとき」（一九八五年一一月『新潮』）で、「同一化しやすい場合に陥る一つの落とし穴は、これは同一化ゆえの安易な全体主義なんですよ、それが怖いんです、私は。ファシズムが怖いんですよ」と述べている。「同一性」は他者との関係を閉じてしまう体系として、あるいはファシズムへ向かう道として危惧されている。「同一性」は三枝の「女の哲学」の基本型であるが、「女の哲学」を検討していくうえで最も留意しなければならない問題でもある。

もちろん三枝は「区別性」についても論じている。しかしそこでもあくまで女の思考方法の確立に立脚点があるので、メスの受胎から授乳に続く「生物学的必然」にその根拠は求められている。受胎から出産、子育てという「自己のなかから他者を生み出すプロセス」に「区別性」の「根拠」は置かれ、女の思考方法の「根拠」も置かれるのである。

次に検討されたのがボーヴォワールの「哲学」である。女性の哲学を構築した第一人者といわれ、三枝自身もボーヴォワールの功績を充分認めているが、「ボーヴォワールはまだ女の哲学を生み出してはいない」というのが三枝の視点である。三枝は、「男性思考の極み」である実存主義の思想に立脚した論、超越的、絶対的なものへの志向、女性性としての受容性と母性の否定といった観点からボーヴォワールの「哲学」を問い返していく。「『超越』的な『主体』」から発せられる「詩的言語」と格闘した富岡多恵子や高良留美子、永坂田津子ら詩人の営為をはじめ、西欧哲学を享受してきた自身への自戒の念も踏まえて、ボーヴォワールにおける「男性思考の罠」「西欧思考の罠」「女性否定の罠」が明らかにされていく。

ここで三枝が使用しているテキストは生島遼一訳の『第二の性』（一九五三年〜五五年・新潮社）である。一九九七年には中嶋公子・加藤康子監訳による女性たちの翻訳『決定版　第二の性』（新潮社）が刊行されている。男性訳と女性訳の比較検討から三枝論を見直していく作業も私たちに残された課題であろう。

女性の哲学の可能性は、男性哲学の太祖プラトンを軸に男性哲学成立の道筋を追う形で探求される。プラトンの最大の功績は「子ども」を肉親という関係から切り離したことである。それは三枝が女性原理の根本におく「母性」否定にも繋がっていく。自身の身体から生み出されるわけではない「子ども」を、自身の子供として男が認めて親となった時、男性の思考方法の原点「抽象性」が生まれた、というのが三枝の認識である。ここでは目に見えないものを創出する男の能力（言語の創出とも相俟って）を「本能と哲学」「抽象と徳」「法と共同体」という観点から分析し、その結果「女性原理」が捨象されていく過程が明らかにされていく。

三枝はプラトンを否定しているわけではなく、あくまでもそこに「男の論理」を見ようとするのだ。『午睡のあとプラトーンと』（一九九八年・新潮社）では、現在の作家カズゥコが時空間を自在に往還する「女の論理」を駆使して古代ギリシア社会に入り込み、古代ギリシア社会の状況を紹介しつつプラトンを囲む女嫌いのアリストテレスをはじめとする男たちのシュンポシオンの様相を伝える。男と女の哲学が、哲学と小説が交錯する、新しい「哲学／小説」である。

最後に「女の哲学」の要素だと三枝が措定する「内在的自己関係」「分離的他者関係」「受容的自他関係」についての説明がなされ、「個」「主体」「超越」といった男の論理から最も遠い「受容」

「未分化」という概念が打ち出されていく。しかしここで重要なのは「内在的自己関係」「分離的他者関係」「受容的自他関係」と論が展開されていっても、それが「論理の深まり」を意味しないことだ。

女性の哲学は、男性の哲学のように体系樹立を目指すものではないからである。体系の樹立ではなく、むしろ、場の提起といった思考形態を採って、拡散して行く性質が女性の哲学の特色ではないだろうか。（略）
思考の動きは時間の秩序に従って展開されるのではなくて、しばしば空間を恣意的に往来するだけである。
（『三枝和子選集6』三三六頁）

「拡散」していくだけで体系化することのない「思想」を果たして「哲学」と呼べるのだろうか。三枝の「女の哲学」は、現代という男の時代へのパラドキシカルな問いかけであり、果敢な挑戦状として私たちにつきつけられている。

2　大庭みな子の文学を中心に

大庭みな子の『三匹の蟹』（一九六八年・講談社）や『ふなくい虫』（一九七〇年・講談社）、『浦島草』（一九七七年・講談社）などの作品には、実存のあがきともいえる声が響いている。とくに「三匹の蟹」（一九六八年六月『群像』）、「虹と浮橋」（同年七月『群像』）、「構図のない絵」（同年一〇月『群像』）、「蚤の市」（一九七〇年一〇号『文藝』）には、抑圧するものもなく物質的にも満たされていながら、居場所がない、他者との親密な関係が築けない、と実存の危機を感じる女性が登場する。登場人物たちの誰にも本当のことが言えない、誰も分かってくれない、というわめきや叫びは、既成の秩序に収まりきらない自我の表出ともいえる。そこには一人の女性／人間として、男性／他者との自由な関係性を願う「私」が表現されている。

大庭は「異質なもの、文学と政治」（一九七五年『人間の世紀　第五巻・政治と人間』潮出版社）のなかで、「文学」について次のように記している。

文学は生命を謳歌できるような理想的な社会を夢み、欺瞞に満ちた社会に我慢がならず、反抗的であるために恣意的になる。文学とは現状に満足できない、はみ出した非社会的なものであるか、あるいはこうした認識の上に立った慰めか、現存する社会とは無関係に自分の夢想を描いた幻覚の世界であるか、いずれかである。

(『大庭みな子全集　第8巻』五四八頁。以下引用は日本経済新聞出版社版による)

その一方で、「現実の状態の本質を見ぬけない限り、文学は生まれない」とも述べる。神に反逆したシジフォスの例をあげて、シジフォスは神に「突きおとされつづけるが、反逆すること自体が生きる方法なのである」と語り、「文学が政治に対する永遠の反逆であるというならば、それは文学が新しく生み出される矛盾への人間の予感だということである」と述べ、自身もまた反逆する側に与することを明らかにする。『野草の夢』(一九七三年・講談社)には、書くことが「わたくしにとって生きつづける方法」ともあり、文学と生きることの関わりが綴られている。

初期作品の女性主人公たちは、自己成就を阻む現代社会の在りようをシニカルに語る主体として表現されている。そこには既成の価値観に異義を唱えてきた大庭自身の思想も反映されている。日記風エッセイ集『魚の泪』(一九七一年・中央公論社)には、十年余り暮らしたアラスカ州シトカから日本に戻ることを決意した心境を「自分の思うように、生きよう、と心に決めたからなのです。偶然つかんだ居心地のよい場所に根が生えてしまうと、ひとはつまらない退屈な言葉で、自分の立場を用心深く守ることとしか言わなくなります。」「わたくしはそんなふうになりたくない。わたくしは生涯放浪する魂を持ちつづけていたい」(傍点引用者)」からだと語っている。

『ふなくい虫』や『浦島草』で描かれる奔放で近親相姦にもこだわらない女性や鋭い文明批判を

展開する女性は、シジフォスの例に倣うなら社会制度に〈反逆する性〉といえるだろう。その反逆する声は大庭文学に通奏低音のように流れ続けているが、『霧の旅　第Ⅰ部・第Ⅱ部』（一九八〇年・講談社）の作品を境にその声は微妙に変化していく。八〇年代の代表作『寂兮寥兮』（一九八二年・河出書房新社）においては、社会との関係、他者との関係がより柔軟に捉えられ、男と女の関係性はより自在になっている。ここでは作家自身の声も聞きながら、関係性の変容について『三匹の蟹』『浦島草』『寂兮寥兮』を中心に考えていきたい。

（1）反逆する精神

「三匹の蟹」は一九六八年に群像新人賞と芥川賞を受賞した。『群像』の選評（一九六八年六月）で、江藤淳は「作者の才気と才能は曾野・有吉以来の大型女流作家の出現をうかがわせ、しかも未知数のすご味をただよわせている」と述べ、野間宏は「日本文学の〈世界文学のという言葉を当然使ってよいのである〉もっとも上質の作品群のなかの一つ」と評価した。芥川賞の選評では否定的な意見もあったが、川端康成は「このような小説が現在世界の方々にあることは誰も知っているが、これほど形に現した小説は、まだ日本であまり見ないようだ。それだけでも芥川賞に価する。才能もある。自重して進めば、おもしろい作家になる」と、大岡昇平は「その流動的な文体と、ソフィストケイトされた会話に、いいようのない魅力がある。否むことの出来ない才能の刻印があり、これも逸するわけには行かない」と、三島由紀夫は「『三匹の蟹』は、最後の二行が巧いし、短編として時間の錯綜する構成も巧い」と、井上靖は「この作品に見る文学的資質は相当なものであり、はっきりと設定した主題に向かって、細部にわたって一つ一つ効果を計算しながら書いて行くところはみごとである」と、多くの賛辞で迎えられた。

「三匹の蟹」は自分の家で開かれるブリッジ・パーティを抜け出して、アラスカ・インデアンの民芸品の展覧会場で知り合った桃色シャツの男と、海辺の宿「三匹の蟹」で一夜を過ごした主婦由梨を描いた小説である。時代はベトナム戦争が進行していた一九六〇年代。場所はアメリカの小都市。パーティに集まるのはアメリカ各地やヨーロッパ、中国、ソビエトなどから移住してきたらしい人々である。由梨がパーティを抜け出すのは、最小限の礼節を守り、パーティ用の洗練された会話を話すが「誰にも本当のことを言えない」関係にうんざりしていたからである。もちろんパーティに出席する様々な国から来た客たちは辛辣な言辞も呈する。ベトナム戦争について「ヴェトコンのからだの一部を切りとって戦利品代わりに持って帰ることが流行っているそうじゃないか」とか「電気椅子送りにならずに、人殺しとか強姦とかいう男の夢をはたせるんだしな」などと。しかし会話はあくまで現象を述べるだけに止められている。自分の立場を主張しない、善悪の是非を問わない、「本当のこと」を言わないという前提で話されるのである。

無意味な言葉の応酬を繰り返すパーティの雰囲気が、オールビイの戯曲「ヴァージニア・ウルフなんて怖くない」や、ベケットの「ゴドーを待ちながら」を連想させるとは、『群像』の江藤淳の選評をはじめ多くの評者が指摘していることである。ちなみに「三匹の蟹」が発表された一九六八年には、アップダイクの『カップルズ』（一九七〇年・新潮社）も刊行されている。ケネディが暗殺された一九六二年を舞台としたこの小説には十組のカップルが登場する。彼らはベトナム戦争やアメリカの抱えている政治問題より、身近な日常の出来事にしか興味が持てない。『カップルズ』に描かれる満たされた生活の中で目標を見失った人々の倦怠感は、医師の夫に十歳の娘、辛辣だが知的な友人たちに囲まれ、物質的には恵まれた生活を送っていながらも満たされない思いを抱いている由梨の閉塞感そのものである。饗庭孝男は「荒野の抒情—大庭みな子論—」（一九七二年五月『三田文学』）で、話の空虚さが究極的には人間存在そのものの空虚さにつながると論じている。

当時「三匹の蟹」が話題になり多くの人に支持されたのは、夫、子供、友人に囲まれ、経済的に十分満たされていながら自分を囲む周りの人間たちとの間に精神的つながりを持てない一人の女の内面を描くことで、時代の精神的荒廃を鮮やかに浮き彫りにしていた点にある。そこには精神の孤独を抱えた者たちが、孤独を癒す他者との関係を求めながらも果たすことのできない様相が捉えられていた。由梨の閉塞感からの逃亡は自宅のパーティをボイコットするというささやかなものである。無意味な言葉を嫌悪しつつも夫や娘に当り散らす言葉のなかに時代の閉塞感は確かに捉えられていた。だが存在の空虚さは、さらにその後に訪れるのである。

言葉の通じなさ、心の通じなさに嫌気がさしてパーティを抜け出した由梨だが、やはり他者との出会いは求めていた。展覧会場からまとわりついて来た桃色シャツの男に内腿を触れられながら、由梨は「男は女に飢えては居なかった。ただ、そうすることを愉しんでいた。男の感じている虚しさと哀しさは由梨に伝わって、其処で優しい和みのようなものになった」と、感じる。小説の最後は「『三匹の蟹』は海辺の宿にふさわしい丸木小屋であった。そして、緑色のランプがついていた」

と閉じられる。彼らが宿に入ったかどうか明確に示されてはいないが、最後の場面は冒頭の男と一夜を共にした後らしい翌日の、一人でいる由梨の姿につながる。「三匹の蟹」は次のように始まっていた。

海は乳色の霧の中でまだ静かな寝息を立てていた。藺草《いぐさ》のような丈の高い水草の間では、それでももう水鳥が目を醒ましていて、羽ばたいたり、きいきいとガラスをこするような啼声を立てていた。灰色の汚れた雪のような鷗はオレンジ色のビイ玉のような眼をじっとこちらに向けて横柄に脚で砂を搔いてはぷい、と横を向いた。

（『大庭みな子全集　第1巻』二〇六頁）

鷗が「ぷい、と横を向いた」と感じることは由梨の荒涼とした内心の情景でもあろう。男からも自然からも拒否された由梨の姿といえる。それはまた由梨だけの問題ではなく、自然や動物と同化した生活感覚を動物とも人ともつかない面《マスク》に表現して自然と人間の溶解した関係を表してきたアラスカ・インデアンの信仰が、展覧会会場で展示される状況とも重なり合っている。さらに由梨の現金を盗んだかもしれない桃色シャツの男が、トリンギットの末裔と語られていることも皮肉なペーソスに満ちている。

水田宗子は「すでに性の冒険が意味をもつことはありえず」「性そのものが存在の意味を喚起する力をすでに喪っている」と指摘し、由梨は「性的不毛の世界に一人立つヒーローである」（『ヒロインからヒーローへ』一九八二年・田畑書店）と述べている。磯田光一もまた「三匹の蟹」の世界を「虚無と倦怠の底にある悲哀が、『解放』の果てにおとずれる悲哀として無限に循環をつづけることを暗示している」(『戦後史の空間』一九八三年・新潮選書)と指摘している。

ところで、「三匹の蟹」の由梨の前身と考えられるのが「構図のない絵」「虹と浮橋」「蚤の市」のサキである。この四作の舞台は一九六〇年代のアメリカで、それはみな子がアラスカ・パルプの技師となった夫と共にアラスカ州シトカ市で暮らした一九五九年から一九七〇年の時代と重なる。大庭みな子の自筆年譜(二〇〇四年『寂兮寥兮』講談社文芸文庫)によると、シトカで日本語教師をしたり、アメリカ大陸横断の旅に出たりしながら、一九六二年から六三年にかけてはウィスコンシン州立大学の美術科で、六七年にはワシントン州立大学美術科に籍を置いたという。また一九七二年に連作『青い落葉』として講談社文庫に纏められる「構図のない絵」と「虹と浮橋」は、六二年と六七年に書かれたものという。「蚤の市」を含めた『青い落葉』の作品世界は大胆に抽象化、寓話化されているが、大庭みな子のアメリカ大学体験が背景になっている。

『青い落葉』は男尊女卑的な日本の風土に反発してアメリカに渡りW州立大学大学院で美術を学ぶ日本人女子留学生森田サキの異性との関係を通して、一九六〇年代のアメリカの大学の状況を描出する。サキはアメリカにおいても反抗的な女子学生と見做され、男性に屈辱的な扱いを受ける。自由な生き方を容認してくれる場所など何処にもないと観念したサキは、

あんまりたびたび唇の中の《畜生め!》っていう言葉を唇の外で《もっともでございます》っていう台詞にすりかえなきゃならないのだとしたら、放り出されて浮浪人になりましょう。

（『大庭みな子全集　第1巻』三〇七頁）

と叫ばずにはいられない。「浮浪人」とは必ずしも異郷を彷徨う者のことではない。大庭みな子は、良識や常識や人種や国家という枠に縛られない、「身動きできないものの中に自分を閉じこめてしまわない」（『魚の泪』）精神の持ち主のことだと語っている。サキが体現しているのは、六〇年代のアメリカの若者文化を形成したヒッピイの思想と縛られることのない魂であろう。

一九六〇年代のアメリカは、驚異的に経済が成長した後に起こった公害や自然破壊という問題が表面化し、加えてベトナム戦争の泥沼化という繁栄と滅亡が共存した時代であった。ベトナム戦争は、繁栄するアメリカ社会に様々な問題を投げ掛け、そこから文明の発展を拒否し、既成の価値観に従属しないヒッピイと呼ばれる若者たちが登場した。学生運動に連なるニューレフトが過激な社会変革を目指し、あくまでも社会参加を標榜していたのに対して、ヒッピイは「社会に参加すること」そのものを希んでいなかった。彼らは既成の男女・夫婦という枠組みを設定しない、ゆるやかなコミューンを形成した。大庭みな子はヒッピイに親近感を持ち、「しかつめらしい結婚制度だの、立派な大義名分のある戦争だの。そういうものをおしいただくのが人生の栄光だというのなら、おれたちは敗残者になろう」（「ヒッピイの行方」一九七一年四月『群像』）と、彼らの主張を代弁する。

個を束縛する国や組織や共同体に対する激しい嫌悪感や憎悪、そして絶望感は『ふなくい虫』に顕著である。強固な社会秩序や制度のもとで自由な他者との関係を求めながらも、常に一枚の壁を隔ててしか関わりあうことのできない人間の孤独がラディカルに表現されている。優秀な腕を持ち

ながらもぐりの堕胎医として生きている「彼」に、

「ぼくは法と秩序というのが虫酸が走るほど嫌いなんだ。おそろしい腐敗菌がぶくぶくと泡立っているのは、きまって法のいきとどいた、秩序正しい世の中の床の下なんだものね」

（『大庭みな子全集 第1巻』四〇九頁）

と語らせている。彼は「自由」な人間はなにものにも束縛されてはならないと考える主義で、子供を持つことも「自由」を疎外することだと主張する人間である。彼の発想は、子供を産むことを女性の自己決定権として認めさせようとした六〇年代「ウーマン・リヴ」の運動とも連動している。「三匹の蟹」が発表された六八年、ローマ教皇パウロ6世は人工避妊の禁止を明確に打ち出したが、それは多くの反発を受けた。反発は産むことに関する女性の自己決定権の問題以上に、二〇世紀の文明が引き起こした先進国と発展途上国との経済格差が人口増加と食料不足を生み、先進国の最貧層や発展途上国の人々を死へと向かわせるという構図を隠蔽したまま「人間の生命」の尊厳を説いたところにある。「三匹の蟹」の中の「二十世紀では妊娠は稔《みのり》の象徴ではなくて、不毛と、破滅の象徴だ」と語られる言葉は、そのような時代状況への痛烈な批判といえる。『ふなくい虫』における良識や秩序に対峙させた近親相姦やフリーセックス、出産拒否といったアモラルな行為も社会の欺瞞性を暴く装置といえよう。『ふなくい虫』にはミサイル実験で虐殺されたあざらしの話も挿入されている。さらに出産にまつわる凄絶な死も描かれる。性的にも文化的にも人間の〈欲望〉が否

定的に表現されている訳だが、自身も堕胎の失敗で死ぬ「女主人」が語る

「子供は突拍子もないことを考えつくから、唯一の可能性よ。子供は役に立たないことを、それでいて、世の中がぱっと輝くようなことを考えつくわよ」

（『大庭みな子全集 第1巻』三七五〜三七六頁）

という言葉からは、人間に対する憎悪ばかりでなくかすかな希望の声も聞こえる。それはニヒリストでありながらロマンチストでもある大庭みな子の声ともいえようか。「女主人」の意思は『浦島草』の夏生に引き継がれる。

ところで「妊娠」を「不毛と、破滅の象徴だ」と見なす発想には、原爆後の広島市に救援隊として動員された一四歳の大庭の体験も影を落としているだろう。「その時見た言語に絶する原爆の惨状は、生涯つきまとってはなれない、くり返し無意識的に浮かぶイメージ」（「自筆年譜」『寂兮寥兮』講談社文芸文庫）となり、大庭文学を貫く核となる。原爆を使ってしまった人類に対する激しい憤りと絶望感は繰り返し語られることによって、それが人間なのだという醒めた認識へと変容していった。一九七五年のエッセイ「亡霊」（一九八五年『女・男・いのち』読売新聞社所収）では次のように語っている。

広島を見たあとでは、私は人間たちの生み出すあらゆる悲惨、残虐、欺瞞が、どんな形でむき

出しにされようと驚かなくなった。あまりに強く絶望したので、あらゆる絶望に対して強くなり、生きつづけるただ一つの方法は執念深く絶望をひき起こすものに反逆しつづけることだということも悟ったのである。逆説的な言い方をすれば、人間に絶望することは人間の希望である。

（『大庭みな子全集　第18巻』二八八頁）

(2)〈原爆〉から生まれた人間像

大庭文学の魅力といえば鋭い文明批評を展開しつつ、それに相反するかのような自在な語りと官能的ともいえる言葉のきらめきにある。田邊園子の「作品の評価について―大庭みな子『ふなくい虫』の場合」（一九七九年六月『目白近代文学』一号）は、動植物と人間が重なり合い散乱する大庭文学の魅力を比喩の分析から解き明かしている。その自在な方法とイメージは『浦島草』でも豊かに展開されている。大庭は「二十世紀の大半を日本で生きた作家が、後世に伝えて遺したいもの、それが大庭みな子の『浦島草』だ」（「著者から読者へ」『浦島草』二〇〇〇年・講談社文芸文庫）と語っている。大庭利雄も「最後のときまで『大庭みな子の代表作は浦島草よ』と言い続けていた」（「『痣』についての後記」二〇〇八年三月『群像』）と記している。確かに『浦島草』は大庭が追い求めてきたテーマと小説の形式、多彩な表現方法がちりばめられた大庭の代表作である。大庭文学の原点である〈原爆〉を軸にした『浦島草』は、「原爆以来三〇年をかけた作品」（「自筆年譜」『寂兮寥兮』講談社文芸文庫）であり、原爆から導き出された作家の世界観が、それぞれ様々な体験を持つ登場人物たちによって多層的に語られている。

大庭は十代の頃、海軍軍医であった父の仕事の関係で海軍の要地を移り住んだ。戦時下の一九四四年に愛知県立豊橋高女から広島県西条市の西条高女に転校する。そして翌年、原爆を投下された広島市に、被爆者の救援隊として学徒動員され、〈地獄〉を見る。その時に見た惨状は、作家志望の一四歳の少女に恐怖と絶望をもたらしただけでなく、「この夏の記憶はわたしの生涯を大きく変えた。歩き始めると、甦るこの記憶はわたしを立ち止まらせ、人間というものを考え直させる人骨の杭となった」(『野草の夢』)と、人間というものを見据える視野をも与えた。一九六八年の江藤淳との対談「二人のアメリカと文学─絶望とデカダンス─」(一〇月『文学界』)で、被爆地での体験は「そういうふうなものが人生なのだ」「これが、事実なんだ」と、「冷静に事実を受けとめることを覚えた最初の記憶」だと述べている。

〈原爆〉に対する大庭の見方を語るのは、原爆投下後の広島を彷徨い、翌年、他者とのコミュニケーションが困難な、医者から「精神薄弱」とも「自閉症」とも言われる黎を生んだ冷子である。大庭は、冷子に次のように語らせる。

原爆はね。――あれは、人間の欲望です。自分以外の人間を殺して人間は自分だけ生きのびようとするんです。そして、その結果、自分も亡びるんです。あたしが、自分自身で、そのことを証明しているじゃないの。

(『大庭みな子全集 第4巻』一三五〜一三六頁)

冷子は、夫である龍の出征中、広島で姑と暮らしていたが、西条に買出しに出かけている間に原爆が投下され姑は行方不明になった。結婚以来、心のどこかで姑の死を夢みていた冷子は、その死が確実だと分かった時、姑から解放された歓びを味わう。しかもその歓びは原爆の恐怖と等価であった。夫の親友森人に助けられながら戦後を生き延びた冷子は、森人との間に黎を出産。自分の世界に没頭するだけの黎の存在や、他者の死を願い生き延びた自分という存在そのものが「人間の欲望」を証するものである、と見なすのである。

大庭みな子は、野間宏との対談「『浦島草』について」で、「ここで私が問題にしたかったことのひとつは、人間の欲望という問題だろうと思うんです」（『浦島草』単行本付録、のちに『性の幻想』一九八九年・河出書房新社所収）と語っている。冷子を通して語られるのは、人が存在していることそのものが人間の「欲望」の結果だという、作者の認識であろう。それはまた、比喩的には若者浦島太郎を年寄りに変えた玉手箱の白い煙として表現される。雪枝は玉手箱の中の「白い煙」の正体を、

わけのわからない、理不尽な人間の生命そのものなんだわ。人間という生きものが、生きているからには、生きることの証しとして、讃える、あの透明で、輝かしい、燃えたぎる、ゆらめく、呻く、――夢や、希望や、好奇心や、ありとあらゆる情念と、本能的な欲情をひっくるめた、生成の原動力ともいうべきものなのだ（略）

（『大庭みな子全集　第4巻』三九三〜三九四頁）

と、語る。そして、玉手箱を開けて見ずにはいられない好奇心（欲望）が浦島太郎を老い（滅亡）

させたと考えるのである。大庭文学で語られる「欲望」には二つの側面がみられる。

最近の科学技術の進歩により様々な出産の方法が可能となってきた。だが、基本的に人間の誕生は有史以来、男女の性の営みによってなされてきた。大庭文学を豊穣に彩る男と女のエロス、性愛の横溢は、生物である人間の本能としての欲望の象徴といえるだろう。『ふなくい虫』の堕胎医のように子供を拒否しつつも、女（女主人）が他の男（王太子）の子を孕むと嫉妬にかられ、その女に自分の子を産ませようとする。その彼の欲望が結果的に女主人を殺すことになる。『浦島草』における冷子を軸にした龍、森人の関係につながる一人の女性をめぐって二人の男性が争う三角関係の構図は、大庭文学においては遺伝子を残すために争う生物の欲望をも表象しているのである。さらに大庭文学に頻出する世間の常識や結婚制度に縛られない男女の関係や作品全体に偏在する近親相姦の影は、人間の欲望を見極めるための装置といえる。

生物学的な父は森人で戸籍上の父は龍である黎。黎の子守りユキイと朝鮮戦争で死亡した米兵との間に生まれた夏生。洋一と森人の父でもある夫が小作人に殺された後、七つ年下の男と結婚した母から生まれた雪枝。ポーランド人でドイツ兵に殺された父とフランス人の母の間に生まれ、現在はアメリカ国籍のマーレック。この戦後生まれの者たちの出生は、親の世代の欲望を映し出している。さらに登場人物たちが語る死者たちの記憶は、現在に繋がる欲望の連鎖を表す。雪枝の「男のために生きたいと思うよりは、自分のために男を生きさせたい」という言葉は、性（メス／オンナ）としての人間の欲望を示すものであろう。

一方、タイトルにもなっている〈浦島〉のイメージは、好奇心というもう一つの欲望を照射する。

前述した野間宏との対談で大庭は、野間の「科学者っていうものは実験という玉手箱を……。」という言葉を受けて「それはもう絶対に開けずにはいられない」と答えているが、野間の「これがいかに危険であるかということを……。」に関しては、「それは、科学者というより、人間というのはそうなんじゃないでしょうか。まあ、男と女の問題でもそうなのかもわからないけれども」と、ささやかに反論している。ここで大庭は、玉手箱を開ける行為は人間という生き物の原初的な行為、オスはメスに惹かれ、メスもまたオスに関心をもってしまう好奇心ではないかと示唆しているのではないだろうか。それは未知のものに好奇心を向け原爆を生み出した科学者の内面と共通するものではないかと。

生命という不思議な力はいろいろな象《かたち》であらわれ、哀しい物語や怖ろしい物語がそこから数限りなく生まれる。

哀しいと思ったり、怖ろしいと思ったりする人の世のむごい有様は、いつも背中合わせに生命の不気味なエネルギーをかかえている。そういう有様に感心する人間の心もまた、連鎖反応を起こす核分裂のように妖しいエネルギーを噴きあげる。（中略）

人は糸をたれて、夢を釣りつづけた。龍宮にいき、玉手箱を貰い、箱をかかえて思いあぐんでいる浦島太郎は、孤独でわかわかしい。だが、どっちみち、彼は箱をあけずにはいられない。それ箱をあけようとする好奇心が、人間たちをここまで生きのびさせたとも考えられるし、それが人を変り果てたむくろにもする。

（「浦島草に寄せて」（『大庭みな子全集　第6巻』一七〜一九頁）

ここではない場所、ここにはない何か、それらが例え人間を滅びに向かわせようと、それらを求めて生きてきたのが人間なのだという認識が、ここにはある。「箱をあけようとする好奇心」は、文化的存在である人間の欲望を示すものであろう。しかしもちろん、性的側面と文化的側面を分かつことはできない。単行本の裏表紙には「作者のことば」として「そのために生き、そのために苦しみ、そのために殺し合った、明滅する記憶。もし、人は欲望が無かったら、怯えも、哀しみもなかったかもしれないが、すべての記憶は意味を持たないだろう」と記されている。個人の記憶、つまり生の歴史そのものが〈欲望〉で成り立っているのである。

原爆の影響を受けて他者とのコミュニケーションができない黎と、母の死と引き換えに生まれた夏生のカップルは、〈欲望〉の二面性を体現する存在である。「ないことを望まれている生命」として自分たちを位置づけてきた夏生は、黎の子供を妊娠したことで「話のできる子供を育てたい」と、出産を決意する。黎の「どういうものにも結びつく筈のない欲望」をかかえた生をみつめてきた夏生は、新たな生の可能性を生みだそうとするのである。

未来を開く夢を賭けて黎との子供を生んだ夏生の物語は、個人の意識を超えた集合的無意識（記憶）が絡み合う人間関係を描いた『王女の涙』（一九八八年・新潮社）に引きつがれる。さらに『ふなくい虫』『浦島草』『王女の涙』に登場した人物たちの影は、浦島草の黒紫の細長い糸のように交叉して二一世紀を現在時とする『七里湖』（二〇〇七年・講談社）で出会う。『七里湖』は作者の死により未完に終わったが、彼らをつなぐ物語は永遠に循環する人の物語として残されたともいえる。

なお、『浦島草』と『王女の涙』をつなぐ作品として「放送劇　浦島草」（斎明寺以玖子演出で一九八五年一〇月一二日NHKFM放送。一九八六年『三面川』文藝春秋所収）がある。雪枝がアメリカから戻ってきた一九七五年と、黎の死後一〇年経った一九八五年を舞台にした戯曲では、泠子、雪枝、夏生の、人を生き続けさせる夢という名の「欲望」の行方が語られる。

『浦島草』の構造について、大庭は「それまで、わたしは『浦島草』に代表される殿堂の構築といったものにかなりの期間打ち込んでいた。『浦島草』がそのピークで、これは年齢的にもエネルギーの充実した中期の主要作品となった」と述べ、さらに『浦島草』では「『時間』の扱い方」に「試行錯誤した」（「その頃」一九八七年『昭和文学全集19』小学館）と語っている。川西政明は「殿堂」を「戦後の日本人の精神の殿堂」（「精神の殿堂」一九九一年・講談社版『大庭みな子全集　第五巻』解説）と捉え、〈原爆〉で傷ついた精神と、そこから生きのびることをめざした新しい精神がある、と指摘している。それは広島体験後の精神を紡ぐ〈文学〉の構築とも言え、自ずとそれ以前の歴史とも関わる問題となる。

『浦島草』で展開される時間は、戦前・戦中・戦後の三層であるが、過去の出来事は一九七五年の現在時に想起された記憶として同一空間で語られていく。過去と現在は断ち切られているわけでもなく、またクロノス的時間としてあるわけでもない。六人は過去も現在と共に在るという多層的な時間を生きている。とくに森人と雪枝の故郷であり、夏生の母ユキイの故郷でもある蒲原の小作争議の話は、過去の出来事としてあるのではなく、森人、雪枝、夏生の意識を形づくっている〈記憶〉としてある。彼らは「二十世紀の近代人が生きた『時間』を具現」（リービ英雄「解説　もう一つの

「戦後文学」」『浦島草』講談社文芸文庫）しているのである。

また『浦島草』に連なる作品群で通奏低音のように流れる蒲原の小作争議は、みな子の母方の実家がある郡で起こった木崎事件が元になっている。事件の背景を知ることは大庭みな子が日本の近代をどのように考えていたのか、さらに人間の欲望の質をどう捉えていたのかを解く重要な鍵であろう。江種満子『大庭みな子の世界』（二〇〇一年・新曜社）は小作争議の沿革を資料で丹念に追いながら、争議が大庭文学にどう投影されているかが分析されている。大庭利雄との書簡を収録した『大庭みな子全集　第25巻』（二〇〇九年・日本経済新聞出版社版）には「木崎の件に関して、私も何度か考えています。ある陰惨な物語をイメージだけでも断片的にとっていますが」（一九五四年九月一日、九四頁）とあり、みな子自身が「木崎事件」や農民運動に関しての資料を収集していたことが記されている。『ふなくい虫』や『浦島草』の奔放に生きたありやふゆといった大地主の女主人のイメージは、聞き取りや資料が生かされていったと考えられる。

(3) 生きものとしての〈文学〉

他者とのコミュニケーションが困難な男と生きていこうと決意する夏生。マーレックという恋人がいながらも一人でも生きられる力を持ち続けたいと考える雪枝。作品発表時の一九七〇年代中頃に共に二十代の二人の女性は、自分の意志で生きかたを選択したいと考えている。そこには強い自我の発露がみられる。もちろん彼女たちの自己形成の背後にはその環境が大きな影を落としていた。

しかし、それゆえにこそ彼女たちはそれに反発し自己の意志で生を決定づけたいと思っていた。そこには他者に飲み込まれまいとする女性像が屹立していた。そのような女性像を徹底的に変容させたのは、大庭の自伝的作品と言われる『霧の旅』からである。

作家大庭みな子をイメージさせる百合枝の、青春、恋愛、結婚を描いた『霧の旅』は、三枝和子が指摘（「女性原理による思考方法の確立を」一九八五年一一月『早稲田文学』）するように、一般的には一人の女性の成長物語と見なされるだろう。だが三枝は、そこには意識的な「自己形成」の過程が見られないという。百合枝の自己形成に大きな影響を与えるのは、一族の中心的な女性だが安定した地縁、血縁関係に亀裂をもたらす神話的人物ふうである。ふうは、ありやふゆの系譜に連なる倫理や慣習にとらわれないインモラルな女性である。百合枝は、自分が経験した出会いや人々によって語られるふうの像から「無意識に近い形で」「ふう的な生きかたをする他ないような、誰に強制されるわけでもなく、また自分から自覚的に選びとるというわけでもなく、それでしかないような形で影響され」、自己を形成しているという。そこで造型された百合枝は、わめき叫ぶという身体性を有した一人の女でありつつ血縁共同体の記憶を内面化した身体となっている。

百合枝は他者と対立するばかりでなく他者と共振する、両義性をもった存在として登場している。女性主人公像の変容は、作家自身の「書く」意識の変化ともつながっている。

大庭みな子は一九七〇年のエッセイ「なぜ書くか」（一一月『群像』）において、小説を書きたいと思う人間は「沢山の人間の吐くきれぎれの言葉を拾いあげて、それを組み合わせて、自分が常日頃夢みている世界を自分勝手な方法で描き出してみたい欲望にかられる人間なのだ」と述べている。

他者の言葉も拾い集めるけれど、それは自分が夢見ている世界を構築するためである。「書くこと」は自分にとって「生きつづける方法」とも語られ、書きたいという書き手の「欲望」が書くことの中心に据えられている。一方、一九七一年から一九八二年に書かれたエッセイを纏めた『私のえらぶ私の場所』（一九八二年・海竜社）の「あとがき」には「私が書いていることは、私が書いているというよりは、私の中の誰かが書いているようなものである」と記され、さらに「『私は他人とは違う』と思うことすら、だれもが思っているとは、実に不思議なことである。『私のえらぶ私の場所』という題も、そういう意味をこめての私である」と綴られている。

ここでは作家自身を特権的な「書き手」主体とみなすのではなく、「他者」を含んだ、ある意味で自他の溶解した存在とみなす発想に転換している。一九七〇年以降、大庭の四十代は、先述した三枝のエッセイの言葉を借りるならあらゆる「思想のなかに自分が含まれている状態で書いて行く」時期だったといえるだろう。その達成は『啼く鳥の』（一九八五年・講談社）に結実していく。

さて、自他の溶解した存在の形象にあたっては「記憶」の在りようをどう捉えていくかという問題も関わっている。一九七九年から三年間をかけて宮古島、対馬、淡路島、八丈島、佐渡、江田島、種子島、利尻島、隠岐の九つの島を訪れた紀行文『島の国の島』（一九八二年・潮出版社）のなかで、大庭は「島を訪ねてみることにしたのは、自分の中に残っているに違いない遠い祖先の記憶を辿ってみたかったから」だと言う。「自分の中」にある「祖先の記憶」とは、生物学的には生命の循環を司るＤＮＡの記憶ということになろうか。「旅の愉しみは見知らぬものの中に、忘れていた記憶の糸をたぐり寄せること」「人が生きるとは、人間たちの共有する記憶を確かめ合うということなのか」（「旅のこころ」『私のえらぶ私の場所』）とも語っている。そして、島々での様々な出会いから「人間が生き続けてきたことは同時に祖先の記憶も生きのびてきたことだ」（「談話室」一九八二年五月二五日『北海道新聞』）、との思いを強くしたようである。

このような「記憶」の観念は、時間を消滅させるばかりでなく自他の境界をも消滅させる。法や道徳や慣習が無化され、自他の区別さえ曖昧となった世界で、それにもかかわらずやはり相手を求めずにはいられない男と女の関係。『寂兮寥兮』は、そんな混沌とした意識世界を時間の消滅した空間の広がりとして表現する。

『寂兮寥兮』は男と女の関係性を「結婚」という形の不可思議さから描いた作品でもある。現在四十代半ばである語り手の万有子は、隣りに住む幼なじみの沌、泊兄弟と「スサノオごっこ」という遊びをして育った。ヤマタノオロチ退治と櫛名田姫との結婚をめぐるこの神話には、自己の遺伝子を残すためにメスの獲得を目指してオス同士が争うという生きものの原初的なエロスの形が投影されている。オロチを退治して櫛名田姫を獲得したスサノオは古事記で有名な「八雲立つ　出雲八重垣妻籠みに　八重垣作る　その八重垣を」と詠み、妻櫛名田姫を他の男から遮蔽するために垣で囲った。

しかし万有子は沌とも泊とも結婚せず、他の男を夫とした。万有子の夫も泊の妻も「垣」で遮断された家に満足する者であった。だが二人は自らが嫌悪していた「不倫」関係の結果、事故死してしまう。「垣」は綻び、いつしか万有子と泊はそれぞれ通うようになる。二人は「結婚」という形をとらずに無所有の所有ともいうべき関係をつくりあげていく。万有子と泊が語り合う「古事記」

は、オオサザキノミコトとハヤブサワケノミコトを争わせてしまうメトリノオオキミの物語や、天智帝と大海人皇子の間をうまく取り持った額田女王の物語である。男同士の嫉妬や好奇心を刺激しつつ、男同士を殺し合いに至らせない額田女王。泊は額田女王を評価しており、作中に泊の小説として挿入されている「鈴虫」も、夫婦でありつつそれぞれがそのセクシュアリティを通して他の男女と自由なエロスを交歓する性愛物語となっている。「古事記」や「鈴虫」の物語は、万有子や泊、沌の生活とも重なっており、時間を超えた空間的な広がりを生成している。登場人物の名前に着目すると、その空間は時間を包み込みさらに彼方へと拡がる。

大庭作品群もまた越境し合っている。『寂兮寥兮』で他者の視点からしか語られないまゆみは、「帽子」（一九八一年一一月『新潮』。一九八三年『帽子の聴いた物語』講談社所収）では語り手となり、万有子をイメージさせる。また泊が語る石垣市竹富島の話は、『島の国の島』の宮古島の話と重なっている。

「寂兮寥兮」は『文藝』掲載時に「かたちもなく」とルビが付された。この題名と登場人物の名前については「何が私を動かしているか」（一九八三年『夢を釣る』講談社）で、作者が懇切な説明を行なっている。漢字タイトルは「老子」二五章の「有物混成　先天地生　寂兮寥兮」から取っており、読みは王弼の古注「寂も寥も形のないことである」からとったという。そしてアラスカ滞在中に英訳でも読んだという。ちなみに一九六三年ペンギン版の『老子』の英訳でこの部分は、Silent and void となっている。一方、一九九八年シャンバラ版のアーシュラ・K・ル＝グウィンの訳では、Oh, it is still, unbodied となっている。ル＝グウィンは性や空間を越境する小説を書くことで知られているが、大庭との作家として共通する感性が感じられる。

『寂兮寥兮』には老子への言及はないが、エッセイで大庭は沌、泊、風といった名前は「老子」二十章からとったと述べている。語り手である万有子についての解説はないが、あえて「老子」に関連づけると一章の「無名天地之始、有名万物之母」や、四一章の「天下万物生於有、有生於無」が対応するだろうか。金谷治の解説（『老子』講談社学術文庫）を参考にすると、「無は万物生成の始源」であり、「有は存在の始まり（万物の母）」ということになる。また「精神にかかわっているだけ、形のない変幻するものにしか興味」がない万有子は、インモラルと糾弾されたふうの、現代の姿ともいえる。


大庭は「何がいったい私を動かしているかを表現するために、私は書いてきた」「何と言ってよいかわからない私たちを動かしている不可思議な力を、どう言い表わすかということが私の課題だった」（「何が私を動かしているか」）と語っている。「かたちもなく」て、何か分からないけれど確かにあるもの、見えないけれど確かに感じられる〈かたちのないもの〉、言葉によってそれを表出させることが作家大庭みな子の「書く」意味であったのだろう。

「他人と自分の区別がつかなくなってしまったような」世界。松本徹が指摘する「人とネコ、自分と他人、夢と現実、生と死」（「書評」一九八二年八月二九日『日経新聞』）が交錯しつつ交換可能となる世界が『寂兮寥兮』には描出されている。その斬新な方法は高く評価され、第一八回谷崎潤一郎賞を受賞した。谷崎潤一郎賞の選評で円地文子は、「面白い小説である」「独特の境地を拓いている」

「こういう作品から、日本文学は船が航空機に変ったように、外国文学との距離を縮めて行くのではあるまいかと思った」（一九八二年一一月『中央公論』）と述べている。

しかしおそらく『寂兮寥兮』は「外国文学との距離を縮めて行く」のではなく、自他の差異を明確にしようとする外国文学に対して主語を省略しても成り立つ日本語文学の自在さを付与するものであろう。円地文学もまた近代文学の枠組にとらわれない、古典と近代文学を往還する物語を紡ぎ続けてきた。大庭は、その方法をさらに先鋭に推し進めたのである。それは原初的な男と女の関係に、新たな光をあてることにもなった。

あとがき

本書は『現代女流作家論』（一九八六年・審美社）に続く私の二冊目の本である。

この本の刊行は、女性の書き手や女性の書き手によって書かれた作品を表す「女流作家」や「女流文学」という言葉の問い直しが行なわれ始めてきたフェミニズム批評の時期ともかさなり、論の展開にはふれずタイトルの「女流」という言葉が批判もされた。いまさらだが批判の骨子は、「男流」という言葉がないのに「女流」を使うのは女性作家に対する「差別」だということであった。もちろん丁寧に「女性作家」「女流作家」「女性文学」「女流文学」という言葉の遣い分けを分類して、私自身の無意識の言葉の使い方（過誤）を指摘してくださった方もいた。その後、女流文学に関して一つの示唆を与えてくださったのは三枝和子氏である。三枝氏は、平安時代から現代まで、文学の流れを創ってきたのは女性なのだから女流でいいのではないか、とおっしゃった。

女たちの創る文学の流れという意味で、女流文学をその定義で考えることに納得はいったが、作家をどう表現するかには迷いがあった。時代を区分して紫式部や清少納言は女流作家で、樋口一葉や岡本かの子は女性作家かと悩んだこともあったが、時代で区切れないことは当然である。文学を創造する女たちの流れを女流作家と規定することも可能だし、文学を創造する女という意味で女性作家と名づけることも可能である。現在の私自身は、その問題にまだ決着はつけていないが、現在の言葉の制約のなかで選び取ったのは「女性作家」である。「女性」という言葉を選択した流れで必然的に文学も「女性文学」に落ち着いた。

しかし、どちらにしても「女性」という言葉を外し「文学」「作家」ではだめなのか、という自問自答は続いている。言語学者のソシュールは言語の特質を、共同体言語としてのラングと、個人的言語としてのパロールに分類しているが、もちろん二つを明確に切断することはできない。男性、女性であると同時に個人でもあるそれぞれの作家たち。文学が言葉から生成される以上、言葉の一つの側面が共同体に属するなら、ラングに潜むジェンダー性の視点から文学を見ていくことも意味を持ちうるのではないだろうか。この思いを強くしたのは三枝和子と大庭みな子の作品の分析を通してである。どちらの作家も自身の文学が、作家のオリジナルな言語表現にとどまるのではなく深く共同体の言語・言葉規範に影響を受けていることに自覚的であった。言葉が共同体と相即の関係にあるのなら「男性」と「女性」という観点から文学や作家を捉えていくことも可能であろう。この問題は今後も考え続けていかなければならないことではある。

ところで私は、作品が語りかけてくるものを受け止めたい、という思いで常に小説に向き合ってきたつもりであったが、本書をまとめなおして感じたのは「女性の身体性」にこだわっている「私という読者」の存在であった。この本のタイトルに「後期20世紀女性文学」という言葉をあえて付したのだが、それでは今、現在の「前期21世紀女性文学」の特質とは何だろうかと自問する時、テクノロジーの浸透による身体性のゆらぎと変成、ともいうべき大きな深い変化がそこにあるように感じている。一九九〇年代から日常の風景になったパソコンやケータイの使用は、私たちの他者との関係や思考に、そして暗黙の支点としての身体に大きな変容をもたらしているように思われる。その変容の始まりを告げる小説として笙野頼子の『なにもしてない』（一九九一年）や『母の発達』（一九九六年）があり、日常の風景として定着した小説に綿矢りさの『インストール』（二〇〇一年）がある。どちらにもワープロやパソコンに接触する身体の「ゆらぎ」と「歪み」が感じられる。ある意味身体性にこだわる「私という読者」のテーマは一貫しているのかもしれない。これらは別途論じていきたい。

女性作家の作品を自覚的に読むようになったのは一九八〇年代になってからである。八五年に、当時関わっていた同人誌で三枝和子氏にインタビューをする機会に恵まれた。その時、三枝氏にはこれまでにない文学の読みを指導していただいたと思っている。同じころ、大庭みな子氏にもインタビューをお願いしたが、大庭氏は辞退され代わりにエッセイを書いて下さった。そんな縁もあって角川書店から「女性作家シリーズ」が刊行される時に編集協力者として呼んでいただいた。二十世紀後半の女性作家の作品を読む良い機会となった。さらに小学館の『テーマで読み解く日本の文学（上・下）』（二〇〇四年）でも編集委員に加えていただいた。現代文学と古典を読む、貴重な時間を与えて下さったのである。

そして二〇〇三年に三枝和子氏が、二〇〇七年に大庭みな子氏が亡くなって、その選集と全集を編む際、「女性作家シリーズ」と『テーマで読み解く日本の文学（上・下）』の編集に携わっていた吉村千穎氏のお誘いで『三枝和子選集』と『大庭みな子全集』にも関わらせていただくことになった。本書の各稿は、三枝氏、大庭氏、吉村氏の励ましがなければ成り立たなかったものである。感謝しきれない思いがある。表紙には大庭みな子氏の絵も使わせていただいた。ここを起点にさらに前期21世紀の女性文学についても考えていきたいと思っている。

本書の出版をお引き受けくださった晶文社の太田泰弘氏、倉田晃宏氏、編集の労をとってくださった風日舎の吉村千穎氏、村井清美氏、さらに研究者の立場から目を通してくださった西弥生子氏に心より感謝申し上げたい。本書は、東洋英和女学院大学の出版助成を受け、出版の運びとなった。付してお礼申し上げる。

与那覇恵子

二〇一四年三月三日

《初出一覧》

はしがき……書き下ろし

第Ⅰ章　女性文学の位相――二十世紀後半を軸に

・「女性文学の位相」一九九七年二月『講座　日本文学第14巻　二〇世紀の文学3』岩波書店　一九九〇年代後半加筆

第Ⅱ章　身体性をめぐる表象

・「岡本かの子―〈純粋母性〉と〈役割母性〉―」一九八〇年四月『国文学　解釈と鑑賞』

・「女性作家の戦中から戦後へ―身体性の獲得」一九八九年五月特集号『國語と國文学』東京大学国語国文学会

・「女性文学の新たなうねり」二〇〇八年三、四月号『文学』岩波書店

第Ⅲ章　女の意識／女の身体

・「女の身体／女の意識」一九八九年五月『講座　昭和文学史第5巻』有精堂

・「フェミニズム批評〈実例〉倉橋由美子『アマノン国往還記』一九八九年七月『國文学』

第Ⅳ章　新たな言説空間の構築に向けて

・『三枝和子選集』1〜6「解説」鼎書房

「起源としての無」二〇〇七年七月／「新たな言説空間を求めて」二〇〇七年八月／「女性原理のコスモロジー」二〇〇七年九月／「敗戦を生きる」二〇〇七年一〇月／「歴史をとらえ返す」二〇〇七年一一月／「女にふさわしい哲学を」二〇〇八年一月

・「新たな関係性の構築に向けて―大庭みな子の文学世界」二〇一〇年三月『社会学・社会福祉学研究133』明治学院大学

各章とも若干の改題と調整を行ない、注と参考文献は削除した。

ム

村田喜代子 1945～福岡県生 1987「鍋の中」芥川賞 1990『白い山』女流文学賞 1992『真夜中の自転車』平林たい子文学賞 1993『花野』1994『蕨野行』1996『蟹女』紫式部文学賞 2010『故郷のわが家』野間文芸賞

モ

森万紀子 1934～1992 山形県生 1965「単独者」1970『密約』1971『黄色い娼婦』1976『緋の道』1980『雪女』泉鏡花文学賞

森茉莉 1903～1987 東京千駄木生 1957『父の帽子』1961『恋人たちの森』田村俊子賞 1962『枯葉の寝床』1975『甘い蜜の部屋』泉鏡花文学賞

森瑤子 1940～1993 静岡県伊東生 1978「情事」すばる文学賞 1980『誘惑』1983『夜ごとの揺り籠、舟、あるいは戦場』1985『家族の肖像』

森禮子 1928～福岡県生 1979「モッキングバードのいる町」芥川賞 1983『三彩の女』1989『神女』1995『献身―萩原タケの生涯』

ヤ

山崎豊子 1924～2013 大阪市生 1957『暖簾』1958『花のれん』直木賞 1961『女の勲章』1965『白い巨塔』1973『華麗なる一族』1976～78『不毛地帯』1991『大地の子』

山田詠美 1959～東京生 1985「ベッドタイムアイズ」文藝賞 1986『ジェシーの背骨』1987『ソウル・ミュージック・ラバーズ・オンリー』直木賞 1988『風葬の教室』平林たい子文学賞 1991『トラッシュ』女流文学賞 1996『アニマル・ロジック』泉鏡花文学賞 2005『風味絶佳』谷崎潤一郎賞 2011『ジェントルマン』野間文芸賞

山本昌代 1960～神奈川県生 1983「応為坦坦録」文藝賞 1991『居酒屋ゆうれい』1994『緑色の濁ったお茶あるいは幸福の散歩道』三島由紀夫賞 1996『九季子』/『水の面』1999『魔女』

山本道子 1936～東京生 1972「魔法」新潮新人賞 1973「ベティさんの庭」芥川賞 1981『天使よ海に舞え』1984「ひとの樹」女流文学賞 1992『喪服の子』泉鏡花文学賞

ユ

柳美里 1968～神奈川生 1993「魚の祭」1994「石に泳ぐ魚」1996『フルハウス』野間文芸新人賞・泉鏡花文学賞 1997『家族シネマ』芥川賞 2000『命』

由起しげ子 1902～1969 大阪府生 1949「本の話」芥川賞 1954「女中ッ子」1961『沢夫人の貞節』小説新潮賞 1963『やさしい良人』

ヨ

吉田知子 1934～静岡県浜松市生 1970「無明長夜」芥川賞 1985『満州は知らない』女流文学賞 1992「お供え」川端康成文学賞 1996『千年往来』1998『箱の夫』泉鏡花文学賞 2003『日本難民』

吉本（よしもと）ばなな 1964～東京生 1987「キッチン」海燕新人文学賞 1988「ムーンライト・シャドウ」(『キッチン』所収) 泉鏡花文学賞 1989『TUGUMI』山本周五郎賞 1990『N・P』スカンノ賞 1994『アムリタ』紫式部文学賞

吉屋信子 1896～1973 新潟県生 1920『屋根裏の二処女』1937『良人の貞操』1949『黒薔薇』1952『鬼火』女流文学者賞 /『安宅家の人々』

文学賞 1998『サグラダ・ファミリア』2001『白い薔薇の淵まで』山本周五郎賞

ノ

野中柊 1964～新潟県生 1991「ヨモギ・アイス」海燕新人文学賞 1992『アンダーソン家のヨメ』1993『グリーン・クリスマス』

ハ

萩原葉子 1920～2005 東京生 1959『父・萩原朔太郎』日本エッセイスト・クラブ賞 1966「天上の花」田村俊子賞・新潮社文学賞 1976『蕁麻の家』女流文学賞 1997『輪廻の暦』

林京子 1930～長崎市生 1975「祭りの場」群像新人賞・芥川賞 1978『ギヤマン・ビードロ』1983『上海』女流文学賞 1990『やすらかに今はねむり給え』谷崎潤一郎賞 2000『長い時間をかけた人間の経験』野間文芸賞

林芙美子 1903～1951 福岡県生 1930『放浪記』1948『うず潮』/「晩菊」女流文学者賞 1951『浮雲』

原田康子 1928～2009 東京生 1954「サビタの記憶」1956『挽歌』女流文学者賞 1999『蠟涙』女流文学賞 2002『海霧』吉川英治文学賞

ヒ

干刈あがた 1943～1992 東京生 1982「樹下の家族」海燕新人文学賞 1984『ウホッホ探険隊』1984『ゆっくり東京女子マラソン』1986『しずかにわたすこがねのゆびわ』野間文芸新人賞 1987『黄色い髪』1990『ウォーク in チャコールグレイ』山本周五郎賞

樋口一葉 1872～1896 東京生 1892「闇桜」/「たま襷」/「うもれ木」1895「たけくらべ」/「にごりえ」/「十三夜」1896「わかれ道」

平林たい子 1905～1972 長野県生 1927「喪章を売る」(後「嘲る」) 1928『施療室にて』1946「かういふ女」第一回女流文学者賞 1968『秘密』女流文学賞

広池秋子 1919～埼玉県生 1950「三界」1953「オンリー達」1958『愛と憎しみの街』

マ

増田みず子 1948～東京生 1977「死後の関係」1981『道化の季節』1984『自由時間』野間文芸新人賞 1986『シングル・セル』泉鏡花文学賞 1987『一人家族』1991『夢虫』2001『月夜見』伊藤整文学賞

松浦理英子 1958～松山市生 1978「葬儀の日」文学界新人賞 1981『セバスチャン』1987『ナチュラル・ウーマン』1993『親指Pの修業時代』女流文学賞 2000『裏ヴァージョン』

ミ

水村美苗（生年非公開）東京生 1990『續　明暗』1995『私小説 from left to right』野間文芸新人賞 2002『本格小説』読売文学賞 2012『母の遺産』

宮尾登美子 1926～高知市生 1973『櫂(上)』太宰治賞 1977『寒椿』女流文学賞 1978『一弦の琴』直木賞 1983『序の舞』吉川英治文学賞 1998『天涯の花』

宮部みゆき 1960～東京生 1987『我らが隣人の犯罪』1989『魔術はささやく』1992『火車』山本周五郎賞 1998『理由』直木賞 2001『模倣犯』

宮本百合子 1899～1951 東京生 1916「貧しき人々の群」1928『伸子』1946「歌声よ、おこれ」1947『播州平野』/『風知草』

の細き道」1983「光抱く友よ」芥川賞 1990『時を青く染めて』1994『蔦燃』第一回島清恋愛文学賞 1995『水脈』女流文学賞 1999『透光の樹』谷崎潤一郎賞

高橋たか子 1932～2013 京都市生 1971『彼方の水音』1972『骨の城』1973『空の果てまで』田村俊子賞 1976『誘惑者』泉鏡花文学賞 1977『ロンリー・ウーマン』女流文学賞 1982『装いせよ、わが魂よ』1985『怒りの子』読売文学賞

髙村薫 1953～大阪市生 1990『黄金を抱いて翔べ』日本推理サスペンス大賞 1991『神の火』1993『マークスの山』直木賞 1997『レディ・ジョーカー』

竹西寛子 1929～広島市生 1963「儀式」1964『往還の記』田村俊子賞 1973『式子内親王・永福門院』平林たい子文学賞 1978『管絃祭』女流文学賞 1982『兵隊宿』2002『贈答のうた』野間文芸賞

田場美津子 1947～沖縄生 1979「砂糖黍」1985「仮眠室」海燕新人文学賞 1988『仮眠室』2013『さとうきび畑』

多和田葉子 1960～東京生 1991「かかとを失くして」群像新人賞 1993『犬婿入り』芥川賞 2000『ヒナギクのお茶の場合』泉鏡花文学賞 2002『容疑者の夜行列車』谷崎潤一郎賞・伊藤整文学賞 2010『尼僧とキューピッドの弓』紫式部文学賞 2011『雪の練習生』野間文芸賞

ツ

津島佑子 1947～東京生 1971『謝肉祭』1973『生き物の集まる家』1975『葎の母』田村俊子賞 1977『草の臥所』泉鏡花文学賞 1978『寵児』女流文学賞 1979『光の領分』野間文芸新人賞 1984『黙市』/『逢魔物語』1995『風よ、空駆ける風よ』伊藤整文学賞 1998『火の山』谷崎潤一郎賞・野間文芸賞 2004『ナラ・レポート』紫式部文学賞

堤玲子 1930～岡山生 1967『わが闘争』1968『わが妹・娼婦鳥子』1974『美少年狩り』1988『わが犯罪家族』

壺井栄 1899～1967 香川県生 1938「大根の花」1940『暦』新潮社文芸賞 1949『妻の座』1954『風』女流文学者賞 1956『裲襠』

津村節子 1928～福井市生 1964「さい果て」新潮社同人雑誌賞 1965『玩具』芥川賞 1990『流星雨』女流文学賞 1997『智恵子飛ぶ』2011『紅梅』

ト

富岡多恵子 1935～大阪市生 1971『丘に向かってひとは並ぶ』1973『植物祭』田村俊子賞 1974『冥途の家族』女流文学賞 1982『遠い空』1990『逆髮』1997『ひべるにあ島紀行』野間文芸賞 2000『釋迢空ノート』紫式部文学賞・毎日出版文学賞

ナ

中里恒子 1909～1987 神奈川県生 1938「乗合馬車」/「日光室」芥川賞 1959「鎖」1973『歌枕』読売文学賞 1977『時雨の記』1978『誰袖草』女流文学賞

中沢けい 1959～横浜市生 1978「海を感じる時」群像新人賞 1981『野ぶどうを摘む』1985『水平線上にて』野間文芸新人賞 1999『豆畑の昼』2000『楽隊のうさぎ』

中本たか子 1903～1991 山口県生 1929「鈴虫の雌」1938「南部鉄瓶工」1973『わが生は苦悩に灼かれて』

中山可穂 1960～名古屋市生 1993『猫背の王子』1995『天使の骨』朝日新人

【本書収載の女性作家一覧】
＊生没 出身 発表年雑誌「」単行本『』文学賞

ア

赤坂真理 1964～東京生 1997『蝶の皮膚の下』1999『ヴァイブレータ』/『ヴァニーユ』2000『ミューズ』野間文芸新人賞 2012『東京プリズン』紫式部文学賞

網野菊 1900～1978 東京麻布生 1926『光子』1947「金の棺」女流文学者賞 1961『さくらの花』第一回女流文学賞 1967『一期一会』読売文学賞

有吉佐和子 1931～1984 和歌山市生 1956「地唄」1959『紀ノ川』1964『非色』1967『華岡青洲の妻』女流文学賞 1972『恍惚の人』1975『複合汚染』1978『和宮様御留』

イ

生田花世 1888～1970 徳島県生 1914 エッセイ「食べることと貞操と」1929『近代日本婦人文芸・女流作家群像』1940『銃後純情』1941『活かす隣組』

伊藤比呂美 1955～東京生 1982『青梅』1992『家族アート』1999『ラニーニャ』野間文芸新人賞 2007『とげ抜き　新巣鴨地蔵縁起』紫式部文学賞

稲葉真弓 1950～愛知県生 1973「蒼い影の痛みを」1992『エンドレス・ワルツ』女流文学賞 1993『抱かれる』1995『声の娼婦』平林たい子文学賞 2011『半島へ』谷崎潤一郎賞

李良枝 1955～1992 山梨県生 1982「ナビ・タリョン」1983『かずきめ』1985『刻』1989『由熙』芥川賞 1992『石の聲』

岩橋邦枝 1934～広島県生 1954「つちくれ」1956『逆光線』1976『静かなみじかい午後』1981『浅い眠り』平林たい子文学賞 1985『伴侶』1992『浮橋』女流文学賞 2011『評伝　野上弥生子』紫式部文学賞

ウ

宇野千代 1897～1996 山口県岩国生 1923『脂粉の顔』1930『罌粟はなぜ赤い』1935『色ざんげ』1957『おはん』女流文学者賞・野間文芸賞 1966『刺す』1970「幸福」女流文学賞 1972『或る一人の女の話』1983『生きて行く私』

エ

江國香織 1964～東京生 1991『きらきらひかる』紫式部文学賞 1996『流しのしたの骨』1999『神様のボート』2003『号泣する準備はできていた』直木賞

円地文子 1905～1986 東京生 1928「晩春騒夜」1953「ひもじい月日」女流文学者賞 1957『女坂』野間文芸賞 1965『なまみこ物語』女流文学賞 1971『遊魂』日本文学大賞 1971～1973『円地文子訳源氏物語』全10巻 1984『菊慈童』

オ

大田洋子 1903～1963 広島市生 1948「屍の街」(完全版1950) 1951『人間襤褸』女流文学者賞 1954『半人間』

大庭みな子 1930～2007 東京生 1968「三匹の蟹」群像新人賞・芥川賞 1970『ふなくい虫』1971『栂の夢』1975『がらくた博物館』女流文学賞 1977『浦島草』1982『寂兮寥兮』谷崎潤一郎賞 1985『啼く鳥の』野間文芸賞 1989『海にゆらぐ糸』1990『津田梅子』読売文学賞 1994『むかし女がいた』2002『浦安うた日記』紫式部文学賞

大原富枝 1912～2000 高知県生 1956「ストマイつんぼ」女流文学者賞 1960『婉という女』野間文芸賞 1970『於雪―土佐一條家の崩壊』女流文学賞

著者について
与那覇恵子（よなは・けいこ）
東洋英和女学院大学国際社会学部教授。女性文学会・大庭みな子研究会代表。著・共・編著に『現代女流作家論』（審美社）、『大江からばななまで』（日外アソシエーツ）、『現代女性文学を読む』（双文社出版）、『戦後・小説・沖縄』（鼎書房）など。他に、『女性作家シリーズ』（角川書店）、『テーマで読み解く日本の文学』（小学館）、『三枝和子選集』（鼎書房）、『大庭みな子全集』（日本経済新聞出版社）の監修・編集に関わる。

後期《こうき》20世紀《せいき》女性文学論《じょせいぶんがくろん》

二〇一四年四月五日　初版
著者　与那覇恵子
発行者　株式会社晶文社
東京都千代田区神田神保町一―一一
電話（〇三）三五一八‐四九四〇（代表）・四九四二（編集）
URL http://www.shobunsha.co.jp
企画・編集　風日舎
印刷・製本　モリモト印刷株式会社

ISBN978-4-7949-6843-2　Printed in Japan